USA TODAY BESTSELLING AUTHOR
Dale Mayer

LÉGION D'HONNEUR
Swede
TOME 04

Swede, Légion d'honneur, tome 4
Beverly Dale Mayer
Valley Publishing Ltd.

Copyright © 2016

Traduit de l'anglais par Sarah Laurent et Valentin Translation

Il s'agit d'une œuvre de fiction. Les noms, les personnages, les lieux, les marques, les médias et les incidents mentionnés sont le produit de l'imagination de l'auteur ou utilisés de manière fictive. Toute ressemblance avec des événements, des lieux ou des personnes, existant ou ayant existé, est entièrement fortuite.

ISBN-13 : 978-1-773368-33-7
Format Print

Swede

Ses camarades *SEAL* ont trouvé l'élue de leur cœur l'un après l'autre, mais le meurtre se met en travers de la quête du grand amour pour Swede. Le soldat est à la recherche de la compagne idéale, mais la question de savoir si cela arrivera un jour est secondaire pour le moment, puisqu'il se trouve au fin fond du Mexique à surveiller un camp d'entraînement rebelle. Lorsqu'un groupe de civils s'invite en plein milieu de son opération, Swede est stupéfait d'apprendre qu'une femme, qu'il avait jugée inatteignable il y a longtemps, se trouve à l'endroit même où son équipe prépare une mission extrêmement dangereuse.

Eva aime les animaux, surtout ceux qui ont besoin qu'on leur vienne en aide. Lorsqu'un ami lui demande de lui prêter main-forte pour transférer un troupeau de chevaux du Mexique vers plusieurs refuges où ils seront soignés et bien traités, elle saute sur l'occasion… et se retrouve en difficulté. Swede est un vieil « ennemi » et il est déterminé à la mettre en sécurité avant que les rebelles ne s'en prennent à eux. Alors qu'il s'efforce de la mettre à l'abri, elle lutte pour protéger son cœur une seconde fois.

Les rebelles ont leurs propres projets, qui n'impliquent probablement pas une fin heureuse pour l'avenir de Swede et d'Eva.

Inscrivez-vous ici pour être informés de toutes les nouveautés de Dale !

https://geni.us/DaleNews

CHAPITRE 1

SWEDE S'ACCROUPIT DERRIÈRE un arbre massif. Qui aurait cru qu'ils pouvaient faire cette taille au Mexique ? Dans cette partie des bois infestée de rebelles, lui et son équipe poursuivaient un nouveau groupe de terroristes qui avaient probablement un lien avec le Moyen-Orient. Comme s'ils avaient besoin de ça en ce moment ! Heureusement que le Mexique coopérait avec les États-Unis sur cette affaire. Les efforts conjugués donnaient toujours lieu à des actions plus efficaces.

Personne ne voulait voir des camps d'entraînement terroristes s'installer sur ce continent. Mieux valait les détruire tant qu'ils étaient encore fraîchement établis et désorganisés.

Des voix s'élevèrent sur sa gauche et il s'enfonça plus profondément dans les broussailles. Des bruits de pas s'approchèrent, suivis de rires rauques et de commentaires désobligeants sur plusieurs femmes présentes dans le camp. Swede fronça les sourcils.

Il détestait l'idée qu'une femme ait pu être emmenée de force par ces salopards. Mais il ne pouvait rien y faire pour l'instant. Son équipe devait s'assurer de capturer leur chef en vie. Et il avait collecté des informations précieuses nécessaires à la réussite de leur mission.

Les deux soldats rebelles se rapprochèrent. Leur conversation était si facile à entendre que Swede n'en perdit pas une miette.

— Un sauvetage de chevaux. Quelle connerie !

— Hé, mais ils peuvent peut-être venir nous sauver également ! Nous pourrions profiter de la distraction.

— Attention à ce que vous dites. Le commandant pourrait vous entendre ! On est censés être en plein entraînement.

— Je sais. Nous avons trente hommes qui s'entraînent ici. Nous aurions besoin de quelques femmes supplémentaires. Quelques âmes charitables comme ces femmes de l'hacienda, ça ne manquera à personne.

Une nouvelle voix les rejoignit. Celle-ci était plus dure, plus froide, et semblait en colère.

— Il en est hors de question ! Personne ne doit savoir que nous sommes ici. Kidnapper d'autres femmes, alors que vous en avez déjà plusieurs à disposition, ce n'est pas raisonnable. Et ce n'est pas non plus au programme.

— Désolé, Sergent, nous ne faisions que plaisanter ! s'excusa l'homme à voix basse.

— Et pour cet humour déplacé, vous vous présenterez devant le commandant cet après-midi afin de recevoir des ordres spéciaux, rétorqua le sergent d'une voix froide qui était devenue à la fois douce et dangereuse.

Swede grimaça. De toute évidence, les deux premiers hommes se situaient tout en bas de la hiérarchie et ne savaient probablement pas grand-chose. Le troisième homme, en revanche… il pourrait leur être utile. Mais celui sur lequel ils avaient vraiment besoin de mettre la main, c'était ce fameux « commandant ».

Les voix s'éloignèrent. Craignant de contrarier davantage leur Sergent, les subalternes s'étaient redressés et se dépêchaient désormais de retourner au camp. Swede savait que ces deux-là étaient surveillés depuis plusieurs jours par leurs supérieurs. S'ils dérogeaient une nouvelle fois au règlement, ils iraient probablement faire une petite promenade dans les bois, et personne ne les verrait revenir ni ne saurait ce qui leur était arrivé.

Sans cesser de suivre les deux autres hommes, le sergent sortit son téléphone portable pour passer un coup de fil. Swede l'écouta faire un rapport à son interlocuteur d'une voix différente de celle qu'il avait utilisée quelques secondes plus tôt.

— Non, monsieur, ils sont sur le chemin du retour. Je sais qu'on ne doit pas toucher à l'hacienda, mais il y a un certain nombre de chevaux et d'étrangers là-bas, déclara-t-il avant de faire une pause et de hocher la tête. Exactement. On ne peut pas empêcher les hommes de penser aux femmes.

Un silence suivit.

Swede jeta un coup d'œil à travers les buissons.

— Très bien, reprit le soldat. Ça leur fera un bon exercice d'entraînement.

Sur ces derniers mots, il raccrocha et rangea son téléphone.

Au même moment, un seul cri de rapace fendit l'air.

Swede pencha la tête sur le côté et sourit. Hawk s'était mis en mouvement.

Swede recula pour se fondre dans le décor sylvestre et attendit le prochain signal.

Quand ce dernier finit par arriver, ce ne fut pas celui auquel il s'attendait. Le premier cri avait été répété, puis avait été suivi de deux autres plus brefs. Swede fonça les sourcils en décodant le message et recula à nouveau de quelques mètres. Ils étaient censés attraper ces trous du cul, pas battre en retraite.

Sous le couvert d'une végétation dense, il attendit que

Shadow se glisse à ses côtés.

— Qu'est-ce qui se passe ? s'enquit Swede à voix basse.

— Hawk a appris qu'un groupe de civils à proximité essaie de rassembler quelques chevaux qu'ils comptent transporter jusqu'à l'aéroport aujourd'hui.

Des civils ? Putain, c'était quoi ce bordel ? Swede ferma les yeux. Ils ne pouvaient pas mener à bien l'opération si des civils se trouvaient dans le coin. C'était déjà assez grave que les rebelles soient au courant de la présence proche de civils et enlèvent des femmes. Alors, il ne voulait pas non plus que ces gens apprennent que des rebelles se terraient ici, ni que son équipe de *SEAL* était également sur place. Ce n'était pas prévu au programme !

— L'opération est annulée ?

— Elle est suspendue jusqu'à ce qu'on sache à quelle distance…

Au même moment, un bruit de sabots se fit entendre. Des chevaux venaient dans leur direction et galopaient à vive allure. Ils passèrent devant eux à toute vitesse.

Swede aurait voulu encourager ces animaux à fuir, sauf que ceux-ci étaient dans un bien piètre état. Leurs côtes saillaient et leurs crânes osseux étaient recouverts d'une peau terne et rugueuse qui leur donnait un air maladif. *Merde !* Ces chevaux *avaient besoin d'*être secourus. Il ignorait totalement vers où ils se dirigeaient ou encore qui les avait amenés ici, mais il détestait voir un animal souffrir. Même épuisés et fatigués, ces animaux pouvaient parcourir de longues distances rapidement.

Un étrange cri mélodieux, semblable à celui qu'utilisaient les cowboys avec leurs chevaux, perça l'air.

Ces derniers se calmèrent. Leur panique reflua, leurs mouvements se firent plus paisibles, et ils se mirent à tourner autour de la cachette de Swede et Shadow. Deux cavaliers apparurent et encerclèrent les chevaux en essayant de persuader les animaux de rebrousser chemin. L'un des cavaliers continua à leur chantonner la même musique.

Swede et Shadow restèrent immobiles et silencieux parmi les chevaux. Ils n'étaient pas en danger et tous deux aimaient les animaux. Mais bon sang, Swede était plus gros que certaines de ces pauvres bêtes !

Il sourit. Jamais ils ne s'étaient retrouvés dans une telle situation au cours de leurs précédentes missions. Toutes sortes de choses pouvaient mal se passer durant une opération, mais se retrouver au milieu d'un troupeau de chevaux… cela ne leur était encore jamais arrivé.

Un autre cavalier, qu'il identifia comme étant une femme, traversa les broussailles. Son regard attentif examinait les arbres, à la recherche de chevaux qui auraient pu échapper à leur vigilance.

Son regard passa devant Shadow et Swede. Ce dernier remarqua le moment où elle réalisa que quelque chose était différent, car ses yeux revinrent se fixer sur l'endroit où les deux hommes se dissimulaient.

— Swede ? s'étonna-t-elle. Shadow ?

Eh merde !

Swede remarqua le sursaut de surprise qui agita Shadow. Lui aussi était sous le choc. Il était pratiquement impossible de voir les deux hommes en raison du peu de luminosité qui arrivait à percer la cime des arbres, sans compter qu'ils étaient camouflés par la végétation. En d'autres termes, il existait très peu de chances pour qu'elle parvienne à les apercevoir. Sauf que là, elle ne les avait pas seulement vus… elle les avait aussi reconnus.

Et cela n'augurait rien de bon, d'autant plus qu'aucun

d'entre eux ne la reconnaissait. Son chapeau baissé sur son visage et son foulard remonté sur son menton et son nez dissimulaient son identité.

La femme poussa son cheval à s'approcher plus près d'eux.

Comment diable avaient-ils pu être repérés ?

— C'est bien vous, n'est-ce pas ? lança-t-elle.

Les hommes se fondirent davantage dans l'ombre de la végétation. Le cheval qu'elle montait se cabra légèrement, mécontent de la situation.

La femme poussa un petit cri.

— Oh mince ! Je suis vraiment désolée. Je vais m'en aller.

Elle tira la bride de son cheval pour qu'il fasse demi-tour et le lança au galop pour s'éloigner rapidement. En quelques secondes, l'animal et sa cavalière disparurent parmi les arbres en suivant le même chemin que les autres chevaux.

Swede se tourna lentement pour regarder Shadow.

— Tu l'as reconnue ? questionna-t-il.

— Tu veux dire malgré son écharpe, son chapeau et sa chemise trop grande ? Pas le moins du monde !

CHAPITRE 2

EVA GARDA LA tête baissée pour échapper aux branches qui défilaient rapidement autour d'elle en la fouettant et en s'accrochant à ses cheveux. Elle avait relâché la bride de son cheval et le laissait avancer à sa guise, sachant qu'il la ramènerait au ranch. Elle ne pouvait qu'espérer que les autres chevaux allaient dans la bonne direction. Ils avaient apporté trois remorques qu'ils avaient alignées les unes à côté des autres pour transporter les animaux vers l'aéroport. Une fois sur place, ces derniers prendraient des vols spéciaux qui les emmèneraient vers deux endroits différents aux États-Unis. Il s'agissait de refuges spéciaux qui accueillaient des chevaux venus du monde entier et qui aideraient ces animaux, quel que soit leur état, même si certains pourraient estimer que les abattre serait plutôt leur rendre service.

Son corps se détendit sur la selle, mais son esprit ne cessa pas pour autant de bourdonner de pensées. *Putain.* Elle ne parvenait pas à intégrer ce qu'elle avait vu, ni qui elle avait vu, et ne comprenait pas pourquoi une telle chose venait d'arriver.

Elle avait dû se tromper. Bien que consciente que désormais, ils étaient loin derrière elle et qu'elle ne devrait plus pouvoir les voir, elle ne put s'empêcher de se tordre sur sa selle pour regarder en arrière.

Elle ne repéra aucun signe d'eux. Mais cela n'avait rien

d'anormal. Après tout, elle fonçait à vive allure dans la direction opposée à la leur depuis quinze minutes. Si ses yeux ne lui avaient pas joué des tours et si ces deux hommes étaient vraiment là, alors elle était certaine d'une chose : son frère, Hawk, devait certainement être dans les parages également.

Leur présence ici signifiait que quelqu'un allait avoir des ennuis. Et cette personne se cachait quelque part dans cette zone où elle-même se trouvait. *Merde.*

Pourquoi fallait-il qu'ils soient envoyés en mission ici ? Et surtout, pourquoi maintenant ?

Elle aurait préféré être très loin d'eux. À la maison, quand Hawk et ses frères d'armes venaient la voir, c'était une tout autre histoire. Mais quand ils travaillaient et endossaient leur rôle de *SEAL*, elle ne voulait rien avoir à faire avec eux.

Rien que d'imaginer les raisons qui les amenaient ici lui donnait la chair de poule. Elle poussa son pauvre cheval au galop. Elle ferait n'importe quoi pour rallier au plus vite sa destination.

Devant elle apparaîtrait bientôt l'hacienda dans laquelle elle était arrivée la veille. Elle était venue en tant que bénévole pour aider à déplacer ces animaux. Plus d'une trentaine de chevaux devaient être pris en charge. Quelques mains supplémentaires n'étaient donc pas de refus. En plus, elle connaissait April, la coordinatrice et vétérinaire chargée de cette opération, depuis des années. Depuis tout aussi longtemps, elle rendait possible et simplifiait les sauvetages d'animaux dans le monde entier. Elle était aussi mondaine qu'Eva était une fille de la ville. Toutes deux étaient ouvertes sur le monde et aimaient le calme de la campagne.

Mais elles étaient devenues rapidement amies. Elle était venue jusqu'ici à la demande d'April. Ce voyage lui faisait du bien et elle en appréciait chaque minute, mais elle ne pouvait nier le fait qu'à chaque fois qu'elle partait loin de son ranch, elle adorait aussi le moment où elle retournait dans sa maison et réalisait qu'elle était de nouveau chez elle.

Une problématique se posait également : celle de laisser ses propres animaux, qu'elle avait sauvés, derrière elle. Les frères Bangor, Peter et Paul, venaient souvent leur rendre visite pour voir comment ils se portaient. Et quand Mia, sa meilleure amie qui vivait également sur la propriété, était là, elle donnait un coup de main chaque fois qu'elle le pouvait. Mais cette fois-ci, Eva avait prévu de s'absenter un peu plus longtemps. Elle espérait pouvoir emmener les chevaux jusqu'à leurs nouvelles maisons et les aider à s'installer. Plusieurs vétérinaires étaient mobilisés sur ce projet pour aider les chevaux à rester calmes et minimiser le stress qu'ils ressentiraient en découvrant leur nouvel environnement. Elle n'était donc pas aussi indispensable à la réussite de ce projet qu'ils l'étaient. Et il ne faisait aucun doute que les animaux étaient bien soignés. Eva était impliquée depuis longtemps dans ce projet qu'elle avait rejoint à distance dans un premier temps. C'était formidable de pouvoir enfin rencontrer les animaux concernés. Maintenant, elle voulait aller jusqu'au bout de cette manœuvre et s'assurer qu'ils étaient tous bien installés dans les refuges qui allaient les accueillir.

Cependant, la présence des *SEAL* en tenue de camouflage dans les bois, à quelques kilomètres de là, la terrifiait. Pourquoi étaient-ils ici ? Avait-elle compromis leur couverture ?

Elle espérait que non. Un temps considérable était consacré à la préparation et à la planification de chaque opération. C'était des opérations de la plus haute importance, vouées à assurer la sécurité des citoyens. Et malheureusement, elle s'était retrouvée au milieu de l'une d'entre elles.

Elle avait vu la surprise se peindre sur le visage de Shadow quand elle l'avait reconnu. Il avait toujours vécu dans l'ombre, même en société. Il était toujours silencieux, et toujours à l'écart, peu importait le cadre social. Il n'était pas introverti, mais réservé, dans le genre fort et silencieux. Autrement dit, il était tout le contraire de Swede, la montagne de muscles qui était à côté de lui tout à l'heure. Cet homme-là avait toujours une fille à son bras, sauf la fois où il était venu dans son ranch accompagné de deux femmes. Cet épisode l'avait passablement énervée. Elle aurait aimé l'apprécier en tant que personne, mais le type de relation qu'il entretenait avec la gent féminine l'en empêchait. En dehors de cet énergumène, le reste des gars qui composaient l'équipe de Hawk étaient vraiment géniaux. Et Hawk était un peu plus présent maintenant que lui et Mia étaient en couple. Tous deux avaient vécu un horrible cauchemar au cours duquel Hawk avait sauvé la vie de Mia et, ce faisant, ils étaient tombés amoureux.

Eva repensa à tout ce que sa meilleure amie avait traversé et sentit son cœur se serrer. Mia s'était rétablie, plus vite que prévu. Hawk avait été très attentif à l'évolution de son état de santé et avait veillé sur elle jusqu'à ce qu'elle soit de nouveau sur pieds, alors ce n'était pas étonnant. Et ils allaient parfaitement ensemble. Eva sourit en songeant à la timide et tranquille Mia qui, à cause de son travail de recherche et de sauvetage, se forçait à aller dans des grottes, même si elle détestait cela, et qui, maintenant, avait une relation amoureuse avec son costaud de grand frère. Néanmoins, cela avait fonctionné entre eux. Eva avait toujours souhaité à son amie de trouver l'élu de son cœur, même si elle n'aurait jamais pu imaginer que celui-ci se révélerait être son frère.

Mais tous deux étaient désormais heureux ensemble. C'était tout ce qui importait.

Et cela rappelait aussi à Eva à quel point elle était seule.

Pas seule dans le sens où elle n'avait pas d'amis ni de famille. Non, elle était seule parce qu'elle n'avait personne de « spécial » dans sa vie. Elle voulait un partenaire, mais pas n'importe qui. Elle ne voulait pas se contenter d'un second choix. Putain, elle ne voulait pas de compromis. Elle voulait ce que Mia et Hawk avaient, et ce que plusieurs amis de Hawk avaient également, d'après ce qu'elle savait.

Elle ne se faisait pas d'illusions. Elle ne cherchait pas un scénario à la Cendrillon. Mais elle aurait aimé avoir quelqu'un à ses côtés dans les moments difficiles, avec qui elle pourrait aussi se réjouir dans les bons moments. Quelqu'un qui serait là pour elle dans ses moments de déprime, et qui se tournerait vers elle quand il aurait besoin d'encouragement. Oui, elle voulait un partenaire pour tout et n'importe quoi, qui resterait avec elle pour toujours.

Quelle bonne blague ! De toute façon, même dans l'équipe de volley-ball, elle n'avait jamais été sélectionnée. Elle n'était jamais choisie, peu importe le domaine.

La vie n'avait pas non plus l'habitude de laisser tomber de magnifiques hommes tout en muscles devant elle.

Encore moins ceux qui ressemblaient à Swede.

Malheureusement.

DE RETOUR À leur campement, qu'ils avaient établi dans une maison, Swede écoutait les autres discuter de leurs différentes options, mais son esprit était accaparé par le profil de la cavalière qu'il avait brièvement aperçu, à peine visible sous son chapeau.

Cela ne pouvait pas être la femme qui lui venait à l'esprit. C'était impossible. À l'heure actuelle, elle devait sûrement être chez elle, dans son ranch. Il jeta un coup d'œil à Hawk. Ces derniers jours, il était revenu à un état d'esprit calme et semblait heureux. C'était à la fois écœurant et impressionnant. Swede savait qu'il perdait ses camarades un par un, mais en même temps, il gagnait des femmes incroyables dans son entourage. Aucune de ces nouvelles relations n'avait affecté la fraternité qui existait entre les hommes. C'était une bonne chose. Ils avaient toujours fait passer leur équipe avant les femmes, et c'était toujours le cas, même si c'était différent maintenant.

Il comprenait, d'une certaine manière. Mais comme il n'avait jamais eu de relation amoureuse, certaines choses lui échappaient. Au plus profond de lui-même, il devait bien admettre qu'il aimerait lui aussi trouver une femme avec qui partager sa vie, et non plus seulement son lit.

Mais ne s'était-il pas toujours dit qu'il finirait ses jours seul ? Peut-être était-ce parce qu'il ne parvenait pas à identifier ce qu'il voulait exactement. Sauf qu'en regardant ses coéquipiers et en se rappelant leurs partenaires, il ne pouvait se mentir à lui-même. Il désirait avoir la même chose qu'eux. Il espérait secrètement que la chance finirait par venir frapper à sa porte comme elle avait frappé aux leurs.

Il ne savait pas vraiment le type de femme qu'il voulait parce qu'aucune n'avait encore fait chavirer son cœur. Pourtant, cela avait semblé être un processus si simple pour ses coéquipiers. Sans pouvoir l'expliquer, ils avaient reconnu leur âme sœur dans leurs partenaires. Alors, comment pouvait-il décrire quelque chose qu'il ne connaissait pas ou ne comprenait pas ? La seule chose qu'il pouvait faire, c'était faire la queue et espérer qu'on lui servirait une partenaire parfaite, à lui aussi.

Puis son esprit s'arrêta sur le seul élément qui lui avait échappé au sujet de l'étrange rencontre qu'il avait faite aujourd'hui. La voix étouffée de l'inconnue, son ton, le rythme de ses paroles, la façon dont elle avait élevé la voix à la fin… Brusquement, il réalisa que c'était elle.

Il se retourna et regarda fixement Hawk.

— Où est ta sœur ? demanda-t-il.

Sa question allait tellement à l'encontre de la discussion actuelle qu'elle plongea les autres dans le silence.

Hawk haussa les sourcils en étudiant son ami.

— À la maison, pourquoi ?

— Appelle-la, le pressa Swede avec un brin d'urgence dans la voix. S'il te plaît.

Shadow émit un son étranglé.

— Putain de merde, tu as raison ! s'exclama-t-il.

Hawk se pencha en arrière et fixa les deux hommes en sortant son téléphone portable de sa poche.

— Sur quoi est-ce qu'il a raison ?

— C'est la femme qui nous a reconnus, expliqua Swede. Cela m'a pris un peu de temps, mais j'ai fini par comprendre.

Seul Hawk secoua la tête en signe de dénégation.

— Non. C'est impossible. Elle est à la maison.

Néanmoins, il déverrouilla quand même son téléphone et appela son numéro en activant la fonction haut-parleur.

Ils écoutèrent tous et attendirent dans un silence tendu. Si c'était elle, alors ça changerait tout.

La sonnerie du téléphone résonna dans la pièce pendant quelques secondes. Puis, finalement, alors qu'ils pensaient que sa boîte vocale allait se déclencher, elle décrocha.

— Allô ? Hawk ? C'est toi ?

— Salut, Eva, la salua Hawk en se redressant avec un sourire. Comment vas-tu ?

— Je vais très bien, répondit-elle d'une voix joviale.

Swede se pencha plus près. La voix de la jeune femme semblait forcée et sonnait faux.

Hawk le remarqua aussi.

— Tu vas bien ? Tu es seule et en sécurité ? s'inquiéta-t-il.

— Je vais bien, affirma-t-elle doucement. Du moins, je pense. Mais dis-moi, est-ce que j'ai vraiment vu ce que j'ai vu ce matin ou est-ce que je vieillis avant l'heure ?

— Qu'est-ce que tu as vu ? l'interrogea Hawk avec curiosité.

S'il s'était efforcé de garder une voix calme, son regard parcourait la table et se posait sur chaque personne assise autour de lui.

— J'ai cru voir Shadow et Swede, lâcha-t-elle.

En entendant sa réponse, les hommes maugréèrent à voix basse. Hawk leur lança un regard noir.

— Où diable es-tu, Eva ?

— Au Mexique, déclara-t-elle d'une voix qui paraissait indignée. Et je ne te suis pas. On est en train de déplacer un grand groupe de chevaux vers plusieurs refuges aux États-Unis. Je suis venue pour prêter main-forte.

Elle fit une pause, avant de reprendre la parole.

— Je t'en ai parlé, lui rappela-t-elle.

— À moins que je me trompe, il me semble que tu m'avais dit que ce serait le mois prochain.

— C'était ce qui était prévu à l'origine, mais April m'a dit qu'Isabella voulait que les chevaux soient déplacés maintenant, alors le programme a changé il y a quelques jours.

— April, bien sûr, releva-t-il avec un grognement plein d'amertume. Tu peux sauter dans un avion et rentrer à la maison ?

— Non, il est hors de question que j'abandonne ces chevaux, s'insurgea-t-elle. S'il y a un problème, tu aurais dû me prévenir plus tôt.

— Quand est-ce que j'aurais pu le faire alors que j'ignorais totalement que tu avais prévu de venir au Mexique plus tôt que ce que tu m'avais annoncé ?

— Tu sais, je n'avais pas prévu de vous voir ici non plus…

Elle se tut quelques instants avant de rire.

— Bon, alors qu'est-ce qu'on fait maintenant ? voulut-elle savoir.

Swede aurait pu jurer qu'il pouvait entendre son sourire à travers le haut-parleur du téléphone.

— Oh, je sais ! Vous pourriez peut-être retarder votre opération jusqu'à ce que je mette les chevaux en sécurité, suggéra-t-elle.

Les soldats poussèrent un grognement collectif.

— D'accord, j'ai compris, soupira-t-elle après avoir manifestement entendu leur désapprobation à travers le combiné. Oubliez cette idée.

Swede écoutait en souriant. Il avait toujours aimé Eva. Elle avait du cran. Mais c'était la sœur de Hawk, et il avait bien trop de respect pour son ami pour s'engager dans une relation plus qu'amicale avec elle.

C'était dommage. Mais bon, elle semblait avoir quelque chose contre lui. Alors peut-être que c'était mieux ainsi. Mais d'un autre côté, il pourrait faire en sorte qu'elle change d'avis à son sujet.

— Est-ce que c'est grave ? s'enquit-elle d'une voix basse

et inquiète.

— Très grave. Et encore, c'était avant qu'on surprenne une conversation entre plusieurs hommes aujourd'hui. Ils parlaient de kidnapper deux femmes qui s'occupent de chevaux, comme s'ils voulaient leur proposer quelque chose d'autre à monter, annonça Hawk.

Il avait délibérément été vulgaire dans le choix de ses mots. Swede comprit qu'il espérait que sa sœur comprendrait le message et rentrerait chez elle en courant.

— Bien sûr. Ce sont des hommes après tout, remarqua-t-elle froidement. Avec un peu de chance, on devrait être parties demain matin. Trois remorques vont s'en aller maintenant. Deux autres partiront demain matin et je serai avec la dernière.

— Je veux que tu rentres aujourd'hui, ordonna Hawk. Tu m'entends ?

— Je t'entends, oui, mais je ne peux pas, lança-t-elle d'une voix forte qui passa facilement à travers le haut-parleur du téléphone. Je suis ici avec April. On part avec le dernier convoi dans la matinée.

— Tu dois foutre le camp d'ici.

— Je ne laisserai pas les autres derrière moi, cria-t-elle. Si c'est dangereux pour l'un d'entre nous, alors ça l'est pour nous tous.

— Bien, dans ce cas, vous allez tous monter dans vos véhicules et partir maintenant. C'est dangereux et les choses vont bientôt empirer.

— Merde.

Et sur ce dernier mot, elle raccrocha.

Hawk regarda son téléphone avec incrédulité.

— Eva ? Eva !

Aucune réponse ne lui parvint. Elle avait mis fin à

l'appel.

— Alors, ça veut dire qu'elle va partir aujourd'hui ? questionna Swede.

Il l'espérait, mais en doutait.

— La connaissant, c'est peu probable, grogna Hawk.

— Je pense qu'elle est partie évaluer où en est la situation de son côté et voir si elle peut faire avancer l'heure du départ, avança Shadow de l'autre côté de la table.

Il regardait fixement le paysage. Constamment sur ses gardes, il ne dormait jamais et vivait toujours dans l'ombre.

— Elle n'est pas idiote, ajouta-t-il.

Swede et Shadow se ressemblaient énormément, à une grande différence près : le premier sortait souvent pour profiter des rayons du soleil sur sa peau, contrairement au second. C'était ce qui lui permettait de rester sain d'esprit, tout comme c'était ce qui lui permettait de continuer à faire ce qu'il faisait. Il aimait son travail ainsi que les gens avec qui il travaillait. Mais il s'épuisait avec le temps. Alors, il marchait au soleil autant qu'il le pouvait. Ainsi, il rechargeait ses batteries afin de pouvoir faire toujours plus et poursuivre son travail.

Cela le ramena à songer à ses coéquipiers et aux nouvelles amours de leur vie. Ces amours-là étaient différentes de toutes les relations qu'ils avaient eues depuis qu'ils se connaissaient. Est-ce que cela revenait à vivre à la lumière du soleil et à visiter les ombres ? Était-ce le contraire de ce que lui, Shadow et Cooper vivaient ? Cooper était toujours en service limité à cause d'une blessure, mais il était suffisamment impliqué dans leurs missions pour avoir vu ses camarades tomber sous les flèches de Cupidon les uns après les autres.

C'était une chose qu'aucun d'entre eux n'aurait pu prédire ni même comprendre, mais ils voulaient tous vivre cela eux-mêmes, maintenant qu'ils savaient que c'était une option envisageable.

— Qu'est-ce que tu veux faire ? demanda Shadow à Hawk.

— J'aimerais la kidnapper et la mettre dans le prochain avion à destination de chez elle, là où elle sera en sécurité, avoua Hawk avec exaspération. Mais comme ça ne marchera pas…

— On va devoir la protéger et assurer sa sécurité jusqu'à ce qu'elle retourne aux États-Unis.

— Nous n'avons pas d'homme disponible pour s'occuper de ça, souligna Mason à voix basse. Sinon, on aurait pu en affecter un à sa surveillance. Il aurait veillé sur elle en la rejoignant à l'hacienda.

— Ce n'est pas une mauvaise idée, approuva Swede en le regardant fixement. On pourrait établir une base secondaire là-bas. Celui ou ceux qui dirigent l'hacienda ont peut-être une idée de ce qui se passe dans le camp d'entraînement.

— Ou ils pourraient être impliqués, et cela va non seulement compromettre notre couverture, mais aussi mettre en danger l'un d'entre nous. Surtout si l'on tient compte de ce que nous avons entendu cet homme dire au téléphone tout à l'heure. Il a parlé de l'hacienda et d'un exercice d'entraînement, rappela Shadow.

— Donc Eva risque de se faire tuer si elle en parle à quelqu'un, conclut Swede en hochant la tête.

Le silence suivit cette dernière remarque, puis Hawk se leva d'un bond.

— Je dois la protéger.

— Tu ne peux pas y aller, le retint Mason. N'importe qui peut faire des recherches sur toi et découvrir qui tu es.

— Mais je suis son frère.

— C'est vrai. Dans ce cas, il vaut mieux que ce soit un amant qui y aille. La raison de sa présence serait plus plausible.

— Pas plus plausible qu'un frère qui passe dans le coin pour filer un coup de main !

— Tu n'as aucune raison d'y aller non plus. En revanche, Shadow possède un don avec les animaux. Il fait des miracles avec eux. Il pourrait y aller.

— Ou Swede, proposa tranquillement Shadow. Il est aussi très doué avec les chevaux.

— C'est parce qu'il est aussi grand qu'un cheval et qu'ils le considèrent comme un membre de leur famille.

Cette plaisanterie provoqua des éclats de rire qui allégèrent un peu l'atmosphère.

Swede étudia le visage de Shadow. Il aurait pu y aller. Après tout, c'était parfaitement dans ses cordes. Pourtant, il semblait vouloir que Swede y aille à sa place. Pourquoi ?

— Swede ? Tu te sens de faire ça ? lui lança Hawk.

Swede acquiesça.

— Bien sûr. D'ailleurs, tu devrais peut-être prévenir ta sœur que j'arrive.

Hawk plissa les yeux, puis sourit.

— Vous vous êtes disputés la dernière fois que vous vous êtes vus, n'est-ce pas ? Cela fera une excellente couverture.

Swede haussa les épaules sans chercher à nier. Ils s'étaient disputés, mais il ne se rappelait plus à quel sujet. Il se souvenait seulement qu'il n'avait pas cessé de l'embêter jusqu'à ce qu'elle finisse par craquer. Même maintenant, il remettait en question son comportement et la seule raison logique qui lui venait à l'esprit pour expliquer son attitude, c'était qu'elle l'avait ignoré pendant tout le temps où il avait été chez elle. Ce qui était stupide, puisqu'il était venu avec deux amies. Il ne s'était pas montré sous son meilleur jour, mais quelque chose en elle l'avait touché d'une manière significative. Et chaque putain de fois qu'il la voyait, il ressentait de nouveau cette sensation étrange.

Il lui devait des excuses.

Alors, peut-être que c'était une bonne occasion de les lui présenter.

Il se leva.

— J'y vais maintenant. Appelle-la et préviens-la. Elle ne doit parler à personne, y compris April.

— Trop tard. Elle lui a probablement déjà parlé, avança Shadow.

CHAPITRE 3

UNE DEMI-DOUZAINE DE personnes se trouvaient dans les granges quand Eva rejoignit April. Elle essaya d'attirer l'attention de son amie, mais un cheval semblait être à terre. Deux des vétérinaires étaient en pleine discussion sur l'état de la jument. Eva craignit qu'ils ne l'abattent au lieu d'essayer de l'aider. La pauvre bête paraissait anémiée et incapable de se tenir debout.

Réussissant à capter l'attention d'April, Eva lui adressa un petit signe, puis lui désigna le corral extérieur. April hocha la tête et sortit au soleil.

Après avoir jeté un dernier regard à la jument, Eva suivit son amie.

April se tenait de l'autre côté de la clôture contre laquelle elle s'était appuyée, les bras croisés.

— Qu'est-ce qui ne va pas avec la jument ?

— Mark est en train de l'examiner, répondit April tristement. Je ne peux pas m'empêcher de penser que j'aurais dû venir ici un mois plus tôt.

Eva grimaça. Combien de fois avait-elle dit la même chose à propos d'un animal ou d'un autre ? Cela arrivait bien trop souvent à son goût.

— Espérons qu'ils pourront l'aider.

— Cela ne veut pas dire qu'elle sera assez forte pour faire le voyage, et si elle ne peut pas voyager maintenant…

— Je sais.

Ce n'est pas comme s'ils pouvaient réorganiser un transfert pour un unique cheval la semaine prochaine. Ils le pourraient, mais pour cela, il leur faudrait de l'argent. Beaucoup d'argent.

Le financement des sauvetages impliquait de se battre constamment. Certains mois étaient meilleurs que d'autres. Certains projets étaient aussi plus faciles à financer. Les gens aimaient aider les chevaux, mais ce n'était pas pour autant qu'il leur serait facile de réunir la même somme d'argent une deuxième fois, alors ils devaient faire le maximum avec l'argent dont ils disposaient actuellement.

Cependant, ce n'était pas pour cela qu'elle avait demandé à April de sortir. Eva jeta un coup d'œil derrière elle, incertaine de ce qu'elle devait lui dire.

— Je suppose qu'il n'y a pas moyen de faire partir tous les convois aujourd'hui. Ce serait bien que tout le monde s'en aille en même temps.

— J'aimerais bien qu'on puisse tous partir aujourd'hui, acquiesça April en regardant nerveusement autour d'elle. Je n'ai pas l'habitude d'être nerveuse, mais j'ai l'impression d'avoir été observée toute la journée.

— Oui, moi aussi, avoua Eva à voix basse. C'est en partie la raison de ma suggestion. Penses-tu que ce serait possible ?

— Avec la jument, je ne vois pas comment.

— Si elle arrive à tenir sur ses pattes, on pourrait voyager avec elle.

— Ils ne la prendront pas dans l'avion si elle ne peut pas marcher et elle ne sera pas non plus autorisée à entrer sur le sol des USA si elle n'est pas en meilleure forme. Je ne sais pas grand-chose là-dessus. Il va falloir qu'on passe rapidement quelques coups de fil pour en savoir plus.

Eva ne voulait pas laisser la jument derrière elle. Mais transporter une jument morte ou mourante avec eux transformerait le voyage en véritable cauchemar.

Soudain, les branches des arbres à côté d'elles bruirent. Les deux femmes sursautèrent et Eva saisit le bras de son amie.

— Retournons à l'intérieur. Je préfère qu'aucune de nous ne reste seule dehors.

— Je n'aime pas la façon dont tu dis ça, murmura April.

Mais après un dernier regard aux bois denses qui les entouraient, elle suivit Eva jusqu'à la grange.

— Je sais, mais c'est la vérité, encore plus maintenant, souffla sombrement Eva.

Elle aurait préféré ne jamais avoir vu les amis de son frère ce matin ni lui avoir parlé quelques instants plus tôt. C'était une belle journée. Le soleil brillait dans le ciel du Mexique, mais maintenant, un voile sombre avait recouvert sa bonne humeur. Elle n'aimait pas la crainte qu'elle ressentait. À quel point étaient-ils tous en danger ? De retour à l'intérieur de la grange, elle fut soulagée de voir la jument sur ses pattes, en train d'être promenée en cercle par ses soigneurs.

— Est-ce qu'elle sera capable de voyager ? demanda-t-elle à Tom, le vétérinaire le plus proche d'elle.

— Oui, elle le pourra, acquiesça-t-il.

Eva sourit.

— C'est formidable. Je me serais sentie mal de l'abandonner derrière moi. Parmi tous nos rescapés, c'est celle qui semble avoir le plus besoin de partir d'ici.

Tom hocha la tête à nouveau.

— Elle va avoir besoin de soins sur le chemin du retour, quand on sera dans l'avion. Alors, je resterai près d'elle.

C'était la meilleure chose à faire. Mark et Tom étaient ici en tant que vétérinaires volontaires, afin de leur donner un coup de main. Ils étaient cousins et issus de familles particulièrement riches qui, par chance, aidaient à financer des projets comme celui-ci. Ils étaient nés et avaient grandi avec une cuillère en argent dans la bouche. Ils connaissaient donc beaucoup de gens riches à qui ils pouvaient faire appel en cas de besoin. Et leurs amis y étaient habitués.

— Je pense qu'on devrait tous partir aujourd'hui et voyager en convoi jusqu'à l'aéroport. On pourrait charger les chevaux maintenant et rentrer ensemble.

— Tu sais bien qu'on ne peut pas faire ça. Il y a trop de chevaux qui voyagent dans des directions différentes, souligna-t-il en secouant la tête. Non, il vaut mieux faire comme prévu.

Elle sentit plus qu'elle ne vit son regard inquisiteur.

— Tu veux partir aujourd'hui ? interrogea-t-il.

Putain, oui, elle voulait vraiment partir aujourd'hui, surtout maintenant que son frère l'avait avertie qu'ils n'étaient pas en sécurité ici. Mais il était hors de question qu'elle s'en aille si cela impliquait de laisser les autres derrière.

— J'aimerais bien rentrer chez moi, admit-elle. Mais on a choisi de différer les départs pour une bonne raison, alors on va s'en tenir au programme pour l'instant.

Il sourit et lui donna une tape sur l'épaule.

— Vois ça comme des vacances.

— Je pourrais, si je n'avais pas la sensation que nous sommes observés, marmonna-t-elle à voix basse.

Elle croisa son regard perçant, mais il ne dit rien. Mais qui sait, peut-être y réfléchirait-il ?

Les yeux d'Eva se posèrent ensuite sur la femme mexicaine propriétaire de la belle hacienda où ils séjournaient.

Elle s'approcha d'elle.

— Merci encore pour votre hospitalité, Isabella, déclara Eva chaleureusement. C'est vraiment charmant ici.

Isabella rit.

— C'est parce qu'il n'y a personne ici. Il n'y a que le pays de Dieu et nous.

Eva rit aussi.

— Et ce n'est pas plus mal ! opina-t-elle.

Elle jeta un coup d'œil autour d'elle en observant les arbres et les rochers qui s'étendaient à perte de vue, et essaya d'oublier tout ce qui n'était pas visible pour le moment.

— Vous avez des voisins ? questionna-t-elle.

— Non. Pas à des kilomètres à la ronde. Et ce n'est pas pour me déplaire.

Si Eva n'avait pas parlé à Hawk ce matin, il ne lui serait jamais venu à l'esprit d'interroger Isabella. Mais maintenant, elle mourait d'envie d'en apprendre plus.

— Vous ne vous sentez jamais seule ?

— Non, affirma Isabella en souriant. Une grande partie de ma famille et de mes amis vivent en ville. Je leur rends visite une ou deux fois par semaine et c'est comme ça que j'ai ma dose d'interactions sociales.

— Je suis pareille, rit Eva. Je préfère la compagnie des animaux. Et je n'apprécie celle des gens qu'à petites doses.

— Exactement, acquiesça Isabella avant de désigner les chevaux. Ces chevaux sont sauvages depuis longtemps, mais ils sont nés en captivité. Comme les gens ne pouvaient pas s'occuper de leurs animaux de compagnie, ils les ont amenés ici et les ont relâchés. En théorie, c'est bien, mais il n'y a pas grand-chose à manger pour eux dans le coin. Ils ne savent pas comment survivre seuls dans la nature. Ils ont souffert.

— Ne vous en faites pas, leur souffrance prend fin dès

maintenant.

En fait, beaucoup des chevaux dont Isabella s'était occupée venaient également d'ailleurs. Elle avait sauvé ces bêtes par pure bonté d'âme, mais la lutte pour trouver des foyers à ces grands animaux était sans fin. Ils coûtaient trop cher à la vieille dame et l'espace disponible au sein de l'hacienda était devenu trop petit pour tous les accueillir. Plus de la moitié des chevaux qu'ils emporteraient avec eux étaient ceux dont elle s'était occupée parce que d'autres ne le pouvaient pas.

Cette opération de sauvetage qu'ils avaient entreprise offrirait une meilleure vie aux chevaux et allégerait également le fardeau d'Isabella.

Si elle n'avait pas vu les deux soldats cachés dans les buissons et n'avait pas reçu le coup de téléphone de son frère, Eva se serait laissée aller à l'allégresse. Mais maintenant, tout ce qu'elle voulait, c'était rentrer chez elle, et vite. Sauf qu'il était hors de question qu'elle abandonne qui que ce soit ici.

SWEDE RÉPÉTA PLUSIEURS fois dans sa tête l'approche qu'il avait préparée. Et il fut surpris de réaliser qu'il était nerveux. Lui qui avait côtoyé des centaines de femmes – d'accord, peut-être qu'il exagérait un peu – était nerveux à l'idée de revoir Eva. À l'origine, Hawk était censé préparer Eva au scénario qu'ils avaient établi, mais Shadow, avec une pointe d'humour dans la voix, avait suggéré que si Swede y allait sans prévenir Eva, elle aurait une réaction plus naturelle.

Hawk avait accepté. *Putain.* Comment Swede était-il censé mettre à profit sa couverture d'ex-petit-ami très important aux yeux de la jeune femme sans qu'elle ne la compromette et ne l'envoie promener ?

Bon. Il fallait vraiment qu'il joue le jeu à fond.

Sauf qu'il n'aimait pas faire semblant. Il était un SEAL et il n'y avait rien qu'il ne puisse pas faire. Quand il s'agissait d'ordinateurs, il pouvait les faire chanter. Quand il s'agissait de terroristes, il pouvait les faire hurler. Et quand il s'agissait de femmes, il n'était pas non plus en reste. Il pouvait les faire crier, que ce soit de douleur ou de plaisir. Mais il n'était pas bon comédien.

Le ranch semblait désert quand il arriva. S'il se fiait à l'apparence de l'hacienda mexicaine typique des environs, les propriétaires n'étaient pas pauvres. Elle était grande et bien sûr blanche et s'étendait de façon tentaculaire dans toutes les directions. Elle était surmontée de plusieurs étages d'un côté et avait l'air de s'étendre à l'infini de l'autre côté. Il se gara, franchit le portail et crut entendre des bruits dans la longue allée qui menait à l'arrière de la propriété. En tournant au coin d'un mur, il vit plusieurs granges et corrals. Un groupe de personnes était en train de charger plusieurs chevaux dans des remorques. Il s'arrêta et étudia les animaux. Maigres et meurtris, mais toujours élégants, ils marchaient là où on les menait. Ils n'étaient pas défiants, mais ne paraissaient pas pour autant abattus. Ce comportement calme était parfait pour ceux qui tenaient l'autre bout de la corde et les gui-daient.

Swede s'était déjà retrouvé avec ce bout de corde entre les mains à de nombreuses reprises, chaque fois avec une histoire différente. Il savait que ces chevaux n'avaient probablement plus beaucoup de force en eux. De toute évidence, ils avaient été battus et maltraités bien que certains aient l'air d'avoir été simplement relâchés dans la nature.

Il ne pouvait rien y faire.

Mais il ne voulait pas non plus effrayer les animaux par sa présence et transformer cette organisation bien rôdée en chaos le plus total.

— Excusez-moi, monsieur. Est-ce que je peux vous aider ? l'interpella une voix.

Swede regarda la jeune femme approcher. Elle devait avoir une vingtaine d'années. D'origine mexicaine, elle possédait de longs cheveux rassemblés en une épaisse tresse qui pendait dans son dos. D'après ses vêtements et ses manières, il en déduisit qu'elle ne faisait pas partie des volontaires, car elle semblait vouloir éviter de se salir les mains.

— Oui, je suis ici pour voir Eva Loring, expliqua-t-il avec un sourire enjôleur. C'est ma fiancée, et elle ignore tout de ma présence ici. Je voulais lui faire une surprise.

Le visage de la jeune femme s'illumina.

— Elle est à l'arrière avec les chevaux. Venez avec moi, je vais vous conduire à elle, l'invita-t-elle en se retournant.

Il avait trouvé la bonne formule et visé juste. L'idée d'une romance faisait souvent fondre le cœur des jeunes femmes. C'était une bonne chose que celle-ci soit réceptive à ce genre de choses.

Il la suivit à travers un chemin sinueux qui longeait la clôture jusqu'à l'endroit où un groupe de personnes s'affairait.

La femme recula légèrement et pointa du doigt l'autre côté d'un corral.

— Voilà, elle est sur la droite.

Effectivement, elle était là. Et elle semblait plus animée que jamais, tandis qu'elle parlait avec un homme de grande taille qui se tenait à ses côtés. Un grognement manqua de lui échapper. Cet homme s'intéressait un peu trop à elle à son goût. Swede n'était pas prêt à accepter qu'Eva puisse avoir quelqu'un d'autre dans sa vie. Peut-être qu'au fond de lui, il s'était toujours demandé s'il pouvait être l'homme qui ferait chavirer son cœur. Il ne voulait surtout pas l'imaginer en train de sortir avec qui que ce soit ici.

Mais de toute façon, les relations à distance ne marchaient jamais.

En se rendant compte que son esprit continuait à penser aux raisons pour lesquelles elle ne devrait rien avoir à faire avec cet autre homme, il eut envie de rire de lui-même. *Putain !* Si cela avait été n'importe quelle autre femme, ces mêmes raisons s'appliqueraient-elles ? Bien sûr que non.

Il n'était qu'un idiot.

Et il avait un putain de boulot à faire, alors il devait entrer dans le vif du sujet dès maintenant. Elle allait devoir reporter sa conversation avec ce type à plus tard. Ce n'était pas son problème. Il s'approcha tranquillement. Ses pas étaient presque silencieux alors qu'il avançait sur le sentier. Il passa devant plusieurs chevaux qui patientaient sur sa droite. Leurs têtes dépassaient de la clôture. Il aimait les chevaux. En fait, il aimait tous les animaux. Et en général, ils l'aimaient en retour. Shadow savait gérer les espèces sauvages mieux que lui, mais il n'existait aucun animal domestique que Swede ne puisse pas amadouer.

C'était pratique avec les chiens de garde, et ses talents pouvaient se révéler utiles dans des moments comme celui-ci.

Il contourna les chevaux, en gardant un œil sur leurs mouvements coordonnés, et se dirigea vers Eva.

La jeune femme finit par le voir. Il remarqua le moment où elle prit conscience de sa présence. Elle eut un hoquet de surprise et se figea, la bouche ouverte et les yeux écarquillés. Si quelqu'un l'avait bousculée à ce moment-là, elle serait tombée comme une bûche. Il lui sourit, se réjouissant presque de sa prochaine action.

Comme si elle avait aperçu quelque chose dans son regard, elle fit un pas en arrière, puis un autre. Son regard ne cessait de s'élargir, et ses yeux sortaient presque de leurs orbites désormais. Elle commença à secouer la tête, les mains levées pour le repousser… comme si cela allait l'arrêter.

Il rit et la rejoignit en effectuant un dernier pas.

— Oh non, haleta-t-elle.

— Oh que si.

Il l'attrapa par la taille, la serra contre lui dans ses bras et la fit joyeusement tournoyer dans les airs. Quand il la reposa sur le sol après avoir fait en arc de cercle, il baissa la tête et déposa sur sa bouche un baiser fougueux et possessif qui disait clairement « elle est à moi » à tous ceux qui les regardaient.

En cet instant, il le pensait. Il n'avait aucune idée d'où lui venait cette attitude possessive, mais elle était là. Et il n'arrivait pas à faire barrage aux vagues de désir qui le traversaient.

Puis, Eva lui donna sa réponse.

Chez elle, il sentit de la surprise, de l'incrédulité, de la curiosité – il apprécia grandement cette émotion-là – et peut-être même de la passion, mais c'était difficile à dire. Il devrait réessayer à un autre moment, quand ils seraient seuls. Le problème, c'était qu'elle ne se comportait pas vraiment comme s'il était un amant perdu de vue qui faisait son retour. Or, il avait besoin qu'elle rentre dans son jeu.

Alors, il fit monter la température en approfondissant leur baiser.

Lorsqu'il releva la tête, le corps d'Eva était devenu mou dans ses bras, telle une poupée de chiffon. Parfait. Elle avait enfin la bonne réaction. Il sourit et baissa la tête vers elle.

— Tu dois prétendre que je suis ton fiancé perdu de vue

depuis longtemps, qui n'arrivait pas à vivre loin de toi et qui a pris l'avion pour te rejoindre, lui chuchota-t-il. On s'est disputé récemment, mais je suis là pour me rattraper, afin qu'on se réconcilie.

Dans ses yeux, une lueur lui indiqua qu'elle intégrait ses mots et sa suggestion de scénario. Il la vit s'en saisir, l'écarter avant de se forcer à l'étudier à nouveau et à la reconsidérer. Elle était intelligente. Sacrément intelligente, même. Elle avait toujours été la première de sa classe, mais avait-elle compris ce qu'il attendait d'elle ?

Il l'espérait.

Elle s'affaissa contre sa poitrine, et il la serra contre lui.

— Tu vas bien ? souffla-t-il.

Elle hocha la tête et se redressa.

— Je vais bien, affirma-t-elle brusquement avant d'essayer de repousser sa poitrine.

Mais sa tentative fut vaine. Il ne la libéra pas de son étreinte et l'étudia attentivement.

— Je te laisse reculer si tu continues à jouer la comédie…

— Et si je refuse ? murmura-t-elle d'une voix fougueuse qu'elle garda néanmoins basse afin que leur conversation privée ne parvienne pas aux oreilles indiscrètes.

— Alors, je te jetterai par-dessus mon épaule et je t'emmènerai loin d'ici de force, quel que soit ton avis sur la question.

— Mais c'est du kidnapping !

— Comme si j'en avais quelque chose à foutre.

Il la fixa calmement et froidement, ne lui laissant pas la moindre chance de se méprendre sur ses intentions. Il ferait ce qu'il devait faire, et elle pourrait hurler autant qu'elle le voudrait. Quoi qu'il arrive, elle ne le ferait pas changer d'avis ni ne l'empêcherait de faire ce qu'il estimait être la bonne chose à faire.

Et finalement, elle comprit le message. Elle hocha lentement la tête.

— Bien. Mais souviens-toi que tu es venu pour t'excuser et te faire pardonner de t'être comporté comme un véritable connard avec moi, lança-t-elle. Et je ne suis pas convaincue par ta prestation. Alors, tu ferais mieux de t'améliorer si tu veux vraiment te racheter.

Elle se retourna et s'éloigna, le laissant stupéfait et perplexe. Il la regarda partir sans bouger.

Sans qu'il ne s'y attende, elle avait renversé la situation. Et au lieu de se sentir en colère, il était… fasciné.

CHAPITRE 4

ELLE NE SAVAIT pas quoi penser de toute cette situation. Ses veines étaient tellement inondées de chaleur qu'il était étonnant qu'elle ait pu ne serait-ce que parler. Elle espérait qu'il n'avait pas remarqué sa réaction. Elle grogna en y repensant. Il était impossible qu'il ait manqué sa réponse à son baiser. *Merde.* Cet homme était-il réel ? Qu'avait-elle raté pendant toute sa vie ? Elle avait eu des relations, des amants. Elle avait presque atteint l'autel de la cérémonie de mariage à la sortie du lycée, mais avec le recul, elle se rendait compte qu'elle avait bien fait de s'arrêter en chemin. Elle n'était plus la même personne qu'à l'époque. Beaucoup de temps s'était écoulé, et avec lui de nombreuses expériences s'étaient succédé. Elle voulait vivre des choses différentes maintenant, rencontrer des gens différents.

Et bon sang, apparemment, elle voulait aussi être embrassée différemment.

Elle avait toujours eu une vision différente de Swede. Elle avait attribué son attirance pour lui au fait qu'il lui rappelait son frère. Il était grand, compétent et déterminé, tout comme Hawk.

Elle avait donc fait de son mieux pour l'ignorer, ou le raillait pour cacher la colère qu'elle ressentait vis-à-vis des choix de vie du soldat. Parce qu'elle ne pouvait pas en faire partie. Malheureusement, Hawk avait remarqué son ressentiment et avait fait un commentaire à ce propos une ou deux fois. Elle avait balayé ses remarques en lui disant que Swede l'irritait au plus haut point, mais que comme son frère et lui étaient amis, il était le bienvenu au ranch, du moins tant qu'il se comportait bien avec elle.

Elle n'était qu'une idiote.

Ce n'était que maintenant qu'il l'avait embrassée, bien qu'il se soit agi d'un faux baiser, qu'elle réalisait que les femmes avaient eu raison de s'accrocher à son bras. Elle aurait fait la même chose dans d'autres circonstances. Mais les circonstances étaient telles qu'elles étaient. Seul le moment présent comptait, et sa suggestion de scénario était ridicule.

Néanmoins, la tournure qu'elle avait donnée aux événements fonctionnait.

Elle sourit. Il incombait au *SEAL* d'arranger les choses, et cela donnait une chance à Eva de paraître plus naturelle. Elle avait failli ne pas valider son examen de théâtre à l'école parce qu'elle ne savait pas jouer la comédie.

Elle n'aimait pas les faux-semblants et préférait ne penser qu'à la réalité.

Même si souvent, la réalité était une véritable garce.

— Hé, Eva, qui est ce type ? Je ne savais pas que tu avais un copain !

April regardait Swede derrière son amie. Son attention avait été attirée par le soldat et ses yeux l'évaluaient. Eva observa son amie et réalisa que, malgré l'intensité de son regard et l'intérêt qu'il suscitait en elle, son attitude ne semblait pas relever d'un intérêt personnel. Elle semblait plutôt inquiète pour Eva.

— Je n'ai rien dit parce qu'on s'est fiancés puis on s'est disputés, marmonna Eva en jetant un coup d'œil à Swede par-dessus son épaule. Et maintenant, il veut qu'on se réconcilie.

April hocha lentement la tête.

— On dirait qu'il obtient souvent ce qu'il veut, lui glissa-t-elle à voix basse.

— Dans une certaine mesure, nuança Eva. Mais je suis un peu différente de ses nombreuses ex-copines.

Elle tourna ensuite la tête vers Swede qui lui lança un regard si brûlant qu'il faillit la faire bégayer. Il s'approcha rapidement.

Quand il mettait le feu aux poudres, cet homme devenait dangereux pour les femmes.

Et elle ferait mieux de faire attention à ne pas tomber sous son charme.

Elle ne pouvait pas se permettre de croire que ce fantasme était réel.

— Je ne voudrais pas qu'il en soit autrement, déclara Swede en plaçant un bras autour des épaules d'Eva pour la serrer contre lui.

Ses mots firent comprendre à cette dernière qu'il avait entendu son dernier commentaire.

Il tendit sa main droite à April.

— Ravi de te rencontrer. Je m'appelle Swede, se présenta-t-il.

April lui serra la main. La sienne était si petite en comparaison de celle du soldat qu'elle disparut à l'intérieur.

— Ravie de te rencontrer également, répondit-elle avant de couler un regard vers Eva. Je n'arrive pas à croire que tu ne m'aies jamais parlé de lui.

— Crois-moi, il valait mieux que je ne t'en parle pas, expliqua rapidement Eva pour éviter que Swede ne lui coupe l'herbe sous le pied. Les choses que j'aurais pu dire le concernant n'auraient pas été très gentilles.

La main de Swede serra doucement son épaule.

— Et c'est pour ça que je suis là. Les malentendus doivent être levés. Je me suis remis en question. Maintenant, je sais ce qui est important.

Il lui sourit, une lueur diabolique au fond des yeux.

— Et c'est toi, termina-t-il.

Elle aurait voulu lever les yeux au ciel pour montrer qu'elle n'était pas dupe, mais la femme faible en elle voulait y croire.

— Je parie que tu dis ça à toutes les femmes, remarqua-t-elle à voix basse.

— Seulement à toi, ma chérie, seulement à toi.

Sa voix semblait si sérieuse, si attentionnée, et si authentique qu'elle en fut ébranlée. Elle n'osa pas le regarder. Elle voulait voir dans ses yeux qu'il était sincère avec elle et non qu'il s'en tenait simplement à ce rôle ridicule qu'il avait choisi d'endosser.

Le fait qu'il puisse faire monter son désir pour lui si rapidement, au point qu'elle ait envie de quelque chose d'autre que ce qu'elle pensait vouloir, en disait long sur la confusion qui régnait dans son esprit.

Il fallait qu'elle se reprenne. Il était là pour une raison. Gardant cela en tête, elle sourit à April.

— Je vais lui faire visiter les lieux, lui annonça-t-elle. On sera de retour dans quelques instants.

April hocha la tête.

— Amusez-vous bien.

Le léger sourire qui étirait les lèvres de son amie en disait bien plus sur ce qu'elle pensait que ses mots.

Cette fois, Eva ne put s'empêcher de lever les yeux au ciel.

S WEDE L'ENTRAÎNA DOUCEMENT à sa suite vers les chevaux qui étaient regroupés de l'autre côté du pâturage. Ils devraient pouvoir parler à l'abri des oreilles indiscrètes là-bas, et faire en sorte que leur discussion ressemble à une conversation entre deux amoureux sans trop d'efforts. Du moins, il l'espérait. Mais cela dépendrait surtout d'elle et de son intention de coopérer. On aurait plutôt dit qu'elle prévoyait de lui faire payer de l'avoir réduite à l'état de poupée de chiffon entre ses bras juste après son arrivée.

Si c'était le cas, ça lui convenait. Il n'avait pas vraiment eu le choix, mais pouvait comprendre sa position. Et honnêtement, il était sacrément content de l'avoir embrassée.

Qui aurait cru qu'Eva était la chose la plus torride du coin ? C'était sûrement la femme la plus sexy qu'il n'y aurait jamais dans les environs.

Même maintenant, il ne pouvait s'empêcher de repenser à la sensation de ses lèvres contre les siennes, à son goût, et à la chaleur de son petit corps blotti contre sa poitrine. Il se sentait… bien. Et c'était une mauvaise nouvelle. Parce que s'il se sentait bien avec elle, cela signifiait aussi que loin d'elle, il ne se sentirait pas bien.

Et il n'était pas prêt à éprouver ce genre de choses.

Pas avec elle. Peu importe la direction qu'avaient prise ses pensées un peu plus tôt. Ce n'était pas possible.

Eva était la sœur de Hawk et restait donc inatteignable pour lui.

Il lui lança un regard oblique et fronça les sourcils. Elle n'était pas non plus son type de femmes. Ses cheveux noirs et sa peau d'albâtre blanc crème la faisaient ressembler aux proies qu'il convoitait habituellement, tout comme sa silhouette mince et légère. Mais elle était plus timide et plus silencieuse que les femmes qu'il aimait séduire. En général, il jetait plutôt son dévolu sur des fêtardes qui étaient assez entreprenantes.

Eva était tout sauf ça.

Et pourtant, quelque chose en elle l'attirait irrémédiablement, et le baiser qu'ils avaient échangé lui avait donné un avant-goût qu'il avait particulièrement apprécié. Il avait délibérément cherché de l'or, et ce qu'il avait trouvé l'avait époustouflé. Désormais, il en voulait plus.

— Pourquoi es-tu aussi silencieux ? demanda-t-elle soudainement. On est en danger ?

— Tu pourrais l'être

Il passa un bras autour d'elle, dans l'intention de l'emmener un peu plus loin, mais elle se recula et se tourna vers lui pour le confronter.

— Vas-tu enfin te décider à me dire ce qui se passe ? s'agaça-t-elle.

— Je vais te le dire, lui promit-il avant de désigner discrètement les gens qui s'affairaient non loin d'eux. Mais je veux que tu me suives sans faire d'histoire.

— Je n'irai nulle part avec toi, grogna-t-elle. Pas avant que tu m'aies dit ce que vous foutez ici.

— Je ne peux pas te dire grand-chose.

Il plissa les yeux et se demanda ce qu'il pouvait lui dire pour obtenir sa coopération sans trop lui en révéler.

— Je veux entendre la vérité, Swede, exigea-t-elle d'une voix menaçante. Maintenant.

Il la fixa quelques secondes puis se retourna pour observer ceux qui les entouraient. Peut-être étaient-ils suffisamment éloignés pour être à l'abri des oreilles indiscrètes. Il haussa les épaules.

— Tu nous as vus ce matin, alors tu sais qu'on est là

pour une raison. Et la raison de notre présence est dangereusement proche de cette hacienda.

Il baissa encore plus la voix.

— L'hacienda et les chevaux vont peut-être être impliqués dans un exercice d'entraînement organisé par des terroristes, lui apprit-il.

— Quoi ?

Elle le dévisagea avec horreur. Ses yeux semblaient prêts à sortir de leurs orbites tant elle était sous le choc de cette nouvelle.

— On doit faire quelque chose ! s'exclama-t-elle.

— Exactement, acquiesça-t-il en pointant l'hacienda avant de se désigner lui-même. C'est pour ça que je suis là, pour vous aider.

— Tu es là seulement pour moi, ou pour les autres également ? Il y a beaucoup de gens bien ici qui ont donné de leur temps pour aider ces animaux. Et April est là aussi.

— On le sait. On surveille la situation et on fera de notre mieux pour la garder sous contrôle, mais tu dois comprendre que ce qui se passe est grave. Et on doit savoir si quelqu'un au sein de l'hacienda est impliqué dans toute cette affaire.

— Personne ne l'est.

CHAPITRE 5

ELLE NE PUT empêcher le choc et l'indignation de teinter sa voix.

— Isabella ne peut pas être impliquée dans tout ça. Elle aide les chevaux, et elle en a probablement aidé des centaines d'autres au fil des ans.

— Ce qui en fait une couverture parfaite pour le reste, souligna-t-il.

— Qu'est-ce que tu entends par « le reste » ? Tu ne me dis rien, tu ne fais qu'insinuer des choses. Je ne comprends vraiment rien à ce qui se passe.

— On doit envisager toutes les possibilités, et comme cette hacienda se trouve en plein milieu de la forêt, sa propriétaire doit sûrement être au courant qu'un camp d'entraînement rebelle s'est installé à quelques minutes seulement d'ici.

Elle le fixa sans un mot. Puis elle secoua la tête.

— C'est impossible.

— Eva, est-ce que tout va bien ? l'appela Isabella derrière elle. Je ne connais pas cet homme.

Sa voix était dure et froide. Eva comprenait sa méfiance à l'égard de Swede. Elle avait été invitée à séjourner dans la maison d'Isabella, alors que son soi-disant fiancé avait débarqué sans prévenir et arpentait désormais les lieux comme s'il en avait le droit. Or, il n'avait pas été autorisé à pénétrer sur la propriété par la vieille femme.

Eva se tourna vers Isabella pour s'excuser.

— Je suis vraiment désolée. J'aurais dû venir vous voir tout de suite.

Maudits soient Swede et son frère ! Elle aurait préféré qu'ils la préviennent en amont afin qu'ils puissent mettre en place une histoire plausible pour expliquer la présence de Swede.

— Avant que je vienne, Swede et moi avons eu une terrible dispute, expliqua-t-elle. Il est venu pour qu'on se réconcilie.

Eva fit rapidement les présentations. Isabella serra la main de Swede, mais son regard ne le lâcha pas une seconde. C'était comme si elle essayait de voir en lui pour déterminer la pureté de son âme.

Puis elle sourit.

— Je suis heureuse que le cœur de ce jeune homme soit rempli d'amour et de romance. C'est toujours mieux de se réconcilier, plutôt que de rester en colère l'un contre l'autre. Je vous souhaite de rester ensemble et de finir par vous marier.

— Merci de m'accueillir dans votre hacienda. Elle est vraiment superbe, répondit Swede avec aisance, un sourire plaqué sur les lèvres.

Eva l'enviait. Il semblait croire que tout le monde l'aimait et bien sûr, c'était le cas. Peut-être que les gens l'appréciaient parce qu'il était certain d'arriver à les charmer. Elle avait entendu cette logique une ou deux fois : plus on croyait en ses capacités, mieux ça fonctionnait. Mais elle n'était pas encore sûre d'être convaincue par cette idée. Et elle n'était pas aussi à l'aise que lui lorsqu'elle rencontrait quelqu'un pour la première fois. Elle ne créait pas immédiatement et facilement cette camaraderie dont il avait le secret. Elle se retenait toujours et attendait de voir qui était qui avant de se lancer. Elle était prudente. Son frère aurait même dit qu'elle était *trop* prudente.

— Je t'en prie. Si tu es ici pour aider à sauver les chevaux, alors tu es doublement le bienvenu. Nous avons besoin de plus de personnes qui se soucient du bien-être animal.

— J'aime les chevaux. Si je peux être utile d'une quelconque manière, montrez-moi le chemin et je ferai ce que je peux pour vous prêter main-forte.

La voix de Swede était si douce, si amicale et si naturelle qu'Eva ne pouvait que le regarder avec envie.

— Ça te convient, Eva ?

Eva se retourna, surprise d'entendre la voix presque inquiète d'Isabella. Elle réalisa alors qu'ils attendaient tous les deux qu'elle réponde. Comme si elle avait réellement le choix…

Elle glissa son bras sous celui de Swede et sourit à Isabella.

— Oui, ça me convient. Travailler à nos côtés pourrait lui faire prendre conscience de l'importance de cette opération de sauvetage. Et puis, cela lui permettra de se rattraper.

Elle jeta un regard sévère à Swede, mais il lui renvoya un grand regard innocent en retour. Isabella éclata de rire.

— Ça, c'est une bonne idée ! S'il veut se faire pardonner, c'est un bon moyen pour lui de se racheter.

Swede passa un bras autour des épaules d'Eva et sourit à Isabella.

— On vous suit, déclara-t-il.

Après avoir discrètement levé les yeux au ciel, Eva se laissa conduire vers les écuries. Les chevaux étaient tous bien soignés et n'avaient besoin de rien d'autre, alors elle n'était pas sûre de savoir comment Swede allait pouvoir les aider. D'ailleurs, n'avait-il pas son propre programme à suivre en étant ici ? N'était-il pas censé attraper des malfrats, par exemple ? Il lui avait dit qu'un camp d'entraînement terroriste s'était établi non loin de là. Était-ce vrai ? Elle trouvait cette idée tellement bizarre. Et pourtant, d'une certaine manière, elle lui semblait presque normale, ce qui, en soi, était assez inquiétant. Mais au Mexique, plein de choses se situant hors des limites de l'ordinaire étaient considérées comme normales. Et ça, ce n'était pas une bonne chose pour eux.

Elle regarda les chevaux se faire brosser et le vétérinaire vérifier que leurs sabots étaient en état de voyager. Il ne fallut pas longtemps pour que les animaux soient classés par ordre de priorité. Elle observait tout cela dans un état second. Des dizaines de sourires narquois et de regards espiègles étaient tournés dans sa direction. Les femmes étudiaient Swede, et les hommes la reluquaient comme s'ils ne l'avaient jamais vue auparavant. Elle attribuait ce changement d'attitude au fait qu'ils ne la considéraient pas comme une femme attirante jusqu'à présent. Et maintenant qu'un homme se tenait à ses côtés, sa désirabilité avait apparemment grimpé en flèche.

C'était à la fois étrange et amusant. Elle redressa le dos et releva la tête. Ainsi soit-il.

— Je te reconnais bien là, ma chérie, souffla Swede d'une voix basse et calme contre son oreille en la serrant contre lui.

Elle lui lança un regard noir.

— Je ne suis pas ta chérie.

Un sourire éclatant se dessina sur les lèvres du soldat. Et Dieu sait qu'elle aurait aimé croire qu'elle pouvait vraiment être sa petite amie, au moins pour un certain temps. Mais ce type de pensée était dangereux.

— J'ai eu l'impression d'entendre un soupçon de regret dans ta voix. Est-ce que tu aimerais l'être ? lui chuchota-t-il d'un ton malicieux.

Indignée, elle se tourna vers lui, prête à le remettre à sa place. Mais au dernier moment, elle aperçut son grand sourire et la réplique acerbe qu'elle prévoyait de lui lancer resta coincée dans sa gorge.

Alors qu'elle essayait encore de trouver quoi dire, un grand cri fendit l'air.

Elle fit volte-face pour voir ce qui se passait. L'un des chevaux venait de se cabrer sur ses pattes arrière. Le hongre, surpris et peut-être blessé, était incontrôlable. Ses yeux paniqués étaient devenus fous et roulaient dans leurs orbites en tous sens. Il s'élança en arrière et cassa la longe que tenait le vétérinaire.

Puis il se retourna et se mit à galoper au sein du petit enclos. Sa poitrine se soulevait rapidement et il se déplaçait tête baissée tant il était affolé.

Les autres personnes présentes crièrent et tentèrent de maîtriser l'animal avant qu'il ne se blesse dans l'espace restreint.

Stupéfaite, Eva vit Swede sauter la haute clôture de l'enclos et se placer devant l'animal devenu incontrôlable.

Une voix se fit entendre par-dessus le vacarme.

— Silence ! Laissez-le faire.

Le silence s'installa.

Swede se tenait calmement et courageusement devant l'animal. S'il parlait, sa voix n'était pas assez forte pour que quiconque puisse l'entendre, mais des vagues de compassion et de douceur roulaient sur ses épaules. Et l'énorme animal comprit qu'il n'était pas un danger. Il finit par s'arrêter, tout tremblant, et la respiration bruyante, devant Swede qui ne bougea pas. Puis l'animal s'avança et lui donna un léger coup dans la poitrine.

Swede caressa le cheval avant de se retourner.

— Avez-vous une serviette avec laquelle je pourrais le frotter ? demanda-t-il.

Immédiatement, plusieurs serviettes furent lancées dans sa direction par-dessus la clôture. Il se positionna à côté du cheval et essuya son flanc pour en retirer la poussière. Cette fois, sa voix douce et calme se fit entendre dans le silence qui régnait.

— Doucement, mon grand. Tout va bien. Personne ne te fera de mal ici.

Le cheval continua de le pousser avec son museau. Il cherchait à obtenir plus d'attention, et Swede accéda à sa requête. Le temps que les poils du cheval soient complètement nettoyés, il avait aussi amignonné Swede. Apparemment, le grand homme ne semblait pas perturbé par les nombreux regards braqués sur lui ni par l'examen minutieux dont il faisait l'objet.

Eva ne savait pas quoi dire, ni même quoi penser. Il avait apaisé cet animal avec tant de facilité et d'assurance qu'il était instantanément devenu un atout pour leur groupe. Décidément, il n'avait pas son pareil pour parvenir à se faire accepter sans effort. Elle allait avoir du mal à le faire partir maintenant. Les autres allaient la supplier pour qu'il reste ici, au moins jusqu'à ce que les animaux soient en route pour l'aéroport. Et peut-être que pour le bien des chevaux, elle pourrait accepter sa présence parmi eux.

Mais ce serait uniquement pour leur bien… pas vrai ?

Des frissons la parcoururent au souvenir de ses gestes sûrs et puissants qui avaient réussi à apaiser et calmer le cheval terrifié. L'animal avait été réceptif à cette confiance et à son toucher assuré. Et les gens qui l'avaient regardé agir aussi.

Maudit soit-il.

SWEDE NE SAVAIT pas s'il avait renforcé ou nui à sa couverture, mais l'animal avait eu besoin d'aide et il n'avait jamais été capable de tourner le dos à un animal en détresse… ni même à personne, d'ailleurs.

Du coin de l'œil, il pouvait voir qu'Eva se tenait toujours à l'endroit où il l'avait laissée et le fixait. Il s'entendait bien avec les animaux et savait y faire avec eux. Il avait fait du bénévolat au refuge pour animaux de sa ville quand il était jeune, où il avait aidé les animaux à surmonter les changements traumatisants qui avaient lieu dans leur vie. Ces bêtes dont il avait pris soin étaient toutes des victimes innocentes.

Il comprenait pourquoi Eva accueillait des animaux chez elle et s'en occupait, même si cela lui coûtait cher. Heureusement, elle était propriétaire de son terrain. Mais des animaux de cette taille impliquaient des dépenses financières importantes, rien que pour subvenir à leurs besoins quotidiens. Et puis, c'était sans compter les factures des vétérinaires…

Mais elle restait intransigeante et inflexible. Elle comptait bien continuer à héberger autant d'animaux qu'elle le pouvait dans son ranch et aider ceux qu'elle ne pouvait pas recueillir autant que possible.

Il l'admirait pour cela.

Mais il aurait préféré qu'elle soit ailleurs qu'ici.

Après avoir jeté un rapide coup d'œil à sa montre, il réalisa que le temps filait. Or, il avait une mission à accomplir.

Il conduisit le gros animal aux os saillants vers les autres.

— Ça devrait aller maintenant, annonça-t-il.

— Merci. Ça se voit que tu t'y connais en chevaux, remarqua April. Je suis bien contente que tu sois là pour nous aider.

— J'espère réussir à subtiliser à nouveau le cœur d'Eva grâce à mes qualités, répondit-il avec un regard chaleureux et affectueux en direction de celle-ci.

Il sourit en voyant le rouge envahir son cou et ses joues. Elle lui lança un regard noir. Elle allait lui faire payer cette mascarade pendant longtemps, c'était certain. Quel dommage. Il n'avait même pas l'impression de devoir se forcer à faire semblant.

— En plus, nous pourrions mettre à profit ton don avec les chevaux jusqu'à ce qu'ils soient tous chargés dans les remorques et partis pour l'aéroport, ajouta Isabella. Vous pouvez sûrement repousser vos retrouvailles intimes à demain après-midi. Les chevaux seront sur la route d'ici là.

Personne ne manqua le ton bas et amusé de la vieille dame. Beaucoup de sourires et de regards obliques furent dédiés au couple.

— J'essaie de me racheter une image auprès d'Eva, et si ça peut aider, alors je suis tout à fait d'accord avec vous, concéda-t-il. Nous pouvons partir plus tard demain, si vous pensez que c'est une meilleure solution.

Dans son for intérieur, il n'en pensait pas un mot. S'il le pouvait, il la ferait quitter cet endroit dans les prochaines heures. Hawk allait faire une crise s'il n'y parvenait pas.

— Alors, Eva, est-ce que cette idée te convient ? lança-t-il à l'intention de la jeune femme. Je peux rester pour aider, puis t'emmener loin d'ici pour te convaincre de me donner une autre chance ?

CHAPITRE 6

D'UNE MANIÈRE OU d'une autre, Swede avait réussi à se mettre tout le monde dans la poche en moins de cinq minutes. Ils l'appréciaient et respectaient son don extraordinaire avec les chevaux. Et maintenant, non seulement ils l'encourageaient à rester pour leur prêter main-forte, mais en plus, ils voulaient aussi qu'elle lui donne une seconde chance.

Putain, il était sacrément bon.

— Bien sûr. Ton aide sera la bienvenue ici, accepta Eva d'une voix douce et posée. Après tout, on a besoin de toute l'aide disponible jusqu'à ce que les animaux soient sur la route.

Elle s'arrêta délibérément sur ces mots, sans répondre à leurs autres attentes.

— Et pour ce qui est du reste ? insista Isabella en riant. Est-ce qu'il aura le droit à une seconde chance ?

Tous rirent, sauf April qui la fixait, les sourcils haussés de confusion. Jusque-là, son amie ignorait que Swede faisait partie de la vie d'Eva. Elle devait sans doute se demander d'où il sortait et pourquoi elle ne lui en avait jamais parlé.

— Je suppose qu'on devra attendre demain pour en savoir plus, répondit-elle d'un ton mielleux.

— Oh, elle va te tenir en haleine ! s'esclaffa Isabella. Je me tiendrais à carreau ces prochaines vingt-quatre heures si j'étais toi.

— Je serai aussi sage qu'une image, assura Swede en souriant. D'ailleurs, c'est la nuit que je me fais le mieux pardonner.

Son public éclata de rire. Eva le fusilla du regard.

— Peut-être, mais tu n'auras pas l'occasion de te faire pardonner ce soir puisque tu vas dormir dans le hamac dehors.

Sur ces paroles, elle tourna les talons et retourna à l'intérieur de l'hacienda, encore furieuse de la facilité avec laquelle il parvenait à séduire les gens. Putain, tout le monde lui mangeait dans la main désormais. Et si elle se fiait aux rires qui s'élevaient derrière elle, leurs supposés problèmes de couple offraient à tout le monde une distraction bienvenue. Mais peut-être était-ce aussi bien comme ça. Dieu sait qu'ils avaient suffisamment de choses à gérer en ce moment, alors les moments de détente étaient toujours bons à prendre.

Elle jeta un coup d'œil à sa montre. Il fallait qu'ils se dépêchent. Les remorques devaient partir dans moins de deux heures. La logistique du transport était déjà suffisamment difficile, alors s'ils perdaient encore plus de temps, ils s'en arracheraient les cheveux.

Transporter des animaux par la voie des airs n'était pas une mauvaise idée en soi, mais les vétérinaires allaient devoir surveiller la réaction des chevaux. Si certains prendraient l'avion sans problème, pour d'autres… eh bien, elle espérait que personne n'aurait à être confronté à cette problématique.

Alors qu'elle pénétrait dans la cuisine, elle entendit April l'appeler dans son dos.

— Eva, attends !

Merde. Maintenant, elle allait devoir trouver un semblant d'explication à lui fournir. Malheureusement, elle n'en avait pas. Elle ne pouvait pas lui dire la vérité et elle ne pouvait pas non plus inventer des mensonges dont elle devrait se souvenir plus tard. Mieux valait rester sur une variante de la vérité.

— Salut, l'accueillit Eva en écartant ses cheveux de ses yeux et en étudiant le visage de son amie.

April était vétérinaire, mais elle avait vendu les parts de son cabinet pour consacrer plus de temps à des sauvetages comme celui-ci. Elle arborait le look simple de nombreuses femmes américaines et rayonnait de santé.

— Est-ce que les chevaux vont partir bientôt ?

— C'est ce qu'on espère. Nous serons probablement prêts dans une heure, ou peut-être un peu plus. Les gars sont actuellement en train de charger nos bagages. Tout le monde doit manger quelque chose avant de partir, alors Isabella est partie préparer le repas.

Eva acquiesça.

— Ce ne serait pas de refus. Avec un peu de chance, le groupe qui va partir dans peu de temps aura l'estomac plein jusqu'à arriver à destination.

— On dirait bien que ton petit ami est capable d'engloutir dix fois ce que je mange chaque jour, plaisanta April.

Eva grimaça.

— Effectivement.

Et il n'avait probablement pas pensé au fait qu'ils n'avaient peut-être pas assez à manger pour un estomac supplémentaire, surtout un aussi grand que le sien.

— Ne t'inquiète pas, il reste plein de choses à faire et il se donne à fond. Il a déjà été d'une grande aide, alors personne n'hésitera à partager.

Eva lui jeta un regard ironique.

— Non, et ils l'apprécieront encore plus quand ils le

verront vider les plats et les finir un par un.

— C'est bien vrai, rit son amie avant de lui sourire. Alors, comment se fait-il que je n'aie pas entendu parler de lui ?

Eva soupira.

— Parce qu'il n'y a rien à dire. Il débarque en ville et dans ma vie, puis il repart aussitôt.

— Aïe… c'est un homme qui voyage régulièrement si je comprends bien.

Elle regarda par la fenêtre et observa d'un air spéculatif Swede qui discutait avec l'un des vétérinaires.

— Que fait-il dans la vie ?

— Il fait carrière dans la marine, répondit Eva d'un ton neutre.

— Oh, donc un militaire. Sympa.

En entendant la pointe d'intérêt qui perçait dans la voix de son amie, Eva comprit qu'elle avait un faible pour les militaires. Mais bien sûr, c'était le cas de beaucoup de femmes.

— Ouais, sympa, acquiesça-t-elle d'un ton sec.

Peut-être que ce n'était pas la faute de Swede, car où qu'il aille, les femmes semblaient faire la queue pour avoir la chance de se retrouver dans son lit. Pouvait-on reprocher à un homme viril d'accepter ce qui lui était si librement offert ? Et comme il était célibataire et sans attaches, ce qu'il faisait de sa vie ne regardait personne.

Et surtout pas elle.

Elle ferait mieux de s'en souvenir. Swede était un homme libre de faire ce qu'il voulait et elle ne devait pas le juger. Alors, pourquoi est-ce que cela la dérangeait autant ?

Les hommes agissaient ainsi depuis la nuit des temps. Peut-être… peut-être était-ce parce qu'elle aurait préféré qu'il soit du genre à avoir des relations sérieuses avec les femmes, et non des coups d'un soir.

Putain, mais d'où lui venait cette pensée ? Troublée, elle se précipita vers l'évier pour se servir un verre d'eau et éventa ses joues soudainement brûlantes. Il ne fallait pas que Swede voie l'effet qu'il lui faisait. Il était trop perspicace.

Elle ne voulait surtout pas qu'il ait la moindre idée de ce qui se passait dans sa tête.

Bien sûr, il était grand et macho. C'était un homme, un vrai. Mais il n'était pas pour elle.

Mais il pourrait l'être, lui murmura son cœur. Oui, il pourrait lui appartenir.

Merde. Merde. Merde. Aveuglée par des sentiments qu'elle avait piétinés et remisés au fin fond de son cœur, elle avala un grand verre d'eau et fixa le soleil déclinant de l'après-midi. Elle n'avait vraiment pas besoin de ça, encore moins maintenant. Elle était là pour les chevaux, et pour rien d'autre.

Bien sûr, mais tant qu'elle était ici, qui sait ce qui pourrait se passer…

Non. Non. Non. Son esprit et son cœur se disputèrent jusqu'à ce qu'elle ouvre le robinet et s'asperge le visage d'eau froide.

— Tout va bien ? s'inquiéta April dans son dos.

— Il me rend dingue, marmonna-t-elle entre ses doigts en haussant les épaules.

April rit.

— Effectivement, ça se voit. C'est un homme et ils font tous des erreurs parfois. Mais celui-là a l'air d'être une plus grosse prise que les autres.

Eva se raidit. Qu'est-ce qu'elle voulait dire par là ? April s'intéressait-elle sérieusement à Swede ? Elle se retourna vers son amie. Celle-ci regardait par la fenêtre. Eva n'avait pas vu Swede approcher. Son grand corps se déplaçait avec la grâce d'une panthère. Mais une panthère était peut-être trop facile à dompter. Alors, pourquoi pas un lion ? Cet animal lui correspondait parfaitement, que ce soit par la couleur tannée de sa peau ou par son tempérament. Il était un roi qui arpentait les lieux en gardant un œil sur tous ceux qui l'entouraient.

Sachant qu'elle n'était pas objective, mais n'appréciant guère la façon dont son amie épiait et étudiait Swede, Eva se retourna et se dirigea vers la porte.

Elle avait besoin d'une distraction. Les animaux lui en avaient toujours fourni une auparavant. Peut-être qu'elle aurait de la chance et qu'ils lui permettraient à nouveau d'oublier ses tracas.

Dieu seul savait qu'il lui fallait quelque chose pour occuper son esprit et l'empêcher de se jeter sur l'ami de son frère en se ridiculisant.

Par pitié, elle avait vraiment besoin d'évincer ce foutu soldat de ses pensées.

SWEDE ENTRA DANS la cuisine. Il avait vu Eva s'y diriger un peu plus tôt et, en la voyant partir rapidement, il avait craint qu'elle ne soit contrariée. Elle était loin d'être une petite fleur fragile et avait toujours semblé avoir un caractère plus tempéré que beaucoup de femmes de sa connaissance, mais elle avait tendance à être acerbe avec lui.

Il avait demandé à Hawk ce qu'il en pensait, mais son ami avait juste haussé les épaules et répondu qu'elle n'aimait pas les play-boys.

Sur le moment, il avait ri, puis s'était interrogé. Était-ce réellement le problème ? Il ne se considérait pas comme un play-boy. Il appréciait ce que la vie avait à lui offrir, mais il ne cherchait pas et n'avait même jamais aspiré à ce style de vie. Il aimait vraiment beaucoup Eva, mais ils étaient partis sur de mauvaises bases et leur relation n'avait pas évolué depuis. En vérité, c'était parce qu'il l'aimait autant qu'il jouait le play-boy suave. C'était la sœur d'un de ses meilleurs amis. Quand on était dans l'armée, ce n'était pas une bonne idée de se rapprocher de ce genre de personnes. Il était un *SEAL*, et il considérait ses coéquipiers comme ses frères. Ils étaient très proches. Et s'intéresser à un membre de la famille de l'un d'eux, ce n'était pas cool.

Mais s'il était sérieux et cessait de la chambrer à tout bout de champ, peut-être que… ? Quoi qu'il en soit, il ne l'avait jamais oubliée. Elle l'affectait par son innocence timide, sa beauté naturelle, son toucher doux et son cœur bienveillant qui était bien plus grand que la moyenne. Elle accueillait les vies brisées ou blessées, et faisait de son mieux pour les guérir.

La dernière chose qu'il souhaitait, c'était qu'elle le voie comme quelqu'un ayant besoin de son aide.

Ce serait beaucoup trop humiliant.

En plus, elle ne semblait pas s'intéresser à lui de quelque façon que ce soit. Il n'était pour elle que source d'irritation.

Il grimaça. Il pourrait aussi faire en sorte que cela change et que leur relation évolue vers autre chose. Il lui suffisait de travailler sur son attitude afin qu'elle pose un nouveau regard sur lui. Mais là encore, c'était la sœur de Hawk. Cela signifiait qu'elle comprenait le danger et le mode de vie qu'ils avaient embrassés en s'engageant dans l'armée, et qu'elle était au courant de leurs voyages incessants et de l'incertitude qui planait constamment sur leurs têtes. Et puis, c'était sans compter les femmes qui se jetaient à leurs pieds. Il fronça les sourcils. Peut-être qu'elle avait été bien trop de fois témoin du style de vie débridé de Hawk et qu'elle pensait qu'ils étaient tous comme lui.

Mais peu importe l'image qu'elle avait de lui. De toute façon, cela ne changeait rien au fait qu'elle était la sœur de Hawk.

À moins que tu veuilles une relation sérieuse avec elle, lui chuchota insidieusement une petite voix dans son esprit.

Mais voulait-il d'une relation sérieuse ? Non. Du moins, pas encore.

Il l'observa du coin de l'œil et, évidemment, la surprit en train de le fixer depuis le couloir. La colère qui brûlait dans les yeux de la jeune femme échauffa son sang. Sans se donner la chance de douter ou de remettre en question l'idée qui venait de se faufiler sous son crâne, il se dirigea vers elle, la prit dans ses bras et l'embrassa à pleine bouche.

Puis il la relâcha, recula et observa son air perplexe avant de hocher la tête.

— Juste au cas où tu te poserais la question, tu m'as manqué, lui susurra-t-il.

Et il traversa la partie principale de la maison pour regagner l'extérieur, en la laissant foudroyer son dos du regard.

CHAPITRE 7

LES LÈVRES D'EVA remuaient, mais aucun mot n'en sortait. La porte claqua derrière Swede. Il venait de faire une belle sortie tout en théâtralité.

Le fou rire d'April n'arrangea rien à son humeur. Elle lança un regard noir à son amie. Elle aurait préféré ne pas avoir autant apprécié ce moment. Et elle aurait souhaité ne pas regarder Swede marcher dans la véranda avec autant d'admiration, et que son intérêt féminin ne se manifeste pas non plus.

Maudit soit cet homme. Était-elle si facile à ébranler ? N'avait-il qu'à l'embrasser pour la mettre dans cet état ?

April se retourna pour faire face à Eva et son sourire s'élargit.

C'est alors qu'Eva réalisa qu'elle avait posé ses doigts sur sa bouche, comme pour préserver la sensation de ses lèvres contre les siennes.

— Oh, mon Dieu, il est fou de toi, s'exclama April d'une voix haut perchée.

— C'est vrai. Il est fou de moi. C'est pour ça qu'il est parti.

Mon Dieu, ce foutu jeu qui s'était installé entre eux allait causer sa perte. Elle devait partir et vite avant de compromettre sa couverture. Putain, il fallait qu'elle s'éloigne de lui avant qu'elle ne se laisse aspirer par ce fantasme et ne commence à croire que tout ceci était réel. Elle ne voulait pas que cela devienne réel. Ou disons plutôt que si elle devait se montrer tout à fait honnête, elle ne voulait pas que ce soit réel si rien de tout cela n'était sincère. Une grande partie d'elle en rêvait… et voulait vraiment que Swede soit sérieux.

Mais il ne l'était pas. Il jouait la comédie et elle devait s'en souvenir.

Seigneur, il avait déjà réussi à la rendre folle.

Et au hurlement de rire que poussa April, elle réalisa qu'elle avait prononcé ces mots à voix haute.

— Merde, marmonna-t-elle en se dirigeant vers la porte ouverte.

— Attends ! Écoute, je ne sais pas ce qui n'allait pas entre vous avant, mais il a vraiment l'air de t'aimer. Vous allez si bien ensemble, déclara chaleureusement April en posant doucement sa main sur l'épaule d'Eva. Je te suggère fortement de voir si tu peux trouver un moyen de lui pardonner.

Eva se raidit. C'était si difficile à dire.

Au même moment, Isabella les appela depuis le corral.

— Je crois que la première remorque est prête à partir ! leur cria-t-elle.

Eva accueillit cette distraction avec reconnaissance et fut également heureuse d'entendre que les chevaux allaient pouvoir s'en aller. Eva et April se précipitèrent dehors.

Elle vit non pas une, mais deux remorques remplies d'une douzaine de chevaux prêts à partir vers leurs nouvelles maisons. Un cheval était en train de monter dans une remorque plus petite, stationnée à côté. Cela signifiait donc que seize chevaux étaient presque prêts à partir. Elle consulta sa montre. Ils étaient toujours dans les temps.

Isabella sortit avec deux autres femmes. Chacune portait

de grands paniers de pique-niques, des thermos de café et des bouteilles d'eau qu'elles distribuèrent à chaque convoi. C'était une belle façon de congédier les troupes après leurs efforts.

Passé les nombreux rires et encouragements, le groupe qui restait sur place se mit à l'écart tandis que le convoi démarrait et s'éloignait lentement dans un nuage de poussière, accompagné de cris d'au revoir.

Eva pensait que Swede serait ravi de voir un si grand nombre d'entre eux partir en toute sécurité. Mais comme elle ne faisait pas partie de ces premiers départs, cela signifiait qu'il allait devoir rester ici plus longtemps. Être loin de son équipe devait l'irriter.

Elle se retourna pour étudier les kilomètres de terrain qui s'étendaient autour d'elle. Trop d'endroits pouvaient servir de cachette, que ce soit les arbres, les buttes ou encore les buissons. Si l'envie prenait à quelqu'un, cette personne n'aurait aucun mal à pénétrer dans l'hacienda et à en ressortir avec tout ce qu'elle voulait.

Et pour la première fois, elle se demanda comment Isabella parvenait à assurer sa sécurité malgré la proximité des terroristes. Peut-être avait-elle trouvé un arrangement avec eux pour qu'ils la laissent tranquille ?

Bien qu'elle déteste les soupçons qui germaient dans son esprit, elle ne put empêcher son regard de glisser vers le visage de son hôtesse. Mais seule la joie se lisait sur ses traits âgés tandis qu'elle regardait les chevaux dont elle avait pris soin s'en aller vers un endroit meilleur.

Compte tenu de la rareté de l'eau en ce moment, plus nombreux étaient les chevaux à partir, mieux c'était. Et le plus tôt était préférable. La sécheresse sévissait dans cette région.

Eva resta silencieuse. Elle voulait que le reste des chevaux parte en toute sécurité également. Les paroles et les avertissements de Swede avaient contaminé ses pensées.

Alors que les remorques disparaissaient de sa vue, elle réalisa que la plupart des hommes étaient partis, en laissant principalement des femmes derrière eux. Si les inquiétudes de Swede étaient fondées, alors ils venaient de faciliter la tâche aux rebelles.

Merde.

Elle avait peut-être besoin de lui, après tout.

Et elle était sûre qu'il adorerait qu'elle admette devant lui qu'elle avait effectivement besoin de lui.

MERDE. IL N'AVAIT pas réalisé que l'équilibre des sexes changerait à ce point avec le départ des premiers convois. Six hommes étaient partis avec les trois remorques à chevaux, ce qui laissait deux hommes, tous deux âgés. Le reste des personnes qui demeuraient sur place étaient des femmes. À moins qu'Isabella ait du personnel qu'il n'avait pas encore vu, les choses allaient se compliquer. Il avait supposé que plusieurs des hommes qu'il avait vus prendre soin des chevaux vivaient ici. Encore maintenant, il ne comprenait pas vraiment qui travaillait ici et qui partait avec les animaux. Est-ce que les remorques allaient revenir pour être chargées une seconde fois? Il serait logique qu'ils aient choisi de s'organiser ainsi si les chevaux voyageaient en avion.

Le trajet jusqu'aux États-Unis prendrait plusieurs heures, mais c'était peut-être plus raisonnable à long terme. Après tout, des chevaux étaient transportés par avion dans le monde entier tous les jours, donc cela dépendait surtout des chevaux eux-mêmes et de leurs propriétaires.

— Quand est-ce que les autres partent ? s'enquit Swede.

— Deux remorques arriveront tôt demain matin en provenance de ranchs voisins. Quand elles seront là, nous chargerons le reste des chevaux, répondit Isabella. Les remorques qui sont parties venaient de Mexico. Un habitant du coin a accepté de faire le voyage jusqu'à l'aéroport aujourd'hui et de revenir demain pour donner un coup de main. Nous dépendons de la bonne volonté de chacun pour que tout se passe bien.

Il acquiesça pour signifier qu'il comprenait. C'était formidable que tout le monde s'unisse pour sauver ces animaux. Et d'après ce qu'il avait vu, ces bêtes avaient vraiment besoin d'aide.

Eva observait la jument dont la santé les avait inquiétés un peu plus tôt dans la journée. Celle-ci était de nouveau sur ses quatre pattes et semblait avoir retrouvé l'appétit. Il ne doutait pas qu'Eva avait l'intention d'accueillir un ou deux de ces chevaux chez elle.

Il s'apprêtait à lui poser la question lorsqu'il aperçut quelque chose d'anormal du coin de l'œil. Les yeux plissés, il fixa le coin de la grange. Il était certain d'avoir vu une tête dépasser pour jeter un coup d'œil dans leur direction puis disparaître à nouveau.

Cela éveilla sa méfiance. Il s'éloigna d'une démarche décontractée en compagnie d'Eva, comme s'il ne se souciait pas de savoir où ses pas le mèneraient.

— Quand tu le verras..., commença-t-elle en jetant un coup d'œil derrière elle comme pour s'assurer qu'ils étaient seuls. Tu devrais dire à Shadow de sortir de la grange où se trouvent les stalles des chevaux pour venir ici.

Swede s'immobilisa brièvement avant de reprendre leur marche avec nonchalance.

— Tu l'as vu ?

— Bien sûr que je l'ai vu ! Au début, j'ai juste vu un homme de loin, mais je l'ai rapidement reconnu, rétorqua-t-elle avec exaspération. Ce n'est pas parce que vous êtes tous des *SEAL* que vous êtes les seuls à être attentifs.

Effectivement. Visiblement, ils n'étaient pas les seuls à l'être.

Pourtant, il n'était pas sûr de vouloir qu'elle reste avec lui pendant qu'il jetait un coup d'œil à l'arrière de la grange.

— Tu devrais retourner avec les autres, lui conseilla-t-il doucement. Je vais aller contrôler les environs. Et surtout, restez ensemble. Une cible isolée est plus facile à éliminer. Il leur sera facile de vous tuer les unes après les autres si vous vous séparez.

Voyant qu'elle ne bougeait pas, il la força gentiment à lâcher son bras.

— Maintenant, insista-t-il.

Après l'avoir fusillé du regard, elle fit demi-tour et courut pour rejoindre les autres. Bien. Peut-être que maintenant, elle allait enfin comprendre qu'il était sérieux. Ce n'était ni le moment ni l'endroit pour se disputer.

Pas quand des rebelles rôdaient dans les parages et cherchaient à ajouter des femmes à leur écurie.

CHAPITRE 8

ELLE NE POUVAIT s'empêcher de regarder Swede qui était en train de s'approcher de la grange. Le mouvement avait été subtil, mais il avait attiré son attention et elle avait aperçu Shadow alors qu'il passait de l'autre côté de cette même grange. Bien. Il y avait des chances que l'étranger qui rôdait dans le coin ne s'échappe pas. Elle pourrait dormir un peu plus tranquillement une fois qu'il serait capturé.

Du moins, elle espérait qu'il le serait.

— Il va bien. Il est probablement juste en train d'explorer, déclara April à côté d'elle.

Elle se retourna pour regarder son amie.

— Pardon ?

— Tu ne le quittes pas des yeux, expliqua April en faisant un signe de tête vers la grange près de laquelle Swede venait de disparaître. C'est bon signe.

Eva ne put s'empêcher de rire. Si seulement son amie savait.

— C'est un homme bien, admit-elle.

— Tu vois ? Tu es presque prête à lui pardonner maintenant !

— Mesdames, on y va ? Les préparatifs de notre dîner sont en cours, les interrompit Isabella en leur souriant à toutes les deux. Ensuite, nous devrons effectuer quelques dernières vérifications concernant les chevaux restants afin que tout le monde puisse partir comme prévu demain matin.

— Merci beaucoup pour votre hospitalité. C'est grâce à vous que tout cela a été rendu possible, la remercia chaleureusement Eva. Vous avez été tellement généreuse.

— Ce sont mes bébés. Je suis à la fois navrée et triste de les voir partir, mais je veux ce qu'il y a de mieux pour eux, affirma Isabella avant de rire et de leur faire signe de rentrer. Venez, il fait bien trop chaud pour rester dehors maintenant. Le soleil risque de vous taper sur la tête.

Tout en riant et discutant entre eux, les personnes restées sur place retournèrent se réfugier dans la fraîcheur de l'hacienda. De grands verres d'eau furent distribués et ils s'installèrent tous dans des sièges confortables au sein de la partie principale de la maison. Eva jeta un rapide coup d'œil aux autres volontaires.

— Maintenant que ton fiancé est ici et qu'il a une camionnette, est-ce que tu vas voyager avec lui ? demanda Isabella en haussant les sourcils.

— Peut-être, répondit Eva même si elle n'en avait pas la moindre idée. Nous n'en avons pas encore discuté.

— Je ferais le trajet avec lui si j'en avais l'occasion, intervint Mary.

C'était la fille de Janice, la deuxième vétérinaire qui voyagerait avec les chevaux le lendemain. Son commentaire déclencha l'hilarité des autres femmes.

— C'est un mâle dans la force de l'âge, enchérit April.

Les autres femmes sourirent et hochèrent la tête. Eva se contenta de s'affaler sur sa chaise. Cette conversation la mettait mal à l'aise et elle espérait qu'elle prendrait fin avant qu'elle ne soit obligée d'inventer d'autres mensonges. Des mensonges qu'elle aimerait tant transformer en réalité en dépassant le stade du simple fantasme…

Sauf que cela ne risquait pas d'arriver.

— D'ailleurs, où est-il passé ? questionna Janice. Je croyais qu'il était avec toi ?

— Il est parti voir les chevaux restants.

— Il sait très bien s'y prendre avec eux, commenta Janice.

Mary rit.

— C'est parce qu'il est à moitié animal.

— Et il est pris, lui rappela sa mère d'une voix ferme.

Eva n'était pas certaine que Mary ait entendu sa mise en garde.

Cependant, la réaction de Mary vis-à-vis de Swede était compréhensible. Eva aimerait aussi passer du temps avec ce fameux animal. Mais elle ne voulait pas affronter les conséquences qui en découleraient.

Elle se leva d'un bond.

— Je vais aller le chercher afin de le prévenir que les rafraîchissements sont servis.

Et sur cette annonce, elle sortit. Les chuchotements et les rires qui s'élevèrent dans son dos lui confirmèrent que la mère était en train de gronder sa fille. Eva rit toute seule. Swede était en mission. Il ne serait intéressé par aucune d'entre elles pour le moment. Peut-être prendrait-il simplement leurs numéros pour les recontacter plus tard.

Mais pendant une mission, il était peu probable qu'il se laisse distraire. Elle en connaissait suffisamment sur les *SEAL* pour savoir qu'ils restaient toujours concentrés sur le travail qu'ils avaient à accomplir. Tout le reste devenait secondaire.

La chaleur l'agressa dès l'instant où elle posa un pied dehors. Le contraste avec l'intérieur frais était saisissant. Portant une main en visière à ses yeux pour se protéger de la réflexion du soleil, elle avança dans l'allée couverte le long du mur extérieur de la partie principale de la maison.

Il n'y avait aucun signe de Swede nulle part.

Maudit soit cet homme. Il ne s'était quand même pas précipité vers les ennuis, si ? Elle s'immobilisa et tendit l'oreille en observant autour d'elle, mais à part les sifflements occasionnels que produisait un des chevaux qui somnolait debout en plein soleil, elle ne remarqua aucun mouvement suspect ni n'entendit de bruit inquiétant.

Cependant, elle savait que quelque chose ne s'était pas passé comme prévu.

Son instinct la poussa à se redresser et à se précipiter vers l'endroit où elle l'avait vu pour la dernière fois. Elle tourna au coin de la grange et s'arrêta brusquement avec un frisson en heurtant un mur de muscles.

— HOULA, DOUCEMENT ! s'exclama Swede en soulevant Eva dans les airs et en la faisant tournoyer pour réduire la force de l'impact.

Puis il la remit sur ses pieds avec un sourire. Elle avait l'air à la fois troublée et inquiète.

Il perdit son sourire et la secoua légèrement.

— Il y a un problème ?

— Oui, toi, répondit-elle en lui lançant un regard noir. Je ne savais pas où tu étais allé. Toutes les femmes sont à l'intérieur en train de se rafraîchir.

Il se détendit.

— Tu me rassures. J'avais peur qu'il se soit passé quelque chose.

— Non, tout va bien.

Mais elle n'avait pas l'air d'aller bien.

— Qu'est-ce qui te tracasse ? lui demanda-t-il.

— Toi. Je ne serais pas inquiète à ce point si je ne m'étais pas rendu compte qu'on est désormais un peu à court d'hommes ici. Six sont partis avec les remorques et les chevaux. Je crois qu'Isabella emploie deux hommes plus âgés qui vivent et travaillent ici, mais si quelqu'un voulait attaquer l'hacienda… eh bien, nous ne sommes plus que quatre femmes, sans compter Isabella et son personnel…

— J'ai remarqué. Mais ne t'inquiète pas, nous veillons au grain.

— Dieu merci, souffla-t-elle d'une voix pleine d'émotion. Je sais que je n'étais pas heureuse de te voir tout à l'heure, mais désormais, je suis bien contente que tu sois là. Tout me semble vide maintenant que les autres sont partis.

— Et c'est aussi une situation bien trop opportune. Qui a fait en sorte que les gens viennent et repartent de cette façon ?

— Je ne pense pas que c'était planifié, mais si c'est le cas, c'est sûrement Isabella.

Swede garda le silence. Il allait creuser un peu dans le passé d'Isabella. Il détestait se méfier de tout le monde, mais après toutes ces années passées dans l'armée, il savait qu'il valait mieux ne pas ignorer quelque chose qui lui apparaissait pourtant évident. Il avait vu ce que les gens se faisaient les uns aux autres, et souvent pour un gain monétaire minime ou nul. Isabella devait être au courant qu'un camp d'entraînement terroriste s'était installé derrière sa propriété.

Peut-être savait-elle même quelque chose sur les exercices qui se déroulaient là-bas. Et les femmes qui étaient présentes chez elle ? Que se passerait-il si elles venaient à disparaître ? Qui s'en soucierait ? Ce ne serait certainement pas le problème des autorités mexicaines. Une enquête serait ouverte et les rebelles seraient tenus pour responsables. Mais les forces de l'ordre ne retrouveraient probablement pas les femmes à temps pour les sauver.

Il secoua la tête, le regard fixé sur le coin de la grange. Il ne pouvait pas baisser sa garde. Pour lui, cette hacienda et tous ceux qui vivaient et travaillaient ici pouvaient avoir un lien avec les rebelles.

Leur présence permettait à Eva d'être plus tranquille et lui assurait que les rebelles ne captureraient aucune de ses camarades. Mais la menace qui pesait sur l'hacienda signifiait aussi qu'ils pouvaient faire ce qu'ils voulaient, sans qu'elle ne cherche à s'y opposer.

Il réfléchit au problème que leur poseraient les autres volontaires s'ils venaient à disparaître dans les bois du Mexique et à ce que feraient les différents gouvernements dans ce cas. Si Eva était enlevée, étant donné qu'elle était la sœur de Hawk, plus de moyens seraient déployés pour la retrouver que s'il s'agissait d'une simple civile, mais il existait de fortes chances que personne ici ne le connaisse.

Si elle n'avait pas été présente, et sans cette filiation qui unissait le frère et la sœur, les volontaires disparaîtraient et cela ne ferait que rappeler de nouveau aux touristes que voyager au Mexique comportait certains dangers. Puis l'affaire serait classée sans suite, jusqu'à ce qu'ils réapparaissent… du moins, s'ils réapparaissaient un jour, vivants ou morts.

Un grand oiseau vola au-dessus de leurs têtes, dans le ciel. Sa taille et l'envergure de ses ailes laissaient penser qu'il s'agissait d'une buse. Sa présence n'était pas un bon présage. C'était comme si l'animal savait que cet endroit serait bientôt le théâtre d'un bain de sang.

Un long cri d'oiseau, aux tonalités graves, fit sursauter Eva. Elle pivota entre les bras de Swede.

— C'est mon frère, murmura-t-elle avec un énorme sourire aux lèvres. Mon Dieu, je suis tellement contente d'entendre ce cri.

— Je t'avais bien dit qu'ils étaient tous là.

— Je sais, mais maintenant, je n'ai plus besoin de t'écouter me répéter que vous veillez sur nous et de te croire sans réelle preuve. Désormais, je sais au fond de moi qu'ils sont là, quelque part.

Elle rayonnait de bonheur.

— Je dois aller à leur rencontre, annonça-t-il. Retourne à l'intérieur et excuse-moi auprès de tout le monde.

Il longea la clôture jusqu'à un massif d'arbres plus loin.

— Attends, cria-t-elle. Qu'est-ce que je dois leur donner comme excuse ?

— Dis-leur que tu m'as épuisé et que tu m'as laissé faire la sieste, suggéra-t-il immédiatement.

Il entendit son petit cri indigné et éclata de rire avant de se retourner.

— Toi et moi, ça finira par arriver. Et bien plus tôt que tu ne le penses, ajouta-t-il avec un grand sourire.

Il se retourna alors qu'elle poussait un grognement de frustration et continua à marcher. Cela allait arriver. Il ne savait pas quand ni comment, mais il savait que leur relation était vouée à évoluer et à aller bien plus loin. Il commençait à réaliser que sa vie ne serait pas complète sans cela.

Maintenant, tout ce qu'il avait à faire, c'était déterminer s'il s'agissait d'une solution temporaire ou si cela fonctionnerait sur le long terme.

Il aimait penser que la seconde option était la seule qu'il leur restait.

D'une manière ou d'une autre, elle avait réussi à se glisser sous sa garde en perçant ses défenses il y a longtemps, et depuis lors, elle était un obstacle qui pendait sous son nez. Il fallait qu'il le franchisse, pour découvrir ce qu'elle représentait à ses yeux.

Et pour savoir ce qu'il voulait qu'elle soit pour lui.

CHAPITRE 9

DE RETOUR À l'intérieur, le visage rougi par sa course folle sous un soleil de plomb pour rejoindre l'hacienda, elle entra dans la pièce où se rafraîchissaient ses collègues et s'installa sur la chaise qu'elle avait quittée un peu plus tôt.

— Tu l'as trouvé ? demanda Mary.

La chaleur lui monta aux joues quand elle se souvint de l'excuse que Swede lui avait suggérée, ce qui arracha un ricanement à April.

— Apparemment, oui, si l'on se fie à sa couleur vive.

Les autres personnes rirent également et elle rougit encore plus.

— Je l'ai déjà dit et je le répète, cet homme va me rendre dingue, marmonna-t-elle.

— Dans le bon sens du terme, apparemment, remarqua April en s'approchant pour lui tapoter la main. Je suis vraiment contente de voir que tu lui as pardonné. Il t'adore. Ça saute aux yeux !

— Malheureusement, il semble effectivement t'adorer, grogna Mary avec dégoût.

Elle avait au moins cinq ans de moins qu'Eva et semblait être à peine sortie du lycée. À son âge, il était normal qu'elle ait des béguins répétés pour les garçons. Eva ne pensait pas avoir un jour connu cette étape au cours de son adolescence. Mais si cela avait été le cas, alors cette phase n'avait pas duré longtemps, fort heureusement.

Elle sourit à la jeune femme, dont la moue perpétuelle témoignait du regard trop sévère qu'elle posait sur sa vie. Elle ne l'avait pas remarqué auparavant, car Mary était comme beaucoup d'autres de son âge : elle adorait les chevaux.

La plus jeune des femmes qui travaillaient pour Isabella, Lena, arriva avec une sorte de grand chariot chargé de gâteaux. L'estomac d'Eva gronda. Elle consulta sa montre. Ils n'avaient pas grand-chose d'autre à faire, alors autant profiter de la fin d'après-midi et de la soirée. Le lendemain matin, les mêmes tâches qu'aujourd'hui les attendraient, jusqu'à ce que les derniers volontaires de cette opération soient eux aussi sur la route avec les chevaux.

Elle repensa à ce que lui avait dit Swede. Si les terroristes savaient que les hommes étaient partis aujourd'hui, alors une attaque aurait probablement lieu ce soir.

De longues ombres s'étendaient à l'intérieur de la pièce ouverte. Des meubles rembourrés, recouverts de couvertures, permettaient de s'asseoir à plusieurs endroits. La cuisine se trouvait sur un côté et les chambres se trouvaient à l'arrière de l'hacienda, de chaque côté. Isabella et son personnel vivaient sur l'un des côtés. Eva supposa que c'était là que la famille de la vieille dame aurait logé, si elle en avait une. Et cette pensée lui fit froncer les sourcils. Il lui semblait qu'Isabella avait des fils, si sa mémoire ne lui jouait pas des tours. Où étaient-ils ?

Ses bonnes manières l'empêchaient de lui poser la question, mais elle ne pouvait s'empêcher de se demander si tout allait bien. Le fait qu'elle s'inquiète d'un tel détail signifiait que son instinct était sur le qui-vive. Essayant d'ignorer le malaise qui l'avait envahie, elle sourit à Lena et accepta une assiette sur laquelle étaient posés des sortes de petits gâteaux.

Elle n'était pas très gourmande, mais ces sucreries avaient l'air délicieuses. Était-ce des gressins frits ? En écoutant la conversation autour d'elle, elle apprit qu'ils appelaient cela des churros.

Et c'était délicieux.

Dommage que Swede ne soit pas là. Il aurait adoré.

La porte s'ouvrit soudainement. Si elle n'était pas déjà en train de regarder dans la direction d'Isabella, elle n'aurait pas vu l'éclair de peur qui traversa le visage de la vieille dame au même moment. Mais son expression se lissa de nouveau rapidement.

Intéressant.

Swede s'arrêta juste à l'entrée. Ses yeux inquisiteurs balayèrent la pièce jusqu'à se poser sur Eva. Elle put sentir la force de son regard quand il la chercha en espérant qu'elle soit là, puis le soulagement qu'il ressentit quand il la trouva. Elle lui sourit.

— Tu as finalement décidé que tu en avais assez de cette chaleur, c'est ça ? le taquina-t-elle gentiment.

L'atmosphère avait changé à son arrivée.

L'énergie féminine présente en ces lieux s'était emballée et embrasée, évinçant le calme et la détente qui régnaient un instant plus tôt. Désormais, une atmosphère de flirt sexuel avait envahi la pièce. Janice et sa fille commencèrent même instinctivement à lui faire les yeux doux. Elle regarda April qui, heureusement, souriait à Swede comme si c'était un homme banal.

Swede se dirigea vers Eva et prit place sur le siège à côté d'elle. Il était trop petit pour lui, mais apparemment, il n'avait pas l'intention d'aller ailleurs puisqu'il se serra contre elle.

Elle ouvrit la bouche pour dire quelque chose, mais la

referma lentement en sentant la tension vibrer à travers son corps massif. Elle n'arrivait pas à croire qu'il était toujours beaucoup plus grand qu'elle, même assis. Mais étant donné la contraction musculaire qui agitait régulièrement sa mâchoire, il se passait quelque chose et sa grande taille allait devenir un avantage bien assez tôt.

Pour la première fois, elle s'interrogea sur l'utilité de rester ici. Peut-être qu'ils devraient partir pour le reste de la journée et de la nuit. Le trajet pour rejoindre la prochaine grande ville serait long, mais ils pourraient revenir dès le lendemain matin.

Mais comment pourrait-elle convaincre les trois autres femmes de venir avec eux ? Elle ne pouvait pas non plus partir si Isabella et Lena étaient en danger ici.

Dans dix-huit heures, les derniers chevaux seraient chargés dans les remorques et elle verrait l'hacienda s'éloigner dans son rétroviseur. Le danger qui planait au-dessus de leur tête allait-il les laisser tranquilles jusqu'à leur départ ?

SWEDE TENDIT LA main et attrapa celle d'Eva.

Il avait besoin de lui parler en privé, et le plus tôt serait le mieux. Il ne voulait pas semer la panique parmi les personnes restées sur place, mais Shadow avait découvert que certains des hommes travaillant dans le ranch s'étaient délibérément tenus à l'écart des événements de la journée. Pourquoi ?

Les volontaires auraient pu bénéficier de l'aide de ces hommes. Peut-être qu'aucun d'entre eux n'était vétérinaire équin, mais ils pouvaient quand même s'occuper de ces chevaux. D'ailleurs, pourquoi ne restait-il plus que des femmes à l'hacienda désormais ?

Peut-être qu'il était *SEAL* depuis trop longtemps, mais

tout cela lui semblait sacrément louche. Il aurait été plus logique que tous les chevaux partent le même jour. C'est pourquoi il ne pouvait s'empêcher de penser que quelque chose de plus sombre se déroulait en coulisses.

— Allons faire un tour, murmura-t-il d'une voix rauque et grave.

Il la regarda dans les yeux, en espérant qu'elle comprendrait qu'ils devaient discuter à l'abri des oreilles indiscrètes.

L'une des autres femmes à côté de lui soupira. Il avait suffisamment côtoyé la gent féminine pour reconnaître les signes, mais il n'était intéressé par aucune d'entre elles. Il ne voulait pas non plus qu'elles se fassent des idées. Il voulait simplement sortir marcher avec Eva. Il avait besoin de se promener en sa compagnie, afin de lui parler et de l'informer des nouvelles informations qu'ils possédaient. Putain, il voulait juste poser ses mains sur elle.

Elle étudia son visage puis sourit.

— Bonne idée, approuva-t-elle d'une voix rauque qui lui indiqua qu'elle avait bien compris le message.

Il se leva, sa main dans la sienne, et sourit aux autres.

— Si vous voulez bien nous excuser, on va sortir quelques instants.

La plus jeune ricana. Il remarqua que le visage d'Eva prenait une couleur écarlate, mais l'ignora. Il était important qu'ils continuent de porter le masque de leurs rôles respectifs. Il aurait aimé que tout cela ne soit pas qu'un mensonge, qu'ils ne jouent pas la comédie, et que ce soit réel entre eux. Il la voulait. Il l'avait toujours voulue, mais n'avait jamais eu l'occasion de changer la mauvaise image qu'elle avait de lui.

Il savait qu'il ne pouvait pas se permettre de se préoccuper de cela pour le moment, mais jouer cette comédie le tuait à petit feu.

— Le repas sera servi dans un peu moins de deux heures, les prévint Isabella avec un sourire entendu.

Swede acquiesça. Son cerveau cataloguait déjà les diverses réactions des autres personnes et les rangeait dans un coin de son esprit. Il connaissait tout autant les animaux que les humains, mais son esprit fonctionnait comme l'un de ces fichus ordinateurs sur lesquels il passait tant de temps… Et de toute évidence, quelque chose clochait ici.

CHAPITRE 10

D EHORS, LA CHALEUR les frappa par vagues.

— Tu sais qu'on aurait pu aller ailleurs, lui signala Eva en s'éventant et en écartant sa chemise qui collait à sa poitrine. Ça ne va pas se rafraîchir avant quelques heures.

— Peu importe, nous ferons avec, répondit-il d'un ton neutre en lui désignant la grange des chevaux vers laquelle ils se dirigèrent.

Cependant, elle remarqua que son regard ne cessait d'aller de droite à gauche. Il scrutait attentivement les environs, sur ses gardes.

Génial. Maintenant, ils allaient se faire piquer par des taons en plus de devoir supporter la chaleur étouffante. Pourquoi lui avait-il demandé de le suivre à l'extérieur ? Qu'avait-il trouvé ?

— Allons-y. On a un peu de marche à faire, annonça-t-il en prenant la tête de leur duo.

Où l'emmenait-il ? À la vitesse à laquelle il avançait, elle n'avait pas le temps de lui poser des questions.

Ils passèrent devant l'écurie. Elle était plus que prête à s'y réfugier et à affronter les insectes plutôt que la chaleur, mais il continua. Il se retourna à moitié, remarqua le regard mélancolique d'Eva qui fixait la grange avec envie, et secoua la tête avant de lui tendre la main.

Putain. Afin de préserver sa couverture, elle accepta de

placer sa main dans la sienne. Sauf que… si elle faisait semblant, pourquoi ses doigts picotèrent-ils à son contact, et pourquoi sa température corporelle augmenta-t-elle ? Tout cela, c'était de la comédie. Alors, son corps ferait mieux de ne pas se faire des idées.

Trop tard, lui chuchota son cœur. Son corps s'en faisait déjà beaucoup trop.

Il reprit leur marche d'un pas décidé et la traîna à sa suite. Après quelques centaines de mètres, ils arrivèrent à un bosquet d'arbres. La ligne de clôture passait juste devant.

Elle poussa un cri de surprise lorsqu'il la souleva et la jeta doucement par-dessus la clôture. Elle avait des échaliers sur le terrain de son ranch. Apparemment, ce n'était pas courant d'en trouver ici. Elle jeta un coup d'œil aux longueurs de rails en bois qui s'étendaient aussi loin que portait son regard.

La végétation n'était pas brûlée ici. Isabella avait beaucoup de chance, car le pays avait un climat sec et rude. L'eau manquait et la végétation peinait à s'établir. Une grande superficie d'herbe fraîche était nécessaire pour faire vivre un cheval. Isabella s'était débrouillée comme elle pouvait pour prendre soin des chevaux qu'elle avait secourus, et qu'elle ait tenu aussi longtemps suscitait l'admiration, d'autant plus que cela impliquait des dépenses considérables.

Elle ne savait pas comment Isabella faisait pour que son hacienda tienne financièrement la route, mais elle supposait que la vieille dame s'était mariée avec un homme riche ou qu'elle avait hérité de suffisamment d'argent pour subvenir à ses besoins. Néanmoins, Eva imaginait que beaucoup de gens s'interrogeaient sur sa capacité à survivre financièrement. Elle s'en sortait bien, mais ne partageait que rarement la manière dont ses comptes bancaires étaient approvisionnés ni la façon dont elle parvenait à équilibrer ses dépenses et ses recettes... Elle n'en parlait tout simplement pas. Ceux qui le savaient n'y pensaient pas et ceux qui ne le savaient pas ne la questionnaient jamais à ce sujet.

Les gens étaient ainsi faits : il s'agissait d'un sujet parfois sensible et tabou, alors ils évitaient de l'aborder, encore moins en présence de la personne concernée.

Swede la tira dans le bosquet d'arbres.

Elle s'y glissa et regarda autour d'elle. La chaleur rendait sa respiration lourde et lente.

— Qu'est-ce qu'on fait ici ?

— Nous ne sommes pas encore arrivés. Viens. On y sera dans quelques instants, lui indiqua-t-il en désignant un autre bosquet plus loin.

Elle le suivit avec un grognement. Lorsqu'ils furent presque arrivés au bosquet, elle se retourna pour regarder derrière elle. Elle crut voir un autre homme là où elle se tenait un peu plus tôt.

Effrayée, elle resta près de Swede, mais ne put s'empêcher de jeter un autre coup d'œil par-dessus son épaule.

— Comporte-toi naturellement, lui glissa-t-il d'une voix rauque et autoritaire. Je sais qu'il est là.

Merde. Il la fit pivoter entre ses bras et posa sa bouche sur la sienne.

Une vive chaleur l'envahit tandis qu'il l'embrassait. Elle plongea au plus profond de son âme et la vida de toute volonté. Elle ne chercha pas à lui échapper. Elle était à lui, et il faisait ce qu'il voulait d'elle. La réaction traîtresse de son propre corps aurait dû la contrarier, mais elle ne pouvait se défaire de l'idée qu'elle ne serait contrariée que s'il n'en faisait pas plus, s'il ne lui montrait pas tout ce qu'il y avait à voir.

Tout à coup, il la relâcha.

Elle prit une grande inspiration. Ses poumons se remplirent d'oxygène alors que son esprit déplorait qu'il se soit éloigné.

Elle tourna sur elle-même, à sa recherche, jusqu'à se retrouver plaquée contre un arbre dont les branches cachèrent son visage. Elle dut faire un effort pour comprendre l'ordre sévère que lui lança ensuite Swede.

— Reste ici.

De toute façon, elle n'aurait pas pu bouger, même si elle avait essayé. La tête penchée sur le côté, elle le regarda disparaître de sa vue.

Que diable lui avait-il fait ?

IL NE DEVRAIT pas tirer une telle satisfaction masculine de la réaction qu'elle avait eue quand il avait mis fin à leur baiser. Le regard d'Eva était brumeux, ses lèvres entrouvertes, et il n'avait pas manqué le petit gémissement qui lui avait échappé. Ce n'était pas exactement ce qu'il voulait. Putain, s'ils avaient été ailleurs que dans les terres désertiques du Mexique, il l'aurait allongée sur le sol et se serait faufilé entre ses cuisses en un instant.

Il ajusta distraitement son pantalon en se concentrant sur l'homme qui se déplaçait discrètement parmi les arbres, comme s'il essayait d'atteindre l'endroit où Eva était cachée. Il n'arriverait jamais jusqu'à elle. Ce connard était tellement occupé à essayer de retrouver Eva qu'il ne s'était même pas rendu compte qu'il était lui-même suivi. Shadow se rapprochait dangereusement de lui sans qu'il ne se doute de quoi que ce soit.

Puis son coéquipier l'élimina en un claquement de doigts.

— Il est vraiment bon, pas vrai ? chuchota Eva d'une petite voix.

Il baissa les yeux vers elle, surpris. Elle s'était approchée de lui et avait assisté à tout ce qui venait de se passer. Et il n'avait rien vu ni entendu. *Merde.*

— Shadow est mortellement efficace, acquiesça Swede. C'est un pro dans tellement de domaines que c'en est effrayant.

— Il est plus dangereux que toi ? demanda-t-elle en étudiant attentivement son visage.

Il rit.

— Nous sommes tous des armes mortelles, mais il y a quelque chose chez Shadow qui le distingue de nous.

— Non. Il y a quelque chose chez chacun de vous individuellement qui vous rend unique, nuança-t-elle.

Il ne quittait pas des yeux la scène qui se déroulait devant eux. Désormais, Shadow traînait l'homme par terre pour l'emmener plus loin, hors de vue.

— Tu nous connais tous aussi bien ? questionna-t-il.

— Pas tous, non. Vous êtes quoi… quarante en tout ? Ça fait beaucoup d'hommes. Mais j'ai rencontré au moins une douzaine d'entre vous au cours des dernières années. Et l'équipe avec laquelle Hawk travaille en ce moment est assez facile à analyser et à comprendre. Vous êtes tous des protecteurs, tous de grands hommes dangereux. Mais toi, tu es le plus imposant d'entre eux.

Il aurait grogné s'il n'essayait pas de rester le plus silencieux possible. À la place, il croisa ses bras musclés sur son torse et fronça les sourcils. *Et alors ?* Qu'est-ce que ça pouvait bien lui faire s'il était grand ? Ce n'était pas comme s'il pouvait y changer quoi que ce soit. Putain, son petit frère était même plus grand que lui. En plus, les femmes avaient l'air d'aimer les hommes de grande taille, pas vrai ?

Il avait vu la lueur perdue qui s'était allumée dans ses yeux lorsqu'il s'était éloigné. Elle était sensible à son charme et une certaine tension sexuelle vibrait entre eux, mais elle ne semblait pas ravie de sa propre réaction vis-à-vis de lui. Et cela l'avait énervé. Car après tout, pourquoi pas ? Swede était un bon parti.

Merde, elle allait le rendre dingue.

— Est-ce que les autres sont là ? s'enquit-elle en fouillant des yeux la forêt autour d'elle. Et qui était cet homme que Shadow a éliminé ?

— Probablement un éclaireur.

— D'accord.

Mais le ton de sa voix témoignait de sa grande confusion.

— Les rebelles ont un homme qui surveille l'hacienda depuis des jours. Ils ont remplacé cet homme un peu plus tôt dans la journée lorsque les remorques sont parties avec les chevaux, expliqua-t-il sans mâcher ses mots. Il y a de fortes chances pour qu'il soit retourné au camp et ait déjà fait son rapport à ses supérieurs concernant le nombre de personnes restées ici.

— Merde.

Il avait dit exactement la même chose lorsqu'il en avait été informé.

— Alors… ils en ont vraiment après nous ? murmura-t-elle.

Le tremblement dans la voix d'Eva le toucha profondément. Il tendit une main vers elle, mais elle ne la vit pas. Son regard était perdu dans le vide. Il lui caressa l'épaule, posa une main sur son bras et l'attira contre son torse.

— Ça va aller.

— Comment peux-tu en être aussi sûr ? l'interrogea-t-elle d'un ton incrédule en se retournant pour le regarder fixement. Tu ne cesses de me répéter qu'on est en danger depuis que tu es arrivé.

— Rien ne va t'arriver. On ne te perdra pas de vue.

— Et les autres, tu y as pensé ? Le camp d'entraînement des rebelles ne se trouve pas très loin d'ici, rappela-t-elle en se tournant pour regarder en direction de Shadow. N'êtes-vous pas censés faire quelque chose les concernant ?

— C'est ce qu'on fait, affirma-t-il doucement. Nous agissons au moment même où je te parle.

Elle renifla avec circonspection.

— Dans ce cas, pourquoi m'as-tu amenée ici en pleine chaleur ? s'exaspéra-t-elle en essuyant la sueur qui perlait sur son visage. Je préférerais de loin être au frais dans l'hacienda.

— Chut, lui commanda-t-il en laissant retomber son bras. Regarde.

Il désigna une silhouette qui traversait le bosquet d'arbres en direction de la clôture.

CHAPITRE 11

ELLE N'ARRIVAIT PAS à croire ce qu'elle voyait. Lena, la servante qui venait de leur servir des rafraîchissements, courait vers le bosquet d'arbres dans lequel Shadow attendait. L'homme qu'il avait abattu se trouvait probablement quelque part à proximité.

Pourquoi cette femme irait-elle à la rencontre d'un terroriste ? Était-ce vraiment son intention ? Ou était-ce autre chose ? S'agissait-il d'une rencontre accidentelle ? Était-elle simplement sortie se promener ? Mais dans ce cas, pourquoi y aller par cette chaleur ?

Elle observa la femme qui semblait s'être arrêtée à la lisière du bosquet. Puis elle remarqua qu'elle parlait, même si elle se trouvait trop loin pour entendre quoi que soit. Eva fronça les sourcils.

— Est-ce que Shadow fait semblant d'être le rebelle ?

— Je n'en suis pas certain, avoua-t-il.

Le visage sans expression de Swede ne lui était d'aucune aide. Il était si fort pour cacher ses émotions qu'en tout temps, il était impossible de savoir ce qu'il pensait, et cela la dérangeait. Compte tenu de son statut de soldat, il était préférable qu'il sache se montrer indéchiffrable. Mais s'ils débutaient une relation plus personnelle et intime, elle savait d'ores et déjà que cette aptitude lui déplairait fortement s'il n'arrivait pas à la désactiver quand ils étaient ensemble.

Au bout de dix minutes, Lena fit demi-tour et retourna à l'hacienda.

Tout autour d'eux était silencieux. Eva secoua la tête.

— Donc tu m'as amené ici pour voir ça ?

— Non.

Visiblement, il ne comptait lui fournir aucune explication.

Elle se retourna dans l'intention de partir.

— Bon, ce n'est pas tout ça, mais il faut que j'y retourne avant que notre absence ne devienne suspecte, lança-t-elle.

Les lèvres du soldat se pincèrent.

— Ça ne fait pas encore assez longtemps, la retint-il.

— Pas assez longtemps pour quoi ?

— Nous ne sommes pas partis depuis suffisamment longtemps. Nous ne sommes pas censés avoir terminé.

Elle ne comprit pas tout de suite ce qu'il voulait dire, puis son regard s'écarquilla quand elle réalisa que c'était exactement ce que les autres allaient penser étant donné l'excuse qu'il lui avait dit d'utiliser la dernière fois qu'ils s'étaient éclipsés seuls. *Mon Dieu.* Elle regarda l'heure sur son téléphone portable.

— Combien de temps penses-tu que l'on doive encore rester ici ? demanda-t-elle en ne pouvant empêcher sa voix d'être à la fois sèche et amusée. Ou peut-être que tu as une durée fixe pour ça ?

Il éclata de rire.

— Non, mais si c'était toi et moi, nous ne reviendrions pas avant plusieurs jours.

— Plusieurs jours ? répéta-t-elle, interloquée. Certainement pas !

— Oh que si, je te le promets. Ça durerait des jours entiers.

Elle tourna les talons et se dirigea vers l'orée du bois. Cet homme était impossible. Mais ses mots avaient attisé ce que ses insinuations avaient commencé à éveiller en elle. Son corps s'était mis dans tous ses états. Elle passa ses mains de haut en bas pour frotter ses bras croisés. *Putain.* À ce stade, tout ce qu'elle voulait, c'était rentrer chez elle, dans son ranch, pas à l'hacienda. Elle voulait retourner là où vivaient ses propres chevaux et ses chiens, et bien sûr Mia, sa meilleure amie. Si Hawk et son équipe étaient là, cela signifiait que Mia était seule aussi. Eva aurait aimé être avec elle. Mia possédait une âme douce et généreuse.

Eva s'était juré de ne jamais sortir avec un *SEAL* ou un militaire après avoir entendu parler de certaines des épreuves que son frère avait traversées. Sauf qu'ils possédaient quelque chose qui faisait défaut à tant d'autres hommes. Ils étaient grands, forts, débrouillards, dominants et robustes.

Quand on vit avec un militaire, la vie prenait une tout autre saveur.

Ce n'était pas juste pour les autres hommes… Mais elle ne pouvait s'empêcher de ressentir ce qu'elle ressentait.

Elle avait toujours été attirée par les militaires. Quant aux SEAL… ils étaient clairement au-dessus du lot. Ils explosaient tous les compteurs de « beau-gossitude ». Mais il ne fallait pas que cela arrive à leurs oreilles. De tels compliments risquaient de leur monter à la tête. Ils avaient déjà un ego surdimensionné, à tel point qu'ils en étaient presque arrogants.

Et ils étaient aussi tellement sexy.

Elle grogna pour chasser ces pensées parasites et retint de justesse un petit cri quand Swede lui attrapa le bras. Elle se tourna pour lui faire face, mais se retrouva nez à nez avec Shadow à la place.

— Qu'est-ce que tu fais là ? demanda-t-il avant de secouer la tête et de lui faire signe d'avancer à travers les arbres. Peu importe. Allons-y.

Si sa voix était aussi douce qu'un murmure, elle n'en restait pas moins ferme et n'admettait aucune discussion.

— D'accord, acquiesça-t-elle.

Elle commença à avancer, puis cria en voyant son frère et s'élança directement dans ses bras. Il la réceptionna et la serra fort contre lui.

— Putain, Eva, qu'est-ce que tu fous au milieu de tout ça ?

Les larmes lui montèrent aux yeux. Cela faisait longtemps qu'ils ne s'étaient pas vus. Pour des raisons de sécurité, il avait dû quitter la petite ville où ils avaient grandi, et depuis, il lui manquait chaque jour un peu plus.

— Putain, Eva, qu'est-ce que tu fous au milieu de tout ça ? l'imita-t-elle avant de reprendre une voix normale. Je suis venue pour aider. C'est tout. Je ne me suis pas fourrée dans quoi que ce soit de dangereux ni dans quoi que ce soit qui doive susciter ton inquiétude.

— Sauf que… c'est dangereux dans le coin et te savoir là m'inquiète.

— Mais je ne le savais pas en venant, se défendit-elle en levant les mains.

— Et maintenant que tu le sais, il est hors de question que tu y retournes, grogna Hawk.

— Tu ne m'empêcheras pas de retourner auprès des autres femmes qui étaient avec moi. L'une est mon amie et les deux autres sont mère et fille. Toutes deux sont venues en tant que volontaires pour aider les chevaux. Personne ne mérite cela.

— On les aidera toutes. On enquête déjà sur les rebelles

et tous ceux qui leur sont liés.

— Je vois. Mais cela signifie aussi qu'Isabella et son entourage sont en danger.

Les hommes s'entre-regardèrent et un lourd silence s'ensuivit.

Ses yeux passèrent sur chacun d'eux.

— Non, je refuse de croire qu'elle est impliquée, s'écria Eva. C'est tout simplement impossible.

— Il existe des femmes très peu scrupuleuses, lui rappela Hawk. Et vu l'emplacement du camp des rebelles, elle pourrait avoir passé un accord avec eux pour être protégée afin de ne pas perdre tout ce qu'elle possède.

— Ou alors, elle pourrait ne pas savoir qu'ils sont là, rétorqua Eva.

L'espoir était mince, mais à ce stade, elle était prête à s'accrocher à n'importe quoi. Elle ne voulait pas croire qu'une femme vivant seule soit capable de vendre d'autres femmes à des personnes malintentionnées. Mais lorsqu'ils se retrouvent au pied du mur, les gens font généralement tout pour sauver leur peau.

— Je ne peux pas les abandonner, insista-t-elle obstinément.

— Nous veillerons sur elles. Mais nous avons besoin de nous assurer que tu es en sécurité.

— On dirait bien que plus aucun endroit n'est sûr dans le coin.

— Tu as raison. Pour le moment, ça craint dans le coin. On a besoin d'obtenir plus d'informations sur ceux qui ont créé ce camp d'entraînement terroriste. On ne peut pas juste le détruire, car ils le reconstruiraient ailleurs. Ce n'est pas la solution. On doit frapper ceux qui se trouvent tout en haut de l'échelle, et ce serait encore mieux si on pouvait aussi trouver ceux qui ont investi de l'argent dans ce camp.

Eva hocha la tête. Elle n'était toujours pas convaincue de l'implication d'Isabella, mais comprenait pourquoi ils la considéraient comme une suspecte.

— Donc si je vous suis bien, vous pensez que la fille qui est venue jusqu'ici tout à l'heure est son larbin.

— Ou alors, elle est à la botte de quelqu'un d'autre et trahit Isabella, suggéra Shadow.

Le visage d'Eva s'illumina.

— Je préfère cette idée.

— Peut-être, mais cette fille est jeune. Elle semble à peine sortie de l'adolescence. Il faudrait vraiment être quelqu'un d'insensible pour faire une chose pareille.

— Pas forcément. Il suffit d'être désespéré, souligna Swede. Elle pourrait protéger un petit frère ou avoir déjà été abusée dans le camp. Peut-être qu'elle a peur qu'ils la reprennent si elle ne trouve pas de remplaçante.

— Tu sais que parfois, tes réflexions sont vraiment horribles ?

Swede haussa les épaules.

— Je pense que nous en avons vu suffisamment à ce jour pour ne pas négliger les motivations humaines. Peu importe ce qui a poussé certaines personnes à s'impliquer là-dedans, croyez-moi, elles doivent sûrement avoir de bonnes raisons.

— D'après les informations qu'on a reçues, il s'agit d'un essai, reprit Hawk. Et si tout se passe bien, ils passeront à un entraînement plus militaire.

— Je suis sûre qu'Isabella n'a rien à voir avec tout ça, persista Eva. Ce n'est pas elle.

— Peut-être, mais… et si c'était son frère qui était à la tête du groupe rebelle ? Ou peut-être que son fils fait partie des hommes qui ont été emmenés de force dans le camp.

Eva grimaça.

— Je n'y avais pas pensé…

Au même moment, son téléphone portable sonna. Elle le sortit de sa poche et regarda le message qu'elle venait de recevoir.

— C'est April. Elle dit que c'est presque l'heure du dîner.

Elle s'abstint délibérément de lire à voix haute la dernière ligne qui lui conseillait de ménager Swede afin qu'ils puissent de nouveau s'éclipser en amoureux plus tard dans la soirée pour « remettre le couvert ». April était beaucoup de choses, mais parfois, elle pouvait aussi se montrer grossière et peu subtile. Eva remit son téléphone dans sa poche.

— Je dois y retourner.

— Je viens avec toi, déclara immédiatement Swede.

Elle lui lança un regard noir.

— Seulement si tu te comportes bien, exigea-t-elle.

L'expression innocente qu'il affichait ne la trompa pas le moins du monde.

— Je suis sérieuse, ajouta-t-elle.

— Il fera ce qu'il jugera nécessaire pour te protéger, intervint son frère. On gardera un œil sur l'hacienda, mais on a besoin de lui à l'intérieur de la propriété.

Un cri de rapace retentit quelque part autour d'eux et les hommes se mirent instantanément en mouvement. Avant qu'elle ne comprenne quoi que ce soit, Swede la plaqua contre un tronc d'arbre et la recouvrit de son grand corps. Et mon Dieu, il était immense. Elle était complètement cachée derrière lui. Ce qui signifiait que si quelqu'un essayait de l'atteindre avec une arme à feu, il prendrait la balle de plein fouet à sa place.

Elle refusait qu'une telle chose arrive.

Elle ne pourrait pas vivre avec ce genre de culpabilité pour le reste de sa vie.

Elle essaya de se dégager, mais c'était impossible. Le soldat ne bougeait pas d'un pouce, comme s'il s'était transformé en granit. Son corps était aussi dur que du béton. Elle essaya de le pousser, sans parvenir à quoi que ce soit. Elle réussit à trouver un bout de peau et le pinça, mais il ne sembla pas le remarquer. Ensuite, elle y enfonça ses ongles. Il ne réagit toujours pas. *Putain.* Elle finit par s'affaisser contre le tronc d'arbre et attendit.

— Il y a pas mal de moustiques de cette région, commenta-t-il d'une voix fortement teintée d'amusement en regardant au-dessus de la tête d'Eva. Et en plus, ces satanés moustiques sont voraces.

C'est là qu'elle réalisa qu'il parlait d'elle. Elle ouvrit la bouche et le mordit… seulement pour se rendre compte qu'elle avait mordu sa poitrine et qu'elle était extrêmement proche de son téton.

Il la souleva et parla à voix basse pour que les autres ne puissent pas entendre s'ils étaient encore là.

— Si tu veux jouer à ça, chérie, je suis parfaitement d'accord. Mais on va devoir trouver un meilleur endroit.

Il la reposa à côté de lui et se mit à courir en l'entraînant derrière lui.

Surprise, elle mit un moment à retrouver son équilibre et quand elle y parvint enfin, elle eut du mal à le suivre. Les jambes de cet homme étaient deux fois plus longues que les siennes et les muscles qui se contractaient pendant qu'il courait indiquaient que sa puissance était bien supérieure aux efforts qu'il déployait actuellement.

Ils passèrent devant un bosquet d'arbres et ralentirent légèrement lorsqu'ils arrivèrent à un autre. Elle étudia les arbres en s'attendant à ce qu'il la plaque de nouveau contre le tronc de l'un d'eux, mais il la tira par la main et accéléra l'allure. Ils contournèrent le bosquet et continuèrent vers l'hacienda. Les températures du soir s'étaient quelque peu rafraîchies, mais pas assez pour faire un jogging. Néanmoins, elle était déterminée à suivre le rythme qu'il avait imposé sans se plaindre.

Il avait déjà une assez mauvaise opinion d'elle comme ça, et elle de lui, bien qu'il se soit toujours comporté correctement avec les autres femmes depuis qu'il était ici. Et puis, il était en mission. Cela impliquait qu'il devait être abstinent, non ?

La ligne de la clôture apparut brusquement devant elle. Swede la franchit sans ralentir, comme s'il faisait une course d'obstacles. Mais il n'en fut pas de même pour Eva qui chuta de l'autre côté. Sa dignité en prit un coup. Elle se mit lentement à genoux.

Swede l'aida à se relever et épousseta ses vêtements pleins de terre.

— Ça va ? lui souffla-t-il à voix basse.

Elle hocha la tête.

— Je vais bien, le rassura-t-elle d'une voix sèche. Je ne m'attendais pas à ce que ce soit si haut.

— J'aurais dû ralentir.

— Tu l'as sautée sans problème, nota-t-elle en se retournant vers la clôture. Chez moi, les clôtures sont plus hautes, alors je ne sais pas pourquoi j'ai raté celle-là.

Qu'elle soit tombée comme ça, en plus devant lui, l'irritait au plus haut point.

Soudain, une voix les appela au loin. Elle se retourna pour voir Isabella leur faire signe depuis l'hacienda. Elle sourit et lui fit signe à son tour.

— On dirait bien qu'on a été repérés.

— Elle était probablement à notre recherche depuis un certain temps, avança Swede. Et souviens-toi, pas un mot à qui que ce soit.

IL AURAIT PU rire de l'air contrarié qu'elle affichait. Mais à l'intérieur, il se sentait toujours mal de ne pas l'avoir aidée à franchir la clôture. Elle s'était si bien débrouillée à ses côtés, en suivant l'allure qu'il avait imposée sans se plaindre, qu'il n'avait pas pensé un seul instant qu'elle ne réussirait pas à sauter par-dessus comme lui. Il avait commis une erreur. Elle avait beau être grande et mince, elle n'était pas habituée à pratiquer la même activité physique que lui.

— Vous avez l'air de bien vous amuser tous les deux, remarqua Isabella d'une voix faussement timide et taquine.

Swede ne s'en offusqua pas, mais en jetant un coup d'œil à Eva, il réalisa que sa chute par-dessus la clôture l'avait recouverte d'une fine couche de poussière et que leur course dans les bois avait fait apparaître une pellicule de sueur sur sa peau. Le commentaire d'Isabella ne fit qu'accentuer la couleur déjà écarlate de son visage. Son apparence débraillée ne laissait que peu de place à l'imagination.

Et il n'y était pour rien. Putain, il aurait préféré l'embrasser jusqu'à ce qu'elle s'affaisse dans ses bras et donne la même impression. Mais bon, si ainsi, elle parvenait à convaincre les autres qu'ils étaient partis dans la forêt pour faire tout autre chose que discuter des dangers qui rôdaient dans le coin, cela lui convenait parfaitement.

Sauf que, d'après le regard mauvais qu'elle lui lança, Eva ne voyait pas les choses de la même façon.

— Il fait chaud ici, répondit-elle. Si j'ai le temps, est-ce que je peux aller prendre une douche ?

— Le dîner sera servi dans trente minutes, alors tu peux bien évidemment aller prendre une douche… enfin, si tu arrives à prendre une douche rapide, précisa Isabella en fixant Swede d'un regard spéculatif. Est-ce que tu souhaites en prendre une aussi ?

Le sous-entendu était clair. Swede entrelaça ses doigts avec ceux d'Eva.

— Pourquoi pas, accepta-t-il. Nous serons de retour à temps pour le dîner.

Il adressa un grand sourire à la vieille dame et poussa Eva dans la fraîcheur du bâtiment.

— Eva chérie, allons-y, reprit-il. Ce serait dommage de rater le dîner.

Elle resta silencieuse et le guida dans le couloir frais jusqu'à la chambre dans laquelle il supposa qu'elle avait dormi la nuit dernière. Une fois à l'intérieur, elle resta un moment à le fixer.

— Est-ce que tu as vraiment besoin de rendre si évident le fait que nous sommes ensemble ?

Surpris, il se retourna pour la regarder à son tour.

— Je suis désolé si ça te dérange, mais si mon rôle de petit-ami permet d'assurer ta sécurité, alors je le tiendrai jusqu'au bout.

Elle passa ses doigts dans ses cheveux, un air fatigué sur le visage.

— Qu'est-ce qui ne va pas ? demanda-t-il en l'observant.

Elle ouvrit la bouche comme pour répondre puis la referma.

— Ce n'est rien, finit-elle par soupirer. Je suis juste stupide.

Merde. Il aurait aimé qu'elle s'ouvre à lui. Mais c'était

beaucoup demander alors qu'elle ne le connaissait pas vraiment. Il l'aimait bien. Et il admirait le fait qu'elle n'abandonne pas ses amis, qu'elle n'adopte pas l'attitude du « moi d'abord » qu'il avait vue chez beaucoup trop de gens au fil des ans. Hawk était vraiment un homme bien, et il semblait que sa sœur était aussi une personne honnête dotée d'un grand cœur. Mais ça, il le savait déjà. Plus d'une fois au cours des dernières années, il était allé rendre visite à Hawk pour la voir, parce qu'il se sentait attiré par elle comme un papillon par une flamme. Ce qu'il avait découvert en elle le fascinait chaque fois un peu plus. Il avait toujours trouvé des excuses pour que Hawk l'accueille chez eux et posait plus de questions qu'il ne le devrait à propos d'Eva. Il lui était délicat de reconnaître un intérêt là où il ne devrait pas y en avoir.

Mais… et si leur relation pouvait évoluer jusqu'à devenir comme celle que Hawk avait construite avec Mia ? Swede l'avait regardée partir de rien pour exploser en quelque chose de si parfait que le reste des hommes en était resté bouche bée et avait commencé à espérer qu'il leur arrive la même chose. Désormais, la moitié de son équipe principale était en couple avec des femmes que Swede admirait. Et ce n'était pas peu dire. Les femmes n'étaient pas ce qui manquait dans son entourage, mais ce n'était pas toujours celles avec lesquelles il voulait être. Un soir, il se souvenait être dans un bar où un groupe de femmes jouait au poker. Elles avaient défini que la gagnante pourrait le ramener chez elle. Hawk, qui avait entendu leur discussion, l'avait prévenu. Swede s'était levé et était parti. Putain, il refusait de n'être qu'un putain de prix qui pouvait être remporté par la main gagnante d'une femme ivre. D'ailleurs, peu de temps après, il avait remis en question de nombreux aspects de sa vie et lui avait fait prendre un virage à cent quatre-vingts degrés.

Personne ne méritait d'être traité comme ça.

Si Swede commettait des erreurs dans sa relation avec Eva, les conséquences risquaient de ne vraiment pas être plaisantes. Mais… et si Eva se révélait être cette fameuse perle rare, cette personne unique et spéciale que Mason, Hawk et maintenant Dane avaient trouvée ?

Il en avait marre d'aller dans ce même vieux bar avec ses coéquipiers et de se rappeler à chaque fois que la moitié du groupe avait quelqu'un qui les attendait chez eux. Les autres gars l'avaient aussi remarqué. Pauvre Cooper, il n'avait toujours pas repris du service et cela l'irritait. Il pensait que c'était ainsi que ses amis avaient trouvé l'élue de leur cœur. Et il avait en grande partie raison.

Putain, Swede aurait aimé que ce soit aussi facile, qu'il suffise de partir en mission pour revenir avec une épouse à son bras. Mais ça ne l'était pas, sinon il en aurait déjà une depuis un moment. Il voulait qu'il lui arrive la même chose qu'à ses amis. Il y a longtemps, il avait vraiment voulu que l'amour frappe à sa porte. Mais sachant ce qu'en penserait Hawk, il avait tourné le dos à la possibilité qu'Eva soit la bonne. Alors, il avait fait une croix sur ses sentiments et s'était oublié dans les bras d'une longue série de beautés féminines.

Mais cela l'avait plongé dans d'autres problèmes. Eva avait vu à quoi ressemblait sa vie de célibataire. Et elle n'avait pas du tout été impressionnée.

Il grimaça. S'il avait vu Eva avoir une vie comme la sienne et passer en revue la longue liste d'hommes avec qui elle avait couché, il aurait été furieux. Comme dirait le proverbe, « ne faites pas à autrui ce que vous n'aimeriez pas qu'on vous fasse ».

Il n'était vraiment qu'un idiot. Il était seul depuis longtemps et ce célibat commençait à lui peser. Mais Swede n'avait pas l'intention de s'arrêter avant d'avoir trouvé ce qu'il voulait.

— Hé, tu m'écoutes ?

Après avoir secoué la tête pour revenir à l'instant présent, il réalisa qu'Eva se tenait devant lui, enveloppée seulement d'une serviette. *Seigneur.* Il suffisait qu'il pense à elle pour qu'elle apparaisse devant lui. Et la réalité était encore mieux que ses pensées. Il déglutit.

— Quoi ?

— Je t'ai demandé si tu voulais prendre une douche rapide, répéta-t-elle.

Avec toi ? voulut-il demander. Mais il réussit à garder cette pensée dans sa tête.

— On n'a pas le temps. J'en prendrai une plus tard.

Elle hocha la tête et se dirigea vers le lit.

— Si tu ne veux pas quitter la chambre, est-ce que tu peux au moins aller sur le balcon ou quelque chose comme ça ?

Surpris, il la regarda et réalisa qu'elle voulait être seule pour pouvoir s'habiller. Il sourit.

— Non, je suis bien ici, répondit-il.

Elle le fusilla du regard, ramassa ses vêtements de rechange, retourna dans la salle de bain et en claqua la porte.

— D'accord, d'accord, tu n'as pas à te cacher, s'exclama-t-il. Je peux aller dehors.

— Trop tard. Et je ne me cache pas. Je ne m'habille tout simplement pas devant des inconnus, peu importe à quel point ils prétendent être respectables, ajouta-t-elle avec sarcasme.

En entendant ce commentaire, il se sentit comme une merde et soupira.

— Tu as raison, j'aurais dû sortir sur le balcon ou au moins tourner le dos.

La porte se rouvrit. Elle sortit tout habillée et sourit.

— Oui, tu aurais dû, confirma-t-elle. Mais tu ne l'as pas fait. Donc tu as encore manqué une chance d'être un homme respectable.

— Comment ça, encore ? Qu'est-ce que ça veut dire ? releva-t-il avec indignation.

CHAPITRE 12

E VA RIT EN voyant l'air mécontent qu'il affichait.

— Eh bien... je te rappelle que c'est à cause de toi si je suis tombée quand on a sauté par-dessus la clôture.

Le visage de Swede se décomposa.

Et elle réalisa qu'elle venait de toucher un point sensible.

— Hé, je plaisante ! Je ne me suis pas fait mal. Et puis, c'était ma faute, affirma-t-elle.

— Peut-être que tu ne t'es pas fait mal. Mais j'aurais dû te prendre dans mes bras et sauter la clôture en te portant. Cela t'aurait évité de tomber.

Cette idée embrasa son esprit. Vraiment ? Il aurait pu faire ça ? Qu'est-ce que ça faisait d'être portée comme une belle demoiselle dans les bras de son chevalier ? Elle ne le saurait jamais. Mais de toute façon, même s'ils avaient été à l'époque où ces trucs de belles demoiselles étaient à la mode, plusieurs centaines d'années en arrière, Swede aurait quand même été considéré comme un libertin.

Et bien sûr, les libertins repentis étaient les meilleurs d'entre tous.

Sur la commode, elle attrapa sa brosse à cheveux et commença à essayer de s'occuper de la masse informe et indisciplinée qui lui servait de cheveux.

Après quelques secondes à tirer pitoyablement sur ses mèches pour tenter de démêler les nœuds, la brosse à cheveux lui fut arrachée des mains.

— Laisse-moi faire, proposa Swede d'une voix sombre. Même si je n'ai que peu d'expérience dans ce domaine, j'abîmerai moins tes cheveux que si c'est toi qui le fais. D'ailleurs, pourquoi est-ce que tu agis comme ça ?

— Comme quoi ?

— Comme si tu étais en colère contre le monde entier, expliqua-t-il.

Il sépara doucement ses longs cheveux en plusieurs sections et passa la brosse à travers en éliminant facilement les nœuds.

— Je ne suis pas en colère, nia-t-elle.

Mais elle l'était bel et bien, et c'était un peu troublant de savoir qu'il l'avait remarqué. Elle était aussi un peu déconcertée d'être autant énervée contre lui. Il n'avait rien fait.

— Ce n'est rien. Le problème vient de moi.

— Quand une femme dit ça, c'est généralement qu'elle est en colère contre un homme, souligna-t-il.

Il continua à passer la brosse dans ses cheveux avec des mouvements amples et forts qui tiraillèrent son cœur. C'était si agréable. Elle était seule depuis tellement longtemps. Elle n'avait pas l'habitude d'être choyée comme ça… et cette sensation était bien trop addictive.

— Alors, dis-moi, pourquoi es-tu contrariée ? reprit-il. Tu sais que je ne te blesserais jamais délibérément, n'est-ce pas ?

Elle haussa les épaules.

— Tu as beaucoup plus d'expérience avec les femmes que moi avec les hommes.

— Et ça te contrarie ? Ce n'est pas qu'une question d'expérience, pas vrai ? demanda-t-il avant de froncer les sourcils en la regardant dans le miroir. En plus, je n'ai pas beaucoup d'expérience pour ce qui est des relations.

— Les femmes te tombent dans les bras sans que tu n'aies rien à faire, rétorqua-t-elle en lui lançant un regard noir. Regarde celles qui sont en bas. Elles se transforment en guimauves énamourées dès tu entres dans la pièce.

Une couleur chaude apparut sur le visage du soldat. Elle plissa les yeux en le fixant.

— Tu n'aimes pas ça, n'est-ce pas ?

Il secoua la tête, mais continua à lui brosser les cheveux en silence. Elle continua à le regarder et finit par se demander si elle ne l'avait pas mal jugé pendant toutes ces années.

— En fait, tout cela te dérange, comprit-elle, surprise.

— Quelquefois, oui. Si je veux trouver une femme avec qui coucher, je vais dans un bar et une sorte d'entente mutuelle se crée avec chacune de mes partenaires. Elles savent toutes que je ne serai plus là le lendemain. Mais pour celles qui sont actuellement au rez-de-chaussée… chaque fois que je suis avec elles, j'ai l'impression de me retrouver sur un marché où des vendeuses essaient de me vendre leurs plus belles pièces de viande, en quelque sorte. Elles ne veulent pas d'un coup d'un soir. Elles veulent une véritable relation qui durera des semaines voire des années.

— Et pas toi ? questionna-t-elle avec curiosité en découvrant une facette de sa personnalité dont elle ignorait totalement l'existence et dont elle ne pensait jamais être témoin.

— J'aimerais bien. Mais je ne veux pas que ce soit uniquement sexuel.

Elle ne s'était tellement pas attendue à cela qu'elle ne savait pas quoi dire.

— Si c'était des hommes qui se trouvaient en bas et non des femmes, comment te sentirais-tu ? l'interrogea-t-il.

Elle fronça les sourcils.

— Je détesterais ça. Si c'était de l'admiration, mais pas trop forte ni exagérée, alors ce serait plutôt sympa. Tout le monde aime être apprécié. Mais s'ils me regardaient tous avec une expression avide, alors je n'aimerais pas ça non plus.

— Bien. Dans ce cas, on est d'accord sur ce point. Ce qui se trouve au rez-de-chaussée ne plaît à aucun de nous deux.

Elle n'était pas certaine de savoir ce qui venait de se passer, mais un étrange sentiment de finalité flottait entre eux. Comme s'ils étaient parvenus à un accord, dont elle n'avait pas lu les petits caractères. Elle se sentait satisfaite, mais en même temps, elle se sentait aussi stupide de ne pas comprendre comment ni pourquoi ce sentiment l'avait envahie. Elle lui prit la brosse des mains puis, après avoir rassemblé ses cheveux, entortilla simplement le tout à l'arrière de sa tête et attacha la masse avec une grande pince papillon.

La situation lui semblait étrangement intime. Il se tenait à côté d'elle et la regardait s'occuper de sa coiffure en silence. Une fois qu'elle eut terminé, elle se leva et se tourna vers lui. Le regard de Swede restait fixé sur son visage.

— De quoi j'ai l'air ? s'enquit-elle en fronçant les sourcils.

Quelle était cette lueur qui s'était allumée dans le regard du soldat ? Elle pouvait sentir la température de son propre corps grimper en elle. Essayant d'ignorer son trouble, elle désigna la porte.

— On y va ? suggéra-t-elle.

Il acquiesça sans prononcer le moindre mot. Elle lui jeta un regard gêné puis passa devant lui. En bas des escaliers, elle fut surprise de voir que les deux hommes qu'elle avait vus travailler avec les chevaux étaient présents, comme s'ils attendaient de manger eux aussi. Pourquoi était-elle surprise ? Il était normal qu'ils soient là. Après tout, ils avaient besoin de se remplir l'estomac eux aussi. Ils avaient travaillé dur aujourd'hui. Elle leur sourit.

Seulement, leurs regards étaient un peu trop chaleureux pour qu'elle se sente à l'aise. Probablement devait-elle son inconfort à la conversation qu'elle avait eue avec Swede quelques minutes auparavant. Elle se dépêchait de les dépasser quand son bras fut attrapé et tiré en arrière. Elle se retourna et se retrouva dans les bras de Swede.

— Tout à l'heure, tu m'as demandé de quoi tu avais l'air, chuchota-t-il en baissant la tête. Leurs regards devraient te donner la réponse, mais juste au cas où tu aurais encore des doutes et juste au cas où ils se feraient des idées…

Il l'embrassa.

Elle avait déjà été embrassée par des hommes, mais jamais leurs baisers n'avaient déclenché en elle une chaleur cuisante qui la brûla jusque dans son âme.

Quand il releva enfin la tête, elle réalisa qu'il n'existait qu'une seule façon de décrire son geste.

Il l'avait marquée au fer rouge, afin de faire comprendre à tout le monde qu'elle était sienne.

Alors qu'elle essayait encore de rassembler ses esprits, qui avaient éclaté en mille morceaux épars, elle entendit des ricanements en provenance de la pièce. Elle réalisa alors que Swede avait tout calculé et avait soigneusement chronométré ses actions. Ils se tenaient devant la grande salle ouverte dans laquelle elle s'était assise avec les autres femmes un peu plus tôt. Elle remarqua aussi que les hommes, rassemblés devant les portes du patio extérieur, pouvaient la voir d'où ils se tenaient.

Elle lança à Swede un regard blasé.

— Es-tu toujours aussi calculateur dans tes actions ? murmura-t-elle alors qu'ils entraient.

— Seulement quand il s'agit de te protéger, admit-il. Je me suis peut-être montré un peu possessif, mais je voulais qu'ils sachent tous qu'ils auront affaire à moi s'ils t'approchent d'un peu trop près.

Sauf que cette attitude possessive pouvait aussi se révéler être un véritablement aimant à femmes. Et elle n'aimait pas l'idée qu'il puisse en ferrer une grâce à son charme naturel. *Putain.*

— En plus, si on était seuls et qu'on n'avait pas à jouer cette comédie, je pourrais être moi-même, continua-t-il d'une voix toujours douce et basse.

Son sourire complice la réchauffait de l'intérieur.

— Et qu'est-ce que ça changerait ?

Elle doutait qu'il y ait une quelconque différence. Cet homme voulait que le monde entier sache qu'elle lui appartenait, quelle que soit la vérité.

— Ce que ça changerait, c'est que je t'aurais faite mienne pour de vrai, susurra-t-il.

Il posa une main dans le bas de son dos pour la pousser à avancer.

— Et avant la fin de la nuit, tu aurais eu la confirmation que j'étais à toi, ajouta-t-il.

Elle frémit. Maudit soit-il. Il avait transformé ses os en gelée avec ces simples mots. Que lui ferait-il s'ils passaient toute la nuit ensemble ?

Elle ne semblait pas savoir comment prendre sa dernière déclaration. Lui non plus, à vrai dire. Il n'avait pas prévu de dire une telle chose. En fait, il n'avait pas eu l'intention de lui dire ne serait-ce que la moitié de tout cela. Mais maintenant que les mots étaient sortis, il ne comptait pas les retirer.

Pourquoi les regretterait-il ? C'était la vérité et c'était ce qu'il désirait, du moins avec elle. Il pouvait commencer quelque chose avec elle, voir jusqu'où cela pouvait les mener. Et d'une certaine façon, au cours de la dernière heure, il avait pris sa décision. Il voulait continuer d'avancer dans la vie avec elle à ses côtés.

Il ne pouvait qu'espérer que Hawk serait d'accord avec ça.

Une fois qu'ils furent dans la pièce, il la conduisit vers un petit canapé et la fit asseoir. Elle avait l'air complètement désorientée. *Merde.* Sa vulnérabilité réveilla ses instincts protecteurs. Le fait que son état puisse être dû à ce qu'il venait de lui dire provoqua en lui une réaction d'homme des cavernes. Il voulait l'entraîner loin de cet endroit dangereux gangréné par la trahison et lui montrer à quoi pouvait ressembler une véritable relation de couple. Elle avait peut-être eu d'autres relations amoureuses, mais elle ne connaissait pas son propre pouvoir d'attraction, et semblait tout ignorer de l'électricité qui crépitait dans l'air quand on se trouvait près d'elle. Il voulait le lui montrer. Putain, il voulait la connaître de cette façon lui aussi.

Ils pourraient avoir un avenir incroyable devant eux et après en avoir eu un petit aperçu, il ne pouvait pas imaginer vouloir autre chose.

— Monsieur, voulez-vous boire un verre ?

Lena se tenait devant lui, un grand plateau surmonté de flûtes remplies d'un liquide doré dans les mains.

Il étudia la jeune fille puis secoua la tête.

— Non merci. Nous ne buvons pas d'alcool.

Il serra la main d'Eva en guise d'avertissement. Assommer tout le monde dans cette pièce d'un seul coup reviendrait à faciliter encore plus la possible attaque des terroristes. Il avait l'intention d'être en possession de toutes ses facultés s'ils lançaient leur assaut sur l'hacienda… ou plutôt quand ils décideraient de le lancer.

Hawk et Mason étaient retournés surveiller le camp des rebelles. Les *SEAL* étaient partis du principe que si une attaque devait avoir lieu, alors cette nuit offrirait la meilleure opportunité. En plus, le commandant arrivait ce soir. Avec un peu de chance, ils pourraient le capturer, lui et les rebelles, et sauver les femmes par la même occasion.

Peut-être que cet objectif pouvait paraître un peu exagéré. Mais c'était ce à quoi lui et son équipe étaient habitués.

Après tout, ils étaient des *SEAL*. Rien n'était trop grand ou trop difficile pour eux. La mort pouvait les rattraper lors de n'importe quelle mission. Ils en étaient conscients. Mais au moins, chaque fois qu'ils étaient déployés sur le terrain, ils faisaient tout ce qu'ils pouvaient et n'abandonnaient jamais en cours de route. Les *SEAL* ne connaissaient pas la marche arrière, seulement la marche avant.

Maintenant qu'il existait une chance pour qu'Eva fasse partie de son avenir, il n'allait accepter aucune autre issue que celle qu'il considérait comme la meilleure.

Tant qu'Eva continuerait à coopérer et jouer le jeu… alors tout se passerait bien.

Mais il pressentait que cela risquait de ne pas être aussi simple qu'il l'espérait.

CHAPITRE 13

UNE FOIS LE dîner terminé, tout le monde s'installa à divers endroits de la terrasse spacieuse. Eva se dirigea vers la dernière grande chaise simple qui était libre, mais Swede la prit en premier.

Elle lui lança un regard noir, mais il lui renvoya un sourire suffisant et lui tendit les bras.

Putain, comme si elle avait besoin d'avoir encore plus chaud. Mais tel un papillon de nuit attiré par une flamme, elle ne put résister et se glissa donc sur ses genoux. La relation de couple qu'ils affichaient devant les autres n'était qu'un mensonge. Probablement était-ce même un mensonge dangereux, mais il y avait une chose qu'elle ne pouvait ignorer.

Elle trouvait tout cela parfait.

Elle s'appuya contre sa large poitrine et laissa les sons de cette soirée calme l'envahir.

Isabella prépara du café pour tout le monde, ce qui compléta ce repas parfait. Eva ne savait pas comment la vieille femme pouvait vivre aussi confortablement, mais elle n'avait pas lésiné sur le repas qui avait été riche en saveurs. Elle avait élégamment préparé des enchiladas traditionnelles assorties d'un plat de poulet épicé et de riz. Tout avait été délicieux. Et son estomac était sacrément heureux à ce moment-là.

— Est-ce que tu comptes t'endormir sur moi ? chuchota

Swede contre son oreille.

Son souffle chaud chatouilla sa peau et l'émoustilla.

— Peut-être, répondit-elle. Il fait bon dehors.

L'air était frais et revigorant, mais en même temps assez chaud pour ne pas qu'elle ait besoin d'un pull. La nuit était tombée, donnant une apparence paisible aux environs.

— Hmmm.

Son soupir d'aise la fit glousser.

— Tu n'as pas l'air d'être capable de te lever et encore moins de courir un marathon, remarqua-t-elle.

Son rire gronda dans sa poitrine tel un volcan émettant des signaux d'alerte avant-coureurs.

— Non, pas de marathon. Du moins, pas pour l'instant.

— Tant mieux, approuva-t-elle. De toute façon, je ne compte pas bouger non plus.

Et elle ferma les yeux, laissant son souffle se calmer et la tension dans ses épaules s'atténuer.

— Tu vois, chuchota-t-elle. Tout va bien.

Il leva sa grande main et lui caressa le dos. Descendant le long de sa colonne vertébrale et remontant sur les côtés, il massa doucement les muscles de la jeune femme. Mais sa voix n'en demeura pas moins basse et pleine d'avertissements.

— Non, ce n'est qu'une impression. Le calme couve toujours avant la tempête. Souviens-toi de ça.

Elle se raidit. Il enfonça ses doigts plus profondément dans sa peau afin qu'elle comprenne bien le message et reste sur ses gardes.

Puis elle se détendit légèrement contre lui, mais désormais, les vapeurs du sommeil l'avaient quittée, tout comme son sentiment de bien-être. Lui aussi était parfaitement éveillé. Elle pouvait sentir que ses muscles restaient tendus, sur le qui-vive. Ils se contractaient à chaque léger mouvement, comme s'ils étaient impatients de se mettre en mouvement. C'était un guerrier. Il était toujours prêt quand il le fallait. Il était né pour être soldat.

Et elle avait vraiment de la chance qu'il soit là, prêt à la protéger. Il serait difficile pour n'importe qui de lui passer sur le corps, et il se mettrait systématiquement en travers du chemin de ceux qui lui voulaient du mal pour la protéger.

Mais alors qu'elle était assise sur cette chaise longue entre ses bras, elle songea à quel point il serait facile d'oublier toute cette histoire de rebelles, de laisser la réalité glisser sur eux et de laisser la vie se transformer en ce rêve. C'était un homme génial, mais elle savait que son frère ferait une crise s'il venait à se passer quoi que ce soit entre eux. Cependant, les deux soldats étaient proches, et Swede lui avait avoué qu'il n'avait aimé aucune de ses ex-petites amies.

Hawk n'irait pas jusqu'à le chasser de sa vie si jamais une relation plus qu'amicale naissait entre Eva et lui. Après tout, ils étaient amis. En fait, ils étaient même plus que ça. Et elle ne voulait pas s'immiscer entre eux. Ces hommes étaient frères dans tous les sens du terme. Il valait donc mieux qu'une femme ne se retrouve pas au milieu des liens qui les unissaient, au risque de les abîmer.

Elle se souvenait qu'un jour, Hawk avait utilisé le proverbe « les potes avant les putes ». À l'époque, elle avait saisi le sens de ces mots et compris que Swede ne franchirait jamais la ligne rouge. Elle savait que son frère passerait toujours en premier. Du moins, jusqu'à ce que Swede trouve cette femme spéciale qui lui ferait changer ses habitudes volages.

L'amour pouvait frapper n'importe qui.

C'était arrivé à son frère. Et c'était quelque chose qu'elle ne pourrait pas oublier de sitôt. Pouvait-elle être cette femme qu'attendait Swede ? Et que se passerait-il s'il n'était pas prêt à s'engager dans une relation sérieuse ? Il fallait que ce soit sa décision à lui.

— Regardez comme vous êtes bien installés, lança Mary d'une voix moqueuse. Vous êtes si mignons tous les deux.

Swede bougea légèrement sous elle, mais Eva garda les yeux fermés et ignora simplement le commentaire mesquin.

— Sois gentille, la rabroua April. C'est merveilleux de voir deux personnes aussi amoureuses.

Eva se raidit en entendant ce dernier mot, mais les énormes mains de Swede lui frottèrent doucement le dos de haut en bas dans un mouvement lent et apaisant, probablement pour qu'ils aient encore plus l'air de s'aimer.

— S'ils sont si amoureux, pourquoi ont-ils rompu ? souleva Mary d'un ton plein de ressentiment.

Eva se demanda quel était son problème. Elle ouvrit les yeux et étudia la jeune femme. Elle avait un air bougon qui montrait qu'elle n'était clairement pas satisfaite de sa vie. Mais elle était encore jeune.

— As-tu déjà été amoureuse, Mary ? demanda Eva en espérant détourner l'attention d'elle et de Swede.

Le moment qu'ils passaient ensemble ce soir était spécial. Cette démonstration publique d'affection à laquelle ils se livraient tous deux était loin de la mettre véritablement à l'aise, mais elle appréciait trop l'instant présent pour avoir envie de se relever. Elle devait maintenir les apparences afin de préserver la couverture du soldat. Mais était-ce uniquement pour cela qu'elle restait dans ses bras ?

— Non, avoua Mary. J'ai cru l'être une fois ou deux, mais ça n'a pas marché.

— C'est la vérité, rit sa mère.

— Plus je vieillis, plus j'ai l'impression d'être amoureuse, enchérit April avec un sourire.

— L'amour n'a rien à voir là-dedans, ricana Mary.

L'éclat de rire d'Isabella se joignit à leur conversation.

— Ah, les joies de la jeunesse, commenta-t-elle.

Eva sourit et se blottit un peu plus contre Swede. Les bras du soldat la serraient afin qu'elle soit au plus près de lui.

Alors qu'elle pensait qu'elle allait s'endormir, les chevaux se mirent à hennir en chœur et à taper du pied sauvagement.

Le groupe se leva d'un bond.

— Au feu ! s'écria Isabella.

Le chaos s'ensuivit. Eva essaya de courir vers les chevaux, mais Swede la tira à l'écart et la serra contre lui.

— Attends, lui commanda-t-il.

Tenant sa main dans la sienne, il se dirigea vers le pâturage qui se trouvait sur leur gauche avant de s'arrêter après quelques mètres. Les autres passèrent en courant devant eux en poussant des cris d'horreur. Eva essaya de tirer sur son bras pour le faire avancer, mais il ne voulait pas bouger. Elle se tourna vers lui pour le dévisager.

— Qu'est-ce qui ne va pas chez toi ?

Il l'attira contre son torse et se pencha.

— C'est probablement une diversion, lui glissa-t-il. Ne me quitte pas d'une semelle.

Elle s'immobilisa. L'utilisation d'une telle tactique ne lui avait pas traversé l'esprit, mais maintenant qu'il lui avait expliqué ses soupçons, cela lui apparut logique. Dans le chaos, quelqu'un pouvait disparaître sans que l'on s'en aperçoive avant un certain temps. Et le temps que l'on se lance à la recherche de la personne disparue, il serait peut-être déjà trop tard pour la retrouver. D'où elle se tenait, elle pouvait voir que les chevaux, paniqués, couraient le long des clôtures du pâturage. D'après ce qu'elle pouvait voir, aucun n'était blessé, et bien que de la fumée s'élève dans l'obscurité, elle ne repéra pas de flammes.

— Au secours, le feu est par ici ! cria un fermier.

Elle voulait se précipiter vers lui afin de prêter main-forte. Mais elle n'entendait aucun crépitement qui pourrait indiquer la présence d'un quelconque incendie. Les trois autres femmes couraient déjà dans la direction indiquée.

Quelque part autour d'elle, elle entendit les cris d'un faucon.

Était-ce son frère ? Avait-il allumé un feu ? Si oui, pourquoi ? Il n'aurait jamais fait une telle chose. L'herbe sèche et rugueuse qui les entourait rendait la moindre étincelle extrêmement dangereuse. Si un incendie s'était déclaré, il serait presque impossible à arrêter. Le feu ravagerait l'hacienda jusqu'à ce qu'il ne reste plus rien.

Heureusement, l'hacienda était faite d'adobe. Ce genre de matériau était couramment utilisé pour construire des bâtiments dans ces régions sèches.

Essayant de se calmer, elle attendit que Swede lui dise quoi faire ensuite.

— Eva ? l'appela April. Viens me donner un coup de main, s'il te plaît.

Merde. Après un regard d'excuse lancé en direction du visage sévère de Swede, elle dégagea sa main de la sienne et courut aux côtés d'April qui était accroupie.

— Qu'est-ce qui se passe ? interrogea-t-elle.

— Je ne sais pas trop.

C'est alors qu'Eva réalisa que Lena était allongée sur le sol.

— Oh, mon Dieu, murmura-t-elle en s'agenouillant à côté d'April. Elle est vivante ?

— Oui. En revanche, on dirait qu'elle a une blessure à la tête. Sa respiration est régulière, mais elle est inconsciente.

April regarda autour d'elle. Tous les autres transportaient des seaux d'eau pour éteindre un petit feu de broussailles qu'ils semblaient avoir déjà réussi à maîtriser.

— Demande à Swede de la porter à l'intérieur, s'il te plaît.

— Bien sûr, acquiesça Eva en bondissant sur ses pieds pour le chercher du regard.

Mais elle ne le vit nulle part. Où était-il passé ? Il était à ses côtés il y a encore un instant.

— Je ne le vois pas.

— Eh bien, ce n'est pas comme s'il avait pu aller très loin, souligna April avec exaspération. Va le chercher.

Après un dernier regard pour April et sa patiente, Eva tourna sur elle-même en essayant de déterminer dans quelle direction Swede avait pu aller. Quand l'avait-elle vu pour la dernière fois ? Après avoir entendu le cri de rapace poussé par l'un des *SEAL* ou après avoir entendu le cri d'April ? Elle avait lâché sa main et était partie en courant pour rejoindre la jeune femme. Mais il se trouvait juste derrière elle à ce moment-là, non ? Deux hommes tournaient autour de la zone enfumée. Elle se dirigea vers eux, et réalisa rapidement que Swede était introuvable.

Putain, il pouvait se déplacer tellement rapidement qu'elle ignorait par où il était parti. Quoi qu'il en soit, il fallait qu'elle trouve quelqu'un pour transporter la jeune fille à l'intérieur. Elle se rapprocha du plus fort des hommes et lui fit signe de venir les aider.

De retour près de la grange, ils trouvèrent Lena toujours inconsciente. Mais April n'était plus auprès d'elle.

— Merde. Où est-elle passée ?

L'homme se contenta de hausser les épaules. Comprenait-il seulement ce qu'elle disait ? Ils se trouvaient dans une région hispanophone qui n'accueillait pas beaucoup de visiteurs, ce qui réduisait les chances d'apprendre d'autres langues. Elle lui fit signe de prendre la jeune femme avec lui et de l'emmener à l'intérieur de la maison. Il s'exécuta et elle courut pour lui ouvrir la porte. À l'intérieur, elle désigna le canapé. Ensuite, elle s'empressa d'aller chercher un verre d'eau et une serviette humide qu'elle posa sur la tête de la Lena. Où diable April était-elle passée ? Swede était introuvable, même si sa disparition était moins inquiétante.

Cet homme pouvait se débrouiller seul.

April, en revanche…

Elle tourna la tête pour regarder derrière elle, mais elle ne pouvait pas voir dans le salon. Lena était si jeune. Elle espérait que la blessure était mineure.

Reportant son attention sur l'évier, elle coupa l'eau et essora le chiffon. Entendant un bruit derrière elle, elle se retourna avec un sourire.

— Je prenais juste de l'eau pour…

Soudain, elle fut violemment frappée à la tempe. La force du coup la fit tituber en arrière et elle s'effondra à genoux. Son corps refusait de suivre ses ordres. Son esprit venait de comprendre que Swede et son frère avaient raison depuis le début. Quelque chose de plus grave et de plus sombre se passait ici.

Et elle était tombée la tête la première dans ce piège qui lui avait été tendu.

— Je suis désolée, Swede, murmura-t-elle avant que les ténèbres ne l'enveloppent.

Puis elle ne vit plus rien.

SWEDE JETA UN coup d'œil au feu dérisoire dont il était question et se détourna immédiatement. Si quelqu'un en était à l'origine, cette personne avait pris un risque considérable. Le temps était sec et chaud dans cette région. Le feu était un danger permanent, mais heureusement, ce côté-ci de la maison était principalement composé de sable et de broussailles. Si le feu avait consumé un peu d'herbe sur son passage, il ne se serait probablement pas étendu beaucoup plus loin. Donc peut-être que ce feu avait été allumé délibérément. Il avait remarqué qu'il y avait soudainement plus d'hommes sur la propriété. Tous semblaient être des ouvriers d'âge moyen. *Intéressant.* Il en avait vu plus qu'il ne s'y attendait au dîner, mais maintenant, il repérait quelques nouveaux visages. Était-ce le groupe qu'ils avaient vu s'éloigner des autres volontaires un peu plus tôt ? Avaient-ils reçu l'ordre de rester à l'écart ? Leur absence pouvait-elle être si innocente ? Il aurait dû se renseigner davantage sur l'hacienda, Isabella et son personnel. Peut-être qu'il se passait quelque chose d'autre ici. Cet endroit servait-il aussi à sauver des personnes, en plus des animaux ? Leur proposait-on une chambre et un logement gratuits en échange de leur travail ? Isabella était-elle vraiment une personne au grand cœur ? Il voulait y croire. Les chevaux auraient détecté toute volonté malveillante. Mais il n'arrivait pas à démêler la situation dans sa tête.

Il pouvait entendre les cris de rapaces de ses coéquipiers qui fusaient autour de lui. Ils étaient si naturels et se fondaient si bien dans le chaos environnant que personne ne devait se douter qu'ils étaient là.

Pourtant, au cœur de ce pandémonium qui voyait évoluer humains et chevaux, il était difficile de faire le tri entre les personnes qui allaient et celles qui venaient. Il se retourna pour chercher Eva. Elle était partie rejoindre April. Mais ses yeux ne trouvèrent pas April. D'ailleurs, il ne vit pas Eva non plus. Où était-elle passée ? Son regard se fit déterminé alors qu'il cherchait l'endroit où elle se trouvait. Les chevaux restants avaient été changés d'enclos et mis à l'écart afin de les aider à se calmer. Il n'y avait rien de tel que le feu pour effrayer les animaux.

Il traversa une partie de la grange, en prenant note de la fraîcheur sombre qui régnait à l'intérieur. L'endroit accueillait plusieurs stalles et selleries. Si Eva n'était pas de l'autre côté, il allait commencer à chercher pièce par pièce.

Tout à coup, Isabella se précipita vers lui. Son visage transpirait la peur. Swede tendit la main et attrapa le bras de la vieille femme.

— Isabella, avez-vous vu April ? Et Eva ?

Elle secoua la tête.

— Ni April ni Eva. Lena est allongée dans le salon, inconsciente. Je pense qu'elle était avec son nouvel amant, cracha Isabella. Et il l'a ramenée ici comme ça.

La voix de Swede se fit plus dure qu'il ne l'avait voulu, mais l'inquiétude qu'il ressentait pour Eva montait de plus en plus en lui.

— Qui était cet amant ? Est-ce que vous le connaissez ?

Isabella secoua la tête.

— Non, il n'est pas du coin. Mais c'est un combattant et il prend ce qu'il veut. C'est comme ça qu'ils font tous, siffla-t-elle avec amertume.

Elle se dégagea de sa poigne et courut à l'intérieur.

Son instinct lui soufflait qu'il s'était passé quelque chose.

Contenant à grand-peine sa panique, il lança un cri de rapace visant à prévenir ses frères d'armes.

Son téléphone sonna immédiatement. C'était Hawk.

— Je ne la trouve pas, lui avoua Swede après avoir accepté l'appel.

À ce moment-là, il se détestait. Il avait failli à sa tâche. Malgré la peur qui l'étouffait, il expliqua le peu qu'il savait.

— Nous avons encerclé l'hacienda. Elle est là quelque part, lui assura Hawk. Personne n'en est encore sorti et personne d'autre n'est arrivé.

C'était une bonne nouvelle.

— Je vais la trouver, promit-il.

Il raccrocha, remit son téléphone dans sa poche et effectua une fouille rapide de la grange, avant de passer à la deuxième. Les quatre femmes restées après le départ des premiers convois de chevaux étaient-elles inconscientes ? Cela aurait du sens, dans la mesure où cela les empêcherait de crier à l'aide. Si Eva était encore consciente, peut-être gardait-elle le silence en attendant le bon moment pour se manifester. Mais les autres… La jeune fille, notamment, aurait déjà dû crier.

La grange comportait plusieurs petites pièces accessibles uniquement de l'extérieur. Il les traversa et ne trouva rien. Il passa alors aux dortoirs. Il en sortit après seulement quelques secondes et fonça vers la maison principale. Les femmes devaient sûrement être là-bas. La propriété n'abritait aucun autre bâtiment.

Il entra rapidement par la porte de la cuisine et se précipita dans le salon avant de s'arrêter net.

Quatre hommes se tenaient devant lui, armés de fusils. Quatre femmes gisaient inconscientes sur le sol devant eux, alignées les unes contre les autres. Quant à la jeune Mexicaine, elle était allongée sur le canapé, toujours inconsciente.

Deux autres hommes prirent position derrière lui, lui coupant toute retraite.

Swede croisa les bras sur son torse et étudia les hommes qui lui faisaient face. Deux d'entre eux venaient du camp des rebelles, et deux autres semblaient être des vagabonds. En voyant les regards sans équivoque qu'ils posaient sur les femmes, il serra la mâchoire et ses dents grincèrent.

Un rapide coup d'œil à Eva lui permit de voir qu'un filet de sang coulait sur sa joue.

Hawk ferait mieux d'arriver rapidement.

Sinon, il ne lui resterait plus assez de rebelles à massacrer lui-même.

CHAPITRE 14

*P*UTAIN. POURQUOI AVAIT-IL fallu qu'ils la frappent à la tête ? Maintenant, son crâne la lançait terriblement. Comment avait-elle réussi à se fourrer dans un tel pétrin ? Elle aurait voulu se retourner et vomir, mais depuis Swede avait fait irruption dans le salon, elle était trop figée pour esquisser le moindre mouvement. Elle était contente de le voir. Sauf qu'elle était consciente qu'elle devait reprendre ses esprits pour se préparer à bouger, et vite. Seulement, elle craignait que sa blessure à la tête ne la fasse retomber par terre si elle tentait de se redresser. Les rebelles parlèrent au-dessus d'elle.

— Et les femmes ?

— On ne peut pas les laisser derrière nous. D'ailleurs, elles pourraient nous servir.

L'estomac d'Eva se noua. Swede avait donc raison.

Elle aurait dû prendre la menace dont il l'avait avertie plus au sérieux. Après tout, c'était un *SEAL*. Ils n'avaient pas toujours raison, mais ils étaient bien souvent proches de la réalité. Elle ouvrit légèrement les yeux en espérant que Swede était en train de la regarder. Elle voulait qu'il voie qu'elle était vivante et prête à suivre le plan qu'il avait élaboré. Du moins, elle priait pour qu'il en ait un.

Il se tenait debout à l'entrée de la pièce, les bras croisés sur son imposante poitrine, et étudiait les hommes d'un regard presque blasé. Mais elle n'était pas dupe. Elle savait qu'à l'intérieur, il bouillonnait de colère.

— Que voulez-vous à ces femmes ? demanda-t-il d'une voix froide.

— Nos hommes se plaignent que les nuits sont trop froides et qu'ils sont seuls, répondit le rebelle en souriant. Des rebelles heureux sont des combattants heureux. Et si les combattants sont heureux, ils se battent avec plus de vigueur, sont plus redoutables et tuent mieux.

— Des rebelles ? Des combattants ? répéta Swede en secouant la tête comme s'il ne comprenait pas. Vous avez un groupe de combattants ici ? Pourquoi ? Il n'y a pas de problème dans le coin. Pas d'émeute ni de guerre, rien.

— La guerre est partout, et on a besoin d'entraîner nos hommes. Je ne vous dirai pas pour quoi ni pour qui. On va emmener les prisonniers au camp. Le commandant décidera de leur sort. On ne peut pas les laisser en vie. Ce n'est que le début. Nos hommes ont fait du bon travail ce soir. C'était leur premier véritable exercice d'entraînement. Alors, ces femmes seront peut-être leur récompense.

— Je n'appellerais pas ça du bon travail. Une soirée en amateur, tout au plus.

Eva frissonna en entendant le ton légèrement moqueur de Swede. Ces hommes n'avaient aucune idée de ce à quoi ils étaient confrontés. Swede n'avait pas l'intention de la laisser se faire capturer.

— Dommage que votre commandant ne soit pas là. Je ne pense pas qu'il aurait été aussi enthousiaste que vous, continua le soldat.

— Nous sommes déjà restés suffisamment longtemps ici, annonça un des autres hommes en déplaçant négligemment son poids d'un pied à l'autre. Quoi que vous en disiez, notre commandant sera content de nous ce soir.

Eva gardait un œil sur Swede. Elle attendait qu'il lui fasse signe de bouger. Il ne laisserait pas ces connards l'emmener. Et elle savait que son frère se trouvait tout près d'ici également.

Elle déglutit difficilement et essaya de voir les autres femmes allongées à côté d'elle. Dans quel état étaient-elles ? Sa main était posée sur celle d'April. Elle enfonça un ongle dans la peau de son amie, espérant obtenir une réaction de sa part. Mais la jeune femme, sûrement inconsciente, n'en eut aucune.

Putain. Cela signifiait que les deux autres étaient probablement dans le même état.

Le bruit d'un moteur se fit entendre au loin et lui glaça le sang. *Merde.* Les rebelles avaient fait venir un moyen de transport pour emmener les femmes avec eux.

— Et Isabella ? s'enquit Swede. Elle n'est pas là, donc je suppose que seules ces étrangères vous intéressent.

Le premier homme rit.

— On emmènerait bien toutes les femmes avec nous, mais Isabella essaie de conclure un marché pour sauver sa peau.

— Et j'imagine que les négociations se passent mal pour elle, nota Swede sur le ton de la conversation.

Mais elle n'était pas dupe. Il essayait de gagner du temps en les faisant parler et cherchait en même temps un moyen de tous les sortir de cette situation délicate.

Les deux hommes qui se tenaient sur le côté de la pièce près de la tête d'Eva levèrent leurs armes.

— Il pose trop de questions. On devrait se débarrasser de lui tout de suite.

— Non, emmenez-le derrière, là où on va l'enterrer. Regarde sa taille. Il est énorme. On n'arrivera jamais à déplacer son cadavre.

Eva n'arrivait plus à respirer. *Mon Dieu.* Comment en étaient-ils arrivés là ? Elle contracta ses muscles, attendant une occasion de faire diversion. Elle espérait en saisir une qui ne les pousserait pas à tirer sur Swede ou sur elle.

La mort était une option un peu trop permanente à son goût. Elle ne voulait pas perdre Swede.

Il se déplaça suffisamment pour voir son visage.

Elle le supplia du regard de faire quelque chose.

Alors, il la regarda et lui adressa un clin d'œil pour toute réponse.

LA VISION DE ces femmes inconscientes allongées par terre le rendait dingue. Elles n'étaient pas des objets que l'on pouvait utiliser puis jeter une fois qu'on n'en voulait plus. Mais dans de nombreuses régions du monde, les femmes étaient traitées de la sorte. Il avait été témoin maintes et maintes fois de ce genre de comportement masculin. Et ça le mettait hors de lui à chaque fois.

Voir Eva dans cet état l'insupportait tellement qu'il avait envie de hurler. Putain, il ne savait pas comment il réussissait à garder son sang-froid. Il s'assurerait que ces bâtards meurent, même s'il devait les étrangler à mains nues lui-même. Il le ferait avec grand plaisir.

Il ne les laisserait pas s'en tirer alors qu'ils projetaient d'abuser de la femme qu'il aimait.

Si son esprit bégayait encore sur les mots, son cœur, lui, avait cessé de buter dessus. Il ne pouvait plus se leurrer, pas alors que les choses se gâtaient et que les dés étaient jetés. Il avait gardé un œil sur elle pendant des années. Il avait attendu le bon moment.

Et le bon moment était arrivé. Il ne s'en remettrait jamais s'il perdait la seule chose à laquelle il tenait vraiment, car il venait seulement de réaliser qu'elle était celle qu'il attendait depuis toutes ces années.

Eva avait été un sujet tabou, jusqu'à ce que Hawk lui-même change d'avis après avoir trouvé sa propre perle rare.

Maintenant, Swede allait pouvoir revendiquer la sienne.

Il devait juste se débarrasser de ces trous du cul en premier.

Sans prévenir, il s'accroupit, son objectif bien en tête. Il donna un coup de pied dans la jambe de l'un des terroristes, se tourna et saisit les deux armes à feu tenues par les deux hommes qui se trouvaient derrière lui. Avant qu'ils ne touchent le sol, Swede s'était déjà remis en mouvement. Des balles jaillirent dans sa direction, dont l'une atteignit l'un des hommes qu'il avait renversés, mais Swede s'était caché derrière le mur pour se protéger, avec les deux armes qu'il avait récupérées comme trophées. Il fit feu sur le deuxième homme qui essayait de reprendre son équilibre. Il commença ensuite à tirer en s'élançant de nouveau dans la pièce et élimina d'abord le tireur sur sa gauche, puis tourna son fusil vers le seul homme encore debout.

Celui-ci pointait son arme sur Eva. Parmi ses camarades d'infortune, c'était la seule qui semblait assez réveillée pour se tenir debout par ses propres moyens. Swede prit une profonde inspiration pour garder son calme tandis que son esprit cataloguait déjà les différentes options à sa disposition.

— Ne bouge plus ou je la tue, gronda le rebelle. C'est elle qui recevra la première balle.

Swede ricana.

— Je pense que tu ne sais pas compter. Quatre de tes

hommes sont déjà morts ou mourants, souligna-t-il avant d'agiter son deuxième pistolet en direction de l'homme couché à plat ventre sur le sol, les mains sur la tête. Et ce type-là fait semblant de l'être. Vous formez des rebelles bien sympathiques par ici. Des hommes de premier choix.

Le chef fixa l'homme au sol. Puis il fit une chose à laquelle Swede ne s'attendait pas. Il bougea pour se placer un peu à la gauche d'Eva et, en changeant seulement l'angle du canon de son arme, il abattit le rebelle recroquevillé sur le sol.

Swede jura. Ce n'était pas bon. Cela signifiait qu'il estimait que personne n'était irremplaçable.

Et Eva risquait d'être sa prochaine victime.

Il lui jeta un coup d'œil. Elle essayait de lui dire quelque chose, mais il n'arrivait pas à comprendre le message qu'elle voulait lui faire passer.

— Alors, qu'est-ce que tu décides, mon grand ? se moqua le rebelle. Tu as envie de tenter ta chance contre mon arme ?

Il rit.

— Tu ne tomberas peut-être avec un seul coup, mais je peux tirer une demi-douzaine de balles avant que tu ne m'atteignes et tu sais que tu n'y survivras pas, continua-t-il.

Merde. Il n'avait pas du tout confiance en ce type. À la seconde où il poserait son arme, le terroriste l'abattrait. Il le savait. Mais ses options étaient limitées.

— N'y pense même pas, Swede, intervint Eva. Tire sur ce salaud.

Il la regarda fixement. Il pourrait faire ça. C'était une option. Mais s'il tirait alors que ce gars était aussi proche d'elle, il risquait de la blesser. Est-ce qu'elle y avait pensé ? Il en doutait.

Puis elle hocha la tête.

— Fais-le, l'encouragea-t-elle.

Putain. Hawk le tuerait s'il le faisait. Mais… et si Eva mourait ? Elle bougea les jambes et modifia ses appuis ainsi que sa position, comme si elle s'apprêtait à courir. Elle pointa ensuite son doigt vers la droite. Lui disait-elle de tirer sur la droite ou allait-elle essayer de fuir vers la droite ? Où diable se trouvaient ses coéquipiers ?

Il ne voulait pas faire ça.

Le tireur sourit.

— Et si j'utilisais l'une de mes monnaies d'échange ? proposa-t-il. Peut-être que si j'éliminais l'une d'elles, ça te remettrait les idées en place.

Dans la fraction de seconde qui suivit, il pointa son arme sur les trois autres femmes inconscientes.

Eva se pencha sur la droite.

Swede tira vers la gauche.

CHAPITRE 15

EVA SENTAIT SA peau la tirailler. Mais ses oreilles bourdonnaient encore à cause du coup de feu. Son regard fiévreux fixait l'expression pleine de regrets de Swede, qui semblait indiquer que tout ne s'était pas passé comme il l'avait prévu. Le connard qui avait eu l'intention de tuer April gémit, son arme toujours à la main, mais son poids s'appuyait maintenant sur elle.

Elle s'écarta en se dégageant de la prise de son agresseur et posa l'une de ses mains sur son flanc. Le tireur tomba à genoux, puis s'affala sur le sol.

Swede se précipita vers eux et éloigna le pistolet du rebelle d'un coup de pied avant de la faire pivoter pour pouvoir inspecter sa blessure. Il souleva sa chemise, mais elle lui tapa sur les mains pour la lui faire lâcher.

— Laisse-moi tranquille. Je vais bien, affirma-t-elle. Je ne suis pas blessée.

— Il est bien trop tard pour que je te laisse tranquille.

— Quoi ?

Elle le dévisagea en s'étonnant de la lueur bienveillante qui brillait dans ses yeux. Brillait-elle pour elle ? Vraiment ? Non. Non, c'était peu probable. Elle secoua la tête et replaça sa chemise correctement.

— Je n'ai pas la moindre idée de ce dont tu parles.

— Si, tu en as une, la contredit-il. Du moins, ton cœur

en a une. Ton esprit n'a pas encore fait le grand saut, mais ce n'est pas grave. Ça viendra.

Elle secoua la tête. La pièce commençait à tourner devant ses yeux. Elle s'interrogea alors sur sa blessure. Lui avait-il vraiment tiré dessus pour atteindre le rebelle ? C'était peu probable. Jamais il n'aurait fait cela. Mais tout était mieux que de voir ses amis ou lui se faire tuer devant elle.

— Je ne me sens pas très bien, marmonna-t-elle.

— C'est juste un effet indésirable temporaire, répondit-il joyeusement. Heureusement que tu n'es pas blessée.

— Je ne suis pas blessée ? répéta-t-elle en scrutant son visage avec surprise. Je pensais que tu m'avais tiré dessus.

Il haussa un sourcil.

— Je t'ai seulement effleurée. Tu n'as aucune confiance en mes capacités ? Je suis un bien meilleur tireur que tu le penses.

Soulagée, elle sourit.

— Dans ce cas, je vais me contenter de ne pas regarder. Ça ne ferait que me faire plus mal.

— Allez, viens, rit-il. On va trouver un pansement et du désinfectant.

Elle secoua la tête. Elle ne voulait pas qu'il la touche. Ça allait faire un mal de chien.

— Il n'en est pas question. On doit aider ces gens. Et il y a six hommes morts ici, tu te souviens ?

— Je peux difficilement l'oublier. Mais je n'en ai tué que cinq, souligna-t-il.

— Et alors ? Qu'est-ce que ça change ? Tu ne vas nettoyer que la moitié de tout ce merdier ?

— Je ne m'inquiète pas du tout du merdier qu'on a causé ici. En revanche, je veux savoir où sont les autres. Surtout Isabella.

— Je vais rester ici, va la chercher.

Il haussa un sourcil et lui lança un regard lui faisant clairement comprendre qu'il ne comptait pas la laisser derrière lui.

Elle gémit.

— On ne peut pas laisser ces femmes seules, et on ne peut pas non plus se séparer, donc ça veut dire qu'on doit tous les deux rester ici. Qui sait ce qui se passe dehors ?

— Sauf que ces femmes sont inconscientes et que personne ne va les emmener nulle part pour le moment, rétorqua-t-il.

— Tu n'en sais rien. Je te rappelle qu'on a entendu un véhicule au loin.

Il leva les yeux au ciel.

— Je ne te demande pas de les laisser, mais de venir avec moi pour t'assurer que les autres vont bien, expliqua-t-il.

Elle resta indécise jusqu'à ce qu'April émette un gémissement.

Eva se précipita aux côtés de son amie.

— Doucement, April. Tu étais inconsciente, alors prends ton temps pour te réveiller.

Le regard de son amie se concentra sur le visage d'Eva.

— Qu'est-ce qui s'est passé ? balbutia-t-elle.

Ne voulant pas l'alarmer plus que nécessaire, Eva choisit une version édulcorée de la vérité.

— Il semblerait que la maison d'Isabella ait été attaquée par un groupe de rebelles.

Eva regarda le choc envahir le regard encore brumeux de la jeune femme.

— Oh, mon Dieu. Est-ce qu'elle va bien ?

— On ne sait pas, avoua Eva en attrapant la main qu'April tendait vers elle. On ne l'a pas encore trouvée.

Avec une grimace, April se redressa en position assise.

— Allez-y. Ça ira pour moi.

Elle observa ensuite la pièce et son regard finit par se poser sur les deux autres femmes étendues à ses côtés.

— Oh, mon dieu. Elles aussi…

— Oui. C'est pour ça qu'on est un peu inquiets pour les autres, lui confia Eva.

— Allez-y, les exhorta April.

Elle leur fit signe de partir tout en rampant jusqu'à Mary, et sa main chercha immédiatement un pouls.

Swede aida Eva à se relever et la tira en arrière.

— April, reste ici avec les autres femmes, ordonna-t-elle. On revient dès que possible.

April, hébétée, regarda autour d'elle et remarqua la présence des hommes morts qui étaient tombés là où ils avaient été abattus.

— Oui. Vous devez vous assurer que c'est terminé. Oh, je n'arrive pas à croire ce qui se passe…, se lamenta-t-elle d'une voix tremblante.

Alors qu'Eva, incertaine, restait immobile à observer le visage de son amie en essayant de se convaincre qu'elle pouvait s'en aller en la laissant ici en toute sécurité, April pointa un doigt vers la porte.

— Vas-y. Il faut encore s'assurer que les autres sauveteurs vont bien et ne sont pas en danger avant de s'occuper des victimes.

April avait raison. S'accrochant à cette vérité, Eva se retourna et se dirigea vers la porte d'entrée.

— D'accord. On revient dès qu'on peut, lança-t-elle par-dessus son épaule.

— Assurez-vous juste d'attraper ces connards. Ou de les tuer. Je ne veux pas en revoir un seul vivant. Ils ne doivent pas réussir à s'échapper d'ici.

Swede entraîna Eva dans le couloir, vers l'arrière-salle.

— Je n'ai rien vu dehors, mais si des hommes sont bel et bien arrivés et attendent que leurs collègues les rejoignent, ils vous sûrement venir jeter un coup d'œil par ici.

— Est-ce qu'ils ont fait du mal à mon frère ? demanda-t-elle d'une voix tendue.

— J'en doute, répondit-il calmement. J'ai entendu des coups de feu à l'extérieur, mais je suis prêt à tout parier sur l'efficacité de mon équipe.

— S'ils lui ont quand même fait du mal…, menaça-t-elle en ignorant le sourire de Swede.

— Hawk et les autres sont capables de se débrouiller tout seuls, la coupa-t-il doucement. On est des *SEAL*, tu te souviens ?

— Oui, mais dois-je te rappeler que c'était de vraies balles ? répliqua-t-elle. À ce que je sache, les *SEAL* ne sont pas à l'épreuve des balles et peuvent mourir.

— C'est bien vrai, marmonna-t-il à voix basse alors qu'ils approchaient de la cuisine.

Il posa son oreille contre la porte et écouta. Elle attendit en silence.

Elle lui était reconnaissante de l'avoir retrouvée et vraiment contente de ne pas être seule. S'il n'avait pas été là, elle aurait déjà été emmenée au camp de ces hommes. Elle n'osait imaginer à quel point sa vie serait devenue horrible si cela était arrivé, surtout si personne n'avait signalé leur disparition. Les gens qui les attendaient chez eux auraient sûrement fini par donner l'alerte à un moment donné. Hawk aurait alors accouru pour la retrouver, et les hommes avec qui il l'aurait découverte n'auraient eu qu'à prier pour leur salut.

Elle l'avait échappé belle, et elle commençait seulement à

s'en rendre compte. Elle avait pris la vie pour acquise. Elle considérait que sa sécurité ici allait de soi. Elle était venue pour aider, mais n'avait pas pensé à toutes les éventualités.

Elle grogna intérieurement. Comment aurait-elle pu ? Personne ne pouvait se douter qu'une telle chose leur arriverait, ou aurait pu leur arriver. Et pourtant, elle n'avait qu'à regarder dans quel pays elle se trouvait actuellement pour savoir que des dangers la guettaient. En plus, elle avait été avertie par son frère et ses coéquipiers de la présence du camp des rebelles. Elle n'avait simplement pas pris leur avertissement au sérieux. Des choses affreuses arrivaient aux gens bien tout le temps, même lorsqu'ils se trouvaient dans leur pays d'origine. Il suffisait de voir ce que sa meilleure amie Mia avait enduré avant que Hawk ne la sauve. Elle avait failli mourir plusieurs fois.

Alors peut-être que c'était le tour d'Eva, désormais. Elle préférait éviter de penser au fait que tout le monde passait par quelque chose de similaire dans la vie. Comment des gens pouvaient-ils faire ce genre de choses ? Comment pouvait-on traiter des femmes de cette manière ? Comment pouvait-on même traiter une personne, qui qu'elle soit, de cette manière ? Ils avaient failli finir en victimes d'un exercice d'entraînement.

Son estomac commença à se révolter.

Elle ferma les yeux et prit plusieurs inspirations profondes. La main de Swede se posa sur son bras et le secoua légèrement.

— Reprends-toi. Nous devons tenir le coup et garder la tête froide.

Après avoir dégluti avec difficulté, elle hocha la tête.

— Je vais bien.

— Non, tu ne vas pas bien, mais nous allons nous en

sortir ensemble, promit-il.

Rassurée, elle se redressa et fit un signe en direction de la cuisine.

— Alors ?

Il hocha la tête pour toute réponse et poussa la porte. Elle attendit une longue seconde qu'il lui confirme qu'aucune menace ne les guettait, puis entra derrière lui. La grande pièce était vide.

Elle contourna les plans de travail rutilants de la cuisine pour rejoindre la porte de derrière et s'immobilisa.

La bile remonta dans sa gorge.

— Oh non, s'horrifia-t-elle d'une voix étranglée et douloureuse.

Le cuisinier, qui avait travaillé dur pour préparer tous les repas qu'elle avait mangés depuis son arrivée, était épinglé au mur, un de ses propres couteaux de chef dans la gorge. Swede se positionna entre elle et l'homme mort afin de cacher de son corps le spectacle macabre.

— Que veulent ces gens ? gémit-elle.

— Tout et n'importe quoi, grogna-t-il d'une voix dure. Cela pourrait être un certain nombre de choses, quoi qu'en disent les rebelles, y compris un accord qui a mal tourné.

Il se glissa dehors pour se cacher à côté de l'énorme étagère qui se trouvait sous le porche. Elle datait d'une époque révolue où les hommes rangeaient leur vaisselle, leurs bottes ou d'autres choses à cet endroit. C'était étrange, mais ce meuble semblait s'accorder avec le reste de la vieille véranda. Elle se força à se retourner et à regarder autour d'elle. Se concentrer sur les étagères lui permit d'oublier la vue de la cuisine.

— Où penses-tu que les autres sont ? chuchota-t-elle.

De leur point d'observation, elle regardait les chevaux

qui paissaient dans le pâturage au loin. Cette vue semblait si innocente, si surréaliste quand on la comparait à ce qui se trouvait derrière elle.

— Je suppose que cela signifie que le feu est éteint.

— Le feu n'était qu'une distraction, marmonna-t-il.

Elle le regarda alors qu'il inspectait les enclos. Tout était sombre, calme et presque… désert.

— Ils sont partis, alors ?

— Peut-être, mais si c'est le cas, ils reviendront.

Un cri de faucon retentit quelque part autour d'eux. Swede sourit. Il s'avança, mit ses mains autour de sa bouche et lança un cri similaire.

Avec un soupir de joie, Eva écouta les appels échangés entre les soldats. Elle reconnut la voix de Hawk. Ils avaient tous deux appris à reproduire les cris des rapaces en grandissant. Le fait qu'il aille bien devait signifier que les autres hommes ayant attaqué l'hacienda étaient partis depuis longtemps ou qu'ils n'iraient plus jamais nulle part.

Elle espérait que ces rebelles n'étaient déjà plus de ce monde. Elle ne se serait jamais considérée comme une assoiffée de sang, mais compte tenu de ce que ces hommes avaient fait… eh bien, elle serait sûrement sujette aux cauchemars pendant plusieurs mois tant cette aventure mexicaine l'avait traumatisée. Si seulement elle avait la certitude qu'ils étaient tous morts… ce serait plus facile pour elle de tourner la page.

Et le seul endroit où elle voulait être en ce moment, c'était chez elle. Elle aurait voulu y être là, tout de suite.

Alors qu'ils se tenaient dans la fraîcheur de l'obscurité et écoutaient les bruits de la nuit, elle pria pour voir quelqu'un, n'importe qui. Mais les ténèbres qui avaient envahi les environs étaient insondables.

— Il fait vraiment noir dehors, commenta-t-elle.

— Il est tard. La lune est cachée derrière ces arbres, et on dirait que c'est une lune descendante, donc son éclat est faible. Autrement dit, ce sont des conditions parfaites pour organiser une embuscade.

Il avait dit cela avec une telle désinvolture qu'elle sentit son sang se glacer dans ses veines. En tant que soldat, il était habitué à ce genre de situations, mais pas elle. Incapable de s'en empêcher, elle tendit la main et la glissa dans la sienne, beaucoup plus grande.

Elle sentit ses yeux se poser sur son visage, mais évita délibérément de le regarder. Il lui serra la main et la tira plus près de lui. Puis il l'enveloppa de ses bras et la tint contre sa poitrine.

— Ça va aller. Tout va bien se passer, lui souffla-t-il d'une voix grave et profonde.

Ne faisant pas confiance à sa voix, elle préféra hocher la tête plutôt que répondre. Elle allait bien, ce qui n'était pas le cas des hommes à l'intérieur de la maison. Et elle n'avait aucune idée des blessures que les autres femmes avaient subies. Comment pouvait-il lui dire que tout allait bien ? Consciente de l'incertitude de leur situation, elle posa sa tête contre son torse et s'imprégna de son calme.

— On doit trouver Isabella, décida-t-elle.

Un muscle de la mâchoire du *SEAL* se contracta, mais il hocha la tête.

— Allons inspecter les granges.

Sans lâcher sa main, il ouvrit la voie vers la première grange qui accueillait des écuries. Sous le couvert de la nuit, ils réussirent à passer d'un endroit à un autre sans voir personne.

— Maintenant, passons à l'autre, lui indiqua-t-il en approchant sa bouche de son oreille. Celle-ci pourrait renfermer de mauvaises surprises.

— Je sais, chuchota-t-elle.

Il passa devant et traversa le corral jusqu'à l'entrée de la sellerie. Aucune lumière n'était allumée nulle part. La pièce semblait déserte. Elle le regarda jeter un coup d'œil rapide avant de se diriger vers les nombreuses stalles. Tous les chevaux avaient été sortis, mais des portes donnant sur l'extérieur leur permettaient de rentrer quand ils le voulaient. Quelques-uns avaient la tête baissée, comme s'ils dormaient. Cela devait signifier que tout allait bien. Mais cela pouvait aussi signifier qu'ils avaient déjà occulté ce qu'ils avaient vu et vécu. Elle était vraiment contente pour eux. Pour sa part, elle ne surmonterait pas aussi facilement le traumatisme que lui avaient causé les événements de cette soirée.

Swede la tirait dans son sillage, mais elle s'arrêta brusquement lorsque le bras du soldat l'empêcha de faire un pas de plus.

Au sol gisait Isabella, abattue d'une balle dans la tête.

VOILÀ UNE CHOSE à laquelle il ne s'attendait pas. Swede était convaincu qu'Isabella faisait partie des personnes qui avaient orchestré ce cauchemar.

— Isabella, s'écria Eva en se précipitant aux côtés de la morte.

Swede la regarda tendre la main et prendre le poignet d'Isabella pour chercher son pouls. C'était une réaction courante, même si elle devait déjà avoir compris que la vieille femme n'était plus de ce monde.

Eva releva les yeux vers lui. De grosses larmes roulaient sur ses joues.

— Pourquoi elle ? gémit-elle.

Il ne sut quoi lui répondre. Il s'approcha et prit Eva dans ses bras pour la serrer contre lui. *Putain.* Elle ne devrait même pas être encore là. Ils auraient dû emmener les femmes en lieu sûr plusieurs heures avant que tout cela ne dégénère. La situation s'était aggravée en un clin d'œil.

Et qu'était-il arrivé au véhicule qu'ils avaient entendu un peu plus tôt ? La route n'allait pas au-delà de l'hacienda, qui en marquait le bout. Transportait-il le commandant dont les rebelles avaient parlé lorsqu'ils se trouvaient encore dans le salon de la maison ? Comme il n'était pas arrivé sur la propriété, il supposa que son équipe s'en était occupée.

Ou peut-être le commandant s'était-il garé en bas de la route et était-il venu à pied en traversant les terres ? Puis, trouvant que tout n'était pas à son goût ici, il avait fait le ménage, afin de s'assurer qu'il ne resterait personne qui puisse l'identifier ? Cela expliquerait pourquoi Isabella avait été tuée.

Mais alors, qu'en était-il du reste des terroristes qui étaient venus ici ?

— Swede ? appela Shadow au loin.

Swede marcha jusqu'à lui, Eva à ses côtés.

— Qu'avez-vous trouvé ? lança-t-il à son ami.

— Un véritable carnage… Ils ont détruit pas mal de choses.

Swede rejoignit Shadow et plaça Eva derrière lui.

— Donc ce n'était pas seulement un enlèvement…

Les deux hommes se regardèrent.

— Tu penses à un règlement de compte entre deux groupes de rebelles rivaux ?

— Peut-être. Est-ce qu'il s'est passé quelque chose au camp des rebelles ?

Shadow secoua la tête.

— Mason et Dane sont là-bas. Jusqu'à présent, ils n'ont repéré aucun mouvement suspect.

— Peut-être que les femmes étaient censées leur être amenées quoi qu'il arrive ?

— Par un fournisseur, tu veux dire ? questionna Shadow avant de hocher lentement la tête. C'est possible. Mais ça…

Il fit un geste pour désigner le carnage autour d'eux.

— … c'est encore autre chose, termina-t-il.

— Peut-être qu'ils pensaient qu'Isabella les avait vendus d'une manière ou d'une autre ?

— Tu penses à tout le trafic qui a eu lieu ici hier avec les chevaux ? comprit Shadow en regardant les chevaux restants qui paissaient dans l'enclos. Enfin, ce n'est pas comme si ces chevaux avaient quoi que ce soit d'extraordinaire.

— Non, mais ils ont juste besoin de soins de longue durée, intervint doucement Eva. Ils ne sont pas malades, mais plutôt usés et épuisés par le manque de nourriture et de soins.

Shadow fronça les sourcils et hocha la tête.

— Dans ce cas, pourquoi éliminer Isabella ?

— Pour que quelqu'un prenne la relève, suggéra Eva avant de prendre une profonde inspiration. Ce n'est pas un château, mais ça n'en reste pas moins un très bel endroit.

— C'est possible, acquiesça Shadow sans être pour autant convaincu par cette hypothèse.

Il n'était pas sûr que ce soit réellement le mobile. Mais des gens tuaient pour beaucoup moins que ça.

— Tout dépend de l'identité de la personne qui le possède désormais. Les lois relatives aux héritages doivent être prises en considération.

— Ce n'est pas notre problème, déclara Swede. Il faut

qu'on prévienne les autorités et qu'on se tire d'ici.

— Et les chevaux ? s'enquit Eva. On doit les faire partir d'ici. Leurs nouvelles maisons les attendent. Ils vont enfin pouvoir prendre un nouveau départ, dont ils avaient vraiment besoin.

Elle fixa l'homme silencieux qui se tenait à ses côtés.

— On ne sait pas ce que les nouveaux propriétaires vont leur faire, insista-t-elle. Et ils ne leur appartiennent pas. Toute la paperasse a déjà été réglée. Ils doivent partir.

Swede baissa les yeux sur sa montre.

— Il est déjà plus de deux heures du matin, remarqua-t-il.

— Et ? demanda Eva.

— Et c'est presque le matin, expliqua-t-il en souriant. Les premières remorques ne sont-elles pas censées arriver à six heures ?

<h1 style="text-align:center">CHAPITRE 16</h1>

EVA NE VOULAIT pas partir maintenant que le pire était passé. Les autorités étaient en route et auraient besoin de lui parler. Swede était là, tout comme le reste des *SEAL*. Elle ne savait pas quoi faire maintenant.

— Je retourne auprès des autres femmes, annonça-t-elle en adressant un signe de tête aux hommes en pleine conversation.

— Attends, je vais t'accompagner, proposa Hawk.

Elle leva les yeux au ciel devant l'attitude protectrice de son frère.

— Ne t'inquiète pas, ça va aller, lui assura-t-elle.

Avec le soleil du matin qui perçait l'horizon et le silence qui régnait depuis quelques heures, elle se disait que le plus dur était derrière eux maintenant. Les rebelles étaient partis et la vie pouvait reprendre son cours normal, malgré les stigmates que cette terrible nuit avait laissés sur eux.

Levant son visage vers le soleil, elle regagna la maison principale. Elle avait envoyé plusieurs textos à April. Les autres femmes venaient tout juste de se réveiller. Les soldats avaient déjà emporté les cadavres dans la grange où ils avaient été déposés à côté de la dépouille d'Isabella. Les *SEAL* avaient également jeté un rapide coup d'œil à l'hacienda dans son ensemble, en espérant trouver des indices sur ce qui venait de se passer.

Elle était sur le point d'ouvrir la porte quand la grande main de Swede la dépassa et saisit la poignée avant qu'elle ne puisse le faire.

— Je vous ai dit que ça allait.

— J'ai parfaitement entendu ce que tu as dit, murmura-t-il de sa voix profonde qui s'était faite si proche d'elle.

Comment se faisait-il qu'elle n'ait pas remarqué jusqu'à présent à quel point cette voix était sexy ? Bon, à vrai dire, elle l'avait déjà remarqué, mais elle ne s'était pas laissée aller à penser à ce qui ne pourrait jamais devenir réalité. Les baisers qu'ils avaient tous deux échangés l'avaient renversée, et maintenant, tout ce qu'elle avait enfoui au plus profond d'elle-même remontait à la surface. Tous ces petits détails qu'elle avait essayé d'ignorer lui revenaient en pleine figure. La voix de cet homme éveillait tous ses sens. Il s'inviterait dans ses rêves la nuit. Elle en avait la certitude. Mais ce serait cette voix qui résonnerait dans son esprit et la renverrait dans le temps à cet endroit.

Puis le songe cessa et le retour à la réalité fut brutal. Elle venait de vivre un véritable cauchemar en ces lieux. Alors, comment pourrait-il y avoir quelque chose de bon à en tirer ? Elle avait vu des hommes se faire tuer, devant elle en plus. Quelqu'un avait essayé de la kidnapper et avait menacé de la tuer. Elle avait été touchée par une balle… non, c'était seulement une égratignure. Mais c'était quand même une blessure, une cicatrice qu'elle ramènerait avec elle en souvenir de son séjour ici. Elle avait évité d'y penser, de la regarder, en espérant que la douleur finirait par disparaître. Au lieu de cela, à mesure que la fatigue gagnait du terrain, la douleur grandissait et mordait sa chair à chaque mouvement, un peu plus à chaque fois.

Mais sa voix et les souvenirs qu'elle garderait de lui atténuaient la douleur ainsi que l'horreur de ce cauchemar. Elle lui était reconnaissante de l'avoir rejointe.

— Comment va ton flanc ? s'enquit Swede.

Elle suivit son regard et se rendit compte qu'elle avait posé sa main dessus.

— Ça va, mentit-elle.

Il grogna.

— De toute évidence, non. Tu te tiens de travers, comme si ça allait minimiser la douleur.

— Je n'ai pas encore regardé de quoi ça a l'air, avoua-t-elle en haussant les épaules. Mais peut-être que je devrais désinfecter.

— Désinfecter quoi ? releva April à l'entrée du salon. Tu es blessée ?

— Je vais bien, la rassura-t-elle.

Elle préférait ne pas en faire toute une histoire. Mais c'était sans compter Swede.

— Elle a été brûlée par une balle, expliqua-t-il d'un ton sévère. Ce n'est pas grave, mais ça pique.

— Viens t'asseoir. Laisse-moi regarder, ordonna April. Je peux au moins désinfecter et mettre un pansement dessus.

— Tu en as trouvé ?

Elle hocha la tête.

— Oui, dans la cuisine… une fois que j'ai pu y entrer.

Eva grimaça.

— Ouais. Je ne peux pas dire que j'ai très envie d'y retourner.

— Il n'est plus là, déclara Swede. Et on va bientôt avoir besoin de boire du café et de manger quelque chose.

— Je sais, soupira Eva. C'est juste que je ne me sens pas d'y remettre un pied pour le moment.

— En fait, Lena est déjà partie préparer du café, les informa April avec un sourire radieux. Elle a l'air de s'être remise de cette épreuve.

— Elle est réveillée ? Depuis quand ?

Le soldat venait de reprendre le pas sur l'homme. Swede était de nouveau à l'affût, prêt à faire son travail. Eva le regarda avec curiosité. Que voulait-il à Lena ?

— Elle s'est réveillée il y a une vingtaine de minutes. Elle s'est levée en ayant l'air confuse, puis elle a commencé à s'éloigner et je lui ai demandé s'il était possible d'avoir du café, raconta April en haussant les épaules. J'ai eu l'impression qu'elle semblait heureuse d'avoir quelque chose de normal à faire.

— Restez toutes les deux ici. Je vais aller la voir. Il y a quelques questions que j'aimerais lui poser.

— Je ne pense pas qu'elle parle anglais, le prévint April.

Swede se contenta de hocher la tête.

C'est alors qu'Eva se souvint que son frère lui avait dit que Swede parlait trois langues, ou peut-être était-ce même quatre. L'espagnol était probablement l'une d'entre elles. Les compétences linguistiques du *SEAL* allaient se révéler utiles. Elle aussi aurait aimé savoir quelque chose d'utile qui aurait pu lui servir dans un moment comme celui-ci. Mais elle ne connaissait que les animaux. Et ce n'était pas vraiment une compétence dont ils avaient besoin pour l'instant, compte tenu de la situation.

April l'entraîna plus loin dans le salon et lui fit signe de s'asseoir sur le canapé. Les deux autres femmes la regardèrent et fondirent en larmes.

— Oh, mon Dieu. C'est vrai ce qu'April a dit ? Ils ont tué Isabella et ils allaient nous kidnapper ?

Eva grimaça.

— J'ai bien peur que oui, confirma-t-elle. Du moins,

d'après ce qu'on sait. Il semblerait que tous les autres soient partis ou aient été abattus, sauf nous.

— Même Isabella, gémit Mary, en larmes. C'est horrible.

— Oui. Elle a reçu une balle dans la tête.

Les femmes se mirent à pleurer à nouveau. Elle aurait voulu se joindre à elles, crier son indignation face à tout ce qui leur était arrivé, mais elle se retint. Elle ne devait pas craquer, pas maintenant, pas ici, pas avant que ce soit fini et qu'elle soit de retour chez elle. Ensuite, elle extrairait les souvenirs de sa mémoire et les examinerait, mais seulement quand elle aurait la possibilité de le faire en toute sécurité. Pour l'instant, elle devait garder le contrôle de ses émotions.

Et… elle ne pouvait s'empêcher de penser que ce cauchemar n'était pas encore terminé.

— Je veux juste rentrer à la maison, geignit Mary. Maman, s'il te plaît.

— On va tous bientôt partir, la rassura April. Les remorques pour les chevaux devraient être là dans moins d'une heure.

— Je veux rentrer à la maison maintenant, insista Mary d'un ton sec.

Eva hocha la tête.

— Moi aussi. Mais je pense que ce qu'on veut n'a plus vraiment d'importance au point où on en est…

Mary était du genre obstinée. Mais elle avait subi un énorme choc et avait eu beaucoup moins de temps qu'Eva pour se faire à toute cette histoire.

— Les autorités sont en route, continua Eva. Elles ne devraient pas tarder à arriver. Voulez-vous qu'on leur demande de vous mettre en contact avec la police de chez nous ?

La jeune femme se pencha en arrière, puis bondit sur ses pieds.

— Oui, je veux bien. De toute façon, c'est mieux que d'être ici en ce moment. Et puis, on sera de retour dans notre pays. Mais… et si on se fait arrêter par les autorités mexicaines ?

À ce moment-là, sa mère poussa un petit soupir et tendit la main pour attraper celle de sa fille. Toutefois, son regard resta fixé sur Eva.

— Ils ne feraient pas ça, n'est-ce pas ? la questionna-t-elle.

— Il n'y a aucune raison qu'ils le fassent.

Mais à l'intérieur, Eva éprouvait la même inquiétude. Tant de choses étaient différentes ici. Ils se trouvaient dans un pays étranger et peu importe à quel point elle voulait se tirer d'ici, les règles du jeu, ou plutôt les lois en vigueur n'étaient peut-être pas les mêmes que chez eux. Puis elle se souvint des *SEAL*.

— Non, Swede ne les laissera pas faire, affirma-t-elle.

Mary grogna.

— Si j'étais les autorités, il serait le premier que j'arrêterais…

— Chut. Ne dis pas ça, la réprimanda sa mère.

Eva se pencha en arrière et ferma les yeux. Elle aurait pu avoir la même pensée s'il n'avait pas été un *SEAL*. Avec un peu de chance, son équipe et lui avaient la permission d'être ici. Elles pourraient donc être arrêtées et interrogées, mais il était peu probable qu'elles soient mises en détention. Du moins, elle l'espérait. Mais maintenant que cette crainte avait été formulée dans son esprit, elle n'arrivait pas à se l'enlever de la tête.

Lena apparut à la porte en poussant un chariot devant

elle. Il était surmonté d'une cafetière, de plusieurs tasses et de petits gâteaux, peut-être des muffins. Elle ne repéra aucun signe de Swede.

Les femmes poussèrent des petits cris ravis. Cette parenthèse était la bienvenue et allait leur être bénéfique. Lena leur adressa un pâle sourire et leur servit rapidement quatre tasses de café.

Eva la remercia et mit la sienne de côté pour la laisser refroidir.

— April, je pense que c'est le bon moment pour jeter un coup d'œil à ma blessure. Nettoie-la si nécessaire et alors, j'arrêterai de me dire que c'est pire que ça ne l'est réellement.

— Tu ne l'as pas regardée toi-même ? s'étonna April en lui faisant signe de s'allonger. Je pensais que Swede y aurait au moins jeté un coup d'œil.

— Il a essayé, mais je ne l'ai pas laissé faire.

Le sang avait séché sur le tissu de sa chemise, qui tira sur sa peau lorsque son amie la lui retira. Elle gémit doucement.

— Désolée, s'excusa April.

Elle examina ensuite son flanc en tâtant les côtés de la blessure avant d'annoncer son pronostic.

— Ce n'est pas grave. Mais ça doit piquer terriblement.

Elle se leva et se dirigea vers la table près de la porte. De sa position, Eva pouvait voir que celle-ci était surmontée de quelques objets. April revint avec une bouteille de peroxyde, un coton pour essuyer le liquide et un pansement.

— C'est de la vieille école et ça va piquer, mais au moins, ça va bien désinfecter.

Et effectivement, la douleur fut au rendez-vous. Eva se mordit la lèvre pour s'empêcher de crier. Les deux autres femmes haletaient et gémissaient déjà suffisamment pour qu'elle ne veuille pas ajouter sa voix aux leurs.

Quand April eut fini, Eva se sentait vidée de ses forces. Elle avait désespérément besoin de manger quelque chose et de boire du café, puis elle voulait fermer les yeux en espérant que cela mettrait fin à cette horrible journée.

Mais malheureusement, celle-ci ne faisait que commencer.

SWEDE TRÉPIGNAIT TANT il s'impatientait. L'inaction le rendait fou. Lena n'avait été d'aucune aide. Il avait senti sa peur et n'avait pas voulu la brusquer. Mais il ne voulait pas laisser Eva seule. Cela signifiait donc qu'il devait rester ici pour garder un œil sur elle. Ils avaient besoin de savoir ce qui se passait dans le camp des rebelles, alors Hawk était parti à la rencontre de Mason afin qu'ils sachent s'il y avait du nouveau. Shadow avait retrouvé la trace de tous les attaquants et s'était assuré qu'ils venaient tous du camp des rebelles, et aussi qu'aucun n'y retournerait. Mais c'était le véhicule qu'ils avaient entendu et qui était sûrement venu pour récupérer les femmes qu'il cherchait actuellement. Qui était arrivé sur les lieux ? Ces mêmes personnes étaient-elles reparties ? Avaient-elles emmené quelqu'un avec elles ? Swede savait que Shadow aimait traquer les gens. Dane s'était posté à l'extérieur pour surveiller les environs de l'hacienda. Avec un peu de chance, pendant qu'il était dehors, il découvrirait quelque chose.

Personne n'avait réussi à trouver grand-chose pour le moment et cela le rongeait de l'intérieur.

Il tourna sur lui-même et fit de nouveau les cent pas dans le vaste salon. Il s'était positionné de sorte à ne pas être aperçu à travers les fenêtres, mais pouvait quand même voir les cinq femmes qui buvaient leur café de là où il se tenait.

Eva avait insisté pour que Lena reste et se joigne à elles pour leur maigre repas. Cette dernière lui en avait été reconnaissante. Swede avait compris que la jeune Mexicaine ne voulait pas se retrouver seule après ce qui s'était passé.

Eva ressentait probablement la même chose. Mais elle était aussi intelligente. Après qu'il se fut placé loin de la fenêtre, elle l'avait observé comme si elle s'interrogeait sur la raison qui l'avait poussé à se mettre à cet endroit précis. Il avait vu l'expression de son visage changer au fil de sa réflexion. Puis le visage de la jeune femme avait pâli et elle s'était levée pour se déplacer vers une chaise située plus loin dans la maison. Il avait croisé son regard et hoché la tête en signe d'approbation. Elle avait semblé soulagée. Quant à lui, il s'était senti intrigué. Même fatiguée et encore sous le choc de tout ce qui s'était passé, elle continuait de faire fonctionner son cerveau.

Et c'était important.

C'était généralement quand on cessait de réfléchir que la vie effectuait un retour de manivelle et que tout nous retombait sur la gueule.

— Je vais refaire le tour des bâtiments, informa-t-il les femmes.

C'était la quatrième fois qu'il le faisait. À ce stade, elles avaient fini par ignorer ses rondes. Plusieurs ne prirent même pas acte de son annonce, mais Eva le fit.

— Sois prudent.

Il acquiesça et, après un dernier regard lancé aux consommatrices de café, se glissa en direction de la cuisine. Il effectua une rapide inspection de la pièce pour s'assurer que tout était comme lors de son dernier passage, s'arrêta un moment pour vérifier que rien n'avait été déplacé, que son instinct ne lui hurlait pas que quelque chose clochait, puis ouvrit le grand garde-manger et le petit réfrigérateur pour être certain que personne ne s'y cachait. Il ne trouva rien de suspect ou d'inquiétant. Il partit alors patrouiller dans les autres bâtiments. Il les examina rapidement, un par un. Son regard ne manquait rien, mais ne s'attardait pas sur les dégâts matériels ni sur les morts qui gisaient devant lui. On s'occuperait d'eux bien assez tôt. S'ils avaient été aux États-Unis, les autorités seraient déjà là. Il se demanda si les corps ne devraient pas plutôt être déplacés dans un endroit plus discret, plutôt que d'être laissés étendus par terre dans une stalle qui se trouvait à peine à l'abri des regards. Il envisageait de le faire quand soudain, le bruit d'un moteur lui parvint. Il se déplaça sur le côté de la maison, d'où il put voir le véhicule qui approchait.

Dane lui signala par texto que la camionnette tirait une remorque à chevaux derrière elle.

Bien, ils allaient pouvoir commencer à charger les chevaux. Il en restait seize.

Il leur faudrait donc plus qu'une remorque. Il devait d'abord terminer de faire le tour des dépendances. Il effectua rapidement ses dernières vérifications puis retourna dans le salon.

— On dirait que la première remorque à chevaux est arrivée.

Le soulagement envahit le visage d'Eva.

— Je suis heureuse de l'entendre. On a toutes hâte que ces chevaux partent rejoindre leurs nouvelles maisons, sourit-elle en attrapant une pile de papiers. Ce sont les documents pour les chevaux restants.

Il fronça les sourcils.

— Où est-ce que tu as trouvé ça ?

— Ils étaient sur la petite table là-bas, expliqua-t-elle en désignant la table d'appoint située à côté de l'étagère. C'est Lena qui me les a montrés. Isabella avait tout préparé en vue de leur départ.

— Bien. Ça va simplifier les choses.

April se leva et s'étira.

— Je ne serai heureuse que lorsque ces chevaux seront chargés. On est censées rentrer avec la dernière remorque, Eva.

— J'espère que notre remorque sera à l'heure, déclara Janice d'une voix déterminée. Je dois faire sortir Mary d'ici.

— Je te comprends. Le plus tôt sera le mieux pour moi aussi, acquiesça Eva.

Swede s'abstint de tout commentaire. La seule façon pour Eva de rentrer chez elle, c'était à ses côtés. Peu importe ce qu'elle voulait. Il ne comptait pas lui laisser le choix.

CHAPITRE 17

EVA SORTIT POUR aller à la rencontre du chauffeur de la camionnette qui venait d'entrer dans la cour.

— Rappelle-toi, ne dis rien, lui glissa Swede à ses côtés.

— Qu'est-ce que je pourrais bien lui dire, de toute façon ? Je ne suis même pas encore capable de mettre des mots sur ce cauchemar, marmonna-t-elle. On va devoir charger les chevaux tant bien que mal et partir sans éveiller leurs soupçons.

— Laisse-moi m'en occuper, proposa Swede en se dirigeant vers la camionnette. De votre côté, préparez les papiers et triez les chevaux. Avec un peu de chance, on peut avoir fini dans une heure.

Sous la supervision de Swede qui s'occupait de tout et parlait espagnol comme s'il était né dans un pays hispanophone, six chevaux furent chargés, les papiers remis et la camionnette partit avant que quiconque ne sache pour Isabella.

Plus tard, alors que les autres se tenaient dans la poussière, April prit la parole.

— Alors, où était Swede quand on avait besoin de lui hier ?

Eva grogna.

— Je sais que tu lui en veux de ne pas avoir été là quand on avait vraiment besoin de lui, mais il était occupé ailleurs.

Tu as vu comment ces chevaux lui ont obéi sans problème ?

— Oui. Il a un don, acquiesça April.

La jeune femme secoua la tête puis s'immobilisa. Son bras se leva en direction de la route.

— Visiblement, d'autres personnes arrivent.

— Espérons que ce soit notre tour, soupira Mary. Est-ce qu'on a le droit de partir, même si les autorités ne sont pas encore là ?

Swede hocha la tête.

— Vu les circonstances, elles devront vous contacter chez vous si elles ont des questions à vous poser. Sinon, nous nous en chargerons.

Le soulagement apparut sur les visages de Janice et de Mary.

— Super. Dans ce cas, occupons-nous de ce deuxième chargement et finissons-en. Je veux rentrer chez moi, déclara Janice.

— Moi aussi, enchérit Mary.

Un quart d'heure s'écoula avant que la deuxième remorque n'arrive à l'hacienda. Mais tout ne se passa pas aussi bien qu'avec le précédent convoi. Une longue conversation en espagnol fut nécessaire afin d'apaiser le chauffeur. Eva avait entendu le nom d'Isabella être prononcé à plusieurs reprises et avait vu une certaine tristesse se peindre sur le visage du conducteur.

Elle espérait juste que ce que Swede lui avait dit était proche de la vérité et que l'homme pourrait digérer la nouvelle de sa mort. Elle montra les six feuilles pour les six chevaux suivants tandis que Swede conduisait les animaux vers la remorque. April les examina rapidement et ils commencèrent à les charger.

Sauf que l'un d'eux ne semblait pas ravi à l'idée de monter dans la remorque.

Il fallut à Swede plusieurs minutes pour le calmer et l'y faire entrer. Et même une fois à l'intérieur, l'animal ne semblait toujours pas serein.

Mais Eva resta en dehors de cela. Et cela la surprit. D'habitude, elle était dans le feu de l'action. Mais Swede gérait les soucis avec les chevaux si facilement que c'était un vrai plaisir de le regarder faire.

Les animaux lui faisaient confiance. Plusieurs qui s'étaient montrés distants jusqu'à présent – ou plutôt qui avaient été distants chaque fois qu'elle s'était trouvée près d'eux – frottaient maintenant leur tête contre lui.

Il était fascinant de voir une réponse aussi instinctive et réconfortante de leur part. Swede s'arrêta et inclina un museau vers lui tout en parlant doucement à l'animal nerveux auquel il appartenait et à côté duquel il se tenait. C'était presque comme s'il avait une connexion surréaliste avec l'animal.

— C'est incroyable, n'est-ce pas ? commenta Janice. Il a une approche assez spéciale avec les chevaux.

— Oui, c'est vrai.

— Et tu as de la chance. Les femmes qui ont le privilège d'avoir un homme comme lui dans leur vie sont rares, prévint-elle. Alors, fais attention à ne pas tout gâcher.

Puis elle s'éloigna en laissant Eva, bouche bée, derrière elle. Sa fille s'approcha à son tour.

— Maman a raison, tu sais. C'est un étalon.

Et sur ces mots, elle suivit sa mère.

Eva soupira pour se redonner contenance. Swede sortit de la remorque à ce moment-là. Le dernier cheval qui partirait avec ce chargement était bien installé et venait de subir un dernier examen avant son départ.

— Qu'est-ce qu'elles t'ont dit pour que tu fasses cette tête-là ? l'interrogea-t-il en fronçant les sourcils devant son expression.

— Oh, rien. Juste que tu es un étalon que je ne devrais pas tout bousiller, au risque de te perdre. Apparemment, les gars comme toi, ça ne court pas les rues.

Elle lui lança un regard noir, détestant le sourire malicieux qui éclaira son visage.

— Et elles ont raison. Nous sommes uniques, approuva-t-il en se penchant en avant. Alors, tu ferais mieux de m'embrasser pour qu'elles sachent que tu ne vas pas tout gâcher.

Elle grogna presque de frustration. Il rit et la prit dans ses bras, puis, alors qu'il la reposait lentement sur ses pieds, il posa sa bouche sur la sienne. Ce fut un baiser possessif par lequel il semblait bien avoir l'intention de lui faire comprendre qu'elle lui appartenait, qu'elle le veuille ou non. *Oh, et puis merde.* Faisant ce qu'elle mourait d'envie de faire de toute façon, elle jeta ses bras autour de son cou et l'embrassa en retour. Son sursaut de surprise la fit sourire contre ses lèvres. Elle était ravie d'avoir réussi à le déstabiliser pour une fois. Seul Dieu savait à quel point il la déstabilisait depuis longtemps déjà. Maudit soit-il.

Elle avait passé des années à souhaiter qu'il ait été quelqu'un d'autre, et à souhaiter qu'elle ait été quelqu'un d'autre elle aussi. Elle voulait être cette perle rare qu'il espérait tant dénicher à l'instar de ses frères d'armes, et elle voulait qu'il soit l'homme qu'elle avait attendu toute sa vie. Pas l'ami de son frère, pas un *SEAL*, mais son amant, son amour… le seul et l'unique.

Et il réagit à la passion qui animait la jeune femme. Ses mains glissèrent le long de son dos jusqu'à ses hanches et il la serra contre lui. Ils étaient désormais hanche contre hanche, bassin contre bassin, et sa réponse était sans équivoque.

La chaleur l'envahit. Elle sentait qu'elle avait besoin de la libérer, de céder à ce que son corps réclamait à cor et à cri. Mon Dieu, elle ressentait du désir pour ce soldat. Elle avait besoin de ça… de lui. Même si ce n'était que pour une courte durée. Elle avait…

— Ouah, souffla-t-il en se reculant.

Sa voix était rauque et une rougeur colorait ses pommettes.

— Si tu ne veux pas que je te prenne ici et maintenant devant tout le monde, il va falloir qu'on se calme, la prévint-il rapidement.

Elle sursauta. Son corps tremblait encore, sous le choc, mais aussi à cause de l'interruption de cet instant étrange qu'ils avaient partagé. Le retour à la réalité était difficile, et elle reprenait peu à peu conscience de leur environnement. Heureusement pour elle, le grand corps de Swede la protégeait des regards de ceux qui se tenaient à l'avant de la camionnette.

Les mots refusaient de sortir de sa bouche. Mais elle n'arrivait pas non plus à les formuler dans sa tête. Que venait-il de se passer ? Quand elle retrouva sa voix et ouvrit la bouche, ce fut pour laisser échapper la mauvaise chose.

— Putain, qu'est-ce qui vient de se passer ?

— Je n'en ai aucune idée, grogna-t-il. Mais il faudra qu'on en parle.

Muette, elle secoua la tête. Elle tourna les talons et se précipita vers l'hacienda pour s'y engouffrer. L'air frais la frappa instantanément et refroidit l'ardeur qui pulsait encore dans ses veines. *Oh, Seigneur.* Qu'avait-elle fait ? Elle avait abaissé ses défenses et franchit une ligne interdite. Voilà ce qu'elle avait fait. Quel timing de merde ! Pourquoi avait-elle pris une telle décision ? Mais elle ne cessait de repenser à ce qui venait de se passer entre eux et… ouah. Elle plaqua ses mains sur ses joues brûlantes et se laissa tomber sur la chaise la plus proche. Elle devait se ressaisir, maintenant.

Les autres allaient bientôt partir. Elle devait leur dire au revoir. C'était une bonne chose qu'ils partent, mais qu'allait-elle faire de Swede ensuite ?

Avant, cet homme était impossible à vivre. Comment allait-elle survivre en restant seule avec lui ? Et pire encore, comment allait-elle survivre sans lui ?

IL AVAIT RAREMENT perdu le contrôle au cours de sa vie, et jamais sexuellement. Mais songer que la première fois que cela lui était arrivé avait été avec la sœur de Hawk, qui plus est dans un lieu public, était déconcertant. Il avait été déstabilisé par sa réponse à son badinage. Elle l'avait entraîné dans les profondeurs cachées de son cœur, dans un endroit où il n'était jamais allé, et il s'y était précipité comme un petit chiot.

Cela le rendait fou qu'ils ne se trouvent pas quelque part où ils auraient pu aller jusqu'au bout. L'aboutissement de ce baiser aurait été unique. Il avait eu un aperçu de sa passion. Il y avait goûté. Et maintenant, il désirait avoir le repas complet, pas seulement l'entrée.

Putain, elle était sexy. Il baissa les yeux sur ses grandes mains et ne fut pas surpris par le léger tremblement qui les agitait. La chaleur pulsait dans ses veines et le sang se concentrait toujours dans une région très spécifique de son anatomie. Malheureusement. Il cherchait désespérément un moyen de calmer son corps avant que les femmes ne remarquent son état. Putain, il avait encore envie d'allonger Eva par terre, à l'endroit où elle se tenait juste avant. Cela lui semblait même être une excellente idée. Putain, qu'est-ce qui lui prenait ? Que s'était-il passé ?

D'ailleurs, n'était-ce pas justement la question qu'elle venait de lui poser ? Au moins, elle n'avait pas été capable de lui cacher ce que ce baiser lui inspirait, tout comme lui n'en avait pas été capable non plus. Ils étaient dans le même bateau.

Et peu importe à quoi ressemblait ce bateau, ou même dans quel état il était.

— Hé, Swede, l'appela Mary en lui faisant un signe de la main.

Il prit une grande inspiration et s'approcha. Janice et Mary avaient pris place dans la camionnette. La plus jeune s'était installée à l'arrière, et avait toute la banquette pour elle seule.

— Prends soin d'elle, le pria-t-elle. Elle est un peu confuse en ce moment.

— Ne t'inquiète pas, je m'en occupe, promit-il avec un hochement de tête.

— Et prends soin d'April également. Elles ont toutes les deux assez souffert. Personnellement, j'ai hâte de me tirer d'ici, ajouta Mary. On a tous les papiers qu'il nous faut. Dis au revoir à Eva de notre part. Il faut vraiment qu'on y aille.

Et sur ce, la grosse camionnette prit la route avec ses six chevaux à l'arrière.

Swede resta au même endroit, sans bouger, aux côtés d'April qui était silencieuse. Ensemble, ils regardèrent le panache de poussière qui s'élevait derrière la camionnette en train de s'éloigner.

— Maintenant, il n'y a plus qu'Eva et moi.

— Et quand êtes-vous censées partir ? demanda-t-il sans enthousiasme. Je croyais que vous deviez toutes prendre la route ensemble, à la même heure.

— Non. On prend l'avion cet après-midi, lui apprit April. J'aimerais partir tôt si possible. Donc il faudra qu'on installe les chevaux à bord dès que la remorque arrivera.

— Peux-tu faire le voyage toute seule ? questionna-t-il.

Elle se tourna vers lui pour le dévisager.

— Oui, je peux facilement me débrouiller seule, confirma-t-elle. Pourquoi ? Eva ne rentre pas avec moi ?

Il haussa les épaules et son regard erra sur les champs de pâturage qui les entouraient.

— Elle devrait faire le trajet avec toi. Vous avez toutes les deux besoin de rentrer chez vous. Et puis, c'est le moyen le plus rapide pour regagner les États-Unis, répondit-il avant de désigner la grosse camionnette rouge qui était déjà venue la veille et revenait chercher les derniers animaux. Je suppose que c'est votre chauffeur ?

— Oui.

Le soulagement qui perçait dans la voix d'April démontrait que la jeune femme était pressée de partir. Et il la comprenait. Il savait à quel point cette journée avait été dure pour elle.

— Bien. Dans ce cas, occupons-nous de charger les derniers chevaux et tes affaires. Ensuite, j'irai chercher Eva.

— Est-ce qu'elle va bien ? s'inquiéta-t-elle.

— Oui. Elle est juste fatiguée.

Il se tut quelques instants et regarda les quatre chevaux restants, parmi lesquels se trouvait la jument qui avait été malade.

— Comment Isabella gagnait-elle de l'argent ici ? Elle n'avait pas de chevaux à elle. Du moins, il me semble.

— Elle a donné les chevaux qu'elle possédait aux deux hommes qui se sont occupés du premier convoi, en guise de paiement. Elle ne les montait pas, et elle voulait s'assurer que tous les autres chevaux seraient pris en charge, expliqua April d'une voix évasive. Les deux chevaux concernés faisaient partie de ceux qui sont partis hier. On n'en a donc plus que quatre à transporter.

— Bizarre. C'est presque comme si elle savait qu'elle n'aurait pas été capable de s'occuper d'eux, commenta-t-il.

— Je pense que c'est le cas et qu'elle savait qu'elle ne pouvait pas prendre soin d'eux plus longtemps. Je sais qu'elle a vu un médecin il y a plusieurs mois pour un problème de santé, mais qu'elle a refusé le traitement. Je n'en ai plus jamais reparlé avec elle.

Les mots de la jeune femme le prirent de court.

— Ça pourrait expliquer le fait qu'elle les ait expédiés avec les autres chevaux, réfléchit-il.

— Je ne sais pas quel était son état de santé, mais peut-être que cette balle lui a évité une mort lente et douloureuse en lui offrant une fin plus facile.

— Aucune mort n'est facile, souligna Swede. Mais j'aime à penser qu'il existe une belle mort.

April lui sourit.

— Je ne sais pas ce qui a mal tourné entre toi et Eva. Au début, je pensais que vous étiez complètement incompatibles, mais maintenant, je n'en suis plus si sûre.

Conscient qu'elle attendait une réponse de sa part, il tourna la tête dans sa direction.

— Et maintenant, qu'est-ce que tu en penses ? voulut-il savoir.

— Je pense qu'elle est intimidée. Elle a peur de tout ce que l'amour a à lui offrir.

Le ton d'April était distant, comme si elle voyait quelque chose qu'il ne pouvait pas voir.

— Et peut-être qu'elle a peur d'échouer, conclut-elle.

Il fit tourner ces mots dans sa tête. Avait-elle raison ?

— Je suis un grand garçon, répliqua-t-il finalement.

Il savait que ce n'était pas ce qu'elle voulait dire, mais il ne souhaitait pas s'engager plus loin dans cette discussion. Il jeta un coup d'œil au salon, où Eva avait disparu.

— À plus d'un titre, rit April.

Il réussit tout juste à se retenir d'ajuster son pantalon, ce qui n'aurait sûrement pas manqué d'attirer l'attention de la jeune femme sur quelque chose qu'il espérait être passé inaperçu.

— Tu es plus grand que nature, comme on dit dans l'Est, ajouta-t-elle en souriant. Tu es même beaucoup de choses, et de nombreuses femmes considéreraient qu'elles manquent de confiance en elles pour faire face à tout ça.

Il la dévisagea.

— Et bien sûr, comme tu es un homme, tu n'as pas la moindre idée de ce dont je parle, ricana-t-elle avant de lui tourner le dos. On doit se mettre en route. J'espérais qu'on aurait un peu d'avance sur le programme, mais je crois que c'est tombé à l'eau. Alors, on dirait bien qu'on va devoir se bouger le cul pour arriver à l'heure. Tu veux aller la chercher ou je m'en charge ?

Un sourire narquois étira ses lèvres.

— Peu importe. Je vais y aller, proposa-t-elle avant qu'il ne puisse répondre. Comme ça, je n'aurai pas à interrompre vos doux adieux.

Les sourcils de Swede se haussèrent tellement qu'ils parurent toucher la racine de ses cheveux.

— C'est tellement mignon ! Je vois bien que tu ne comprends rien du tout à ce que je te raconte, s'amusa-t-elle. Mais ne t'en fais pas. Je vais aller la chercher.

Putain.

Elle entra dans l'hacienda. Swede laissa son regard se promener sur les autres bâtiments. Il savait que Dane était là, quelque part.

Quelques minutes plus tard, April franchit de nouveau la porte avec une expression affolée.

— Elle n'est pas là, paniqua-t-elle en revenant vers lui. Oh, mon Dieu, où est-ce qu'elle est passée ?

CHAPITRE 18

LA SEULE CHOSE qui était bien dans le fait d'être inconscient, c'était qu'on ne s'inquiétait pas de ce qui pouvait se passer tout le temps qu'on restait dans les vapes. Eva n'avait aucune idée de l'endroit où elle se trouvait et qui l'avait emmenée là. Tout ce qu'elle savait, c'était qu'elle était allongée dans les bois, ligotée comme un poulet, avec un sacré mal de tête. Ce qui l'indisposait, ce n'était pas tant la douleur que cette étrange sensation de somnolence. Elle avait l'impression que sa tête était aussi grosse qu'une pastèque, comme si elle avait été droguée. Elle ne savait pas pourquoi ni comment. La dernière chose dont elle se souvenait, c'était l'interlude le plus chaud et le plus passionné qu'elle ait jamais eu, presque en public, avec Swede. Qu'est-ce qui lui avait pris ? Elle avait totalement perdu la tête.

Et puis, qu'est-ce que cela lui avait apporté ? Elle s'était fait kidnapper et traîner dans les bois par un connard. Et maintenant, elle était là, saucissonnée et apparemment seule. Où était Swede ? Elle fouilla dans ses souvenirs à la recherche de réponses.

Tout lui revint brusquement. Elle s'était précipitée à l'intérieur de la maison pour se calmer et éviter de croiser les autres compte tenu de l'état dans lequel elle se trouvait. Elle se souvenait s'être effondrée sur une chaise, choquée par la réaction que son corps avait eue vis-à-vis de lui.

Et ensuite… plus rien. Après cela, tout n'était plus que brouillard dans son cerveau. Elle essaya de changer de position, mais fut seulement capable de se retourner. Et cela n'améliora pas les choses. Elle se remit sur le dos et tenta une manœuvre différente. En s'aidant de ses mains, attachées devant elle, elle se redressa sur ses genoux. Après avoir pris quelques inspirations profondes, elle réussit ensuite à se mettre debout. Les branches les plus basses étaient toujours plus hautes que sa tête. Elle tendit l'oreille et écouta, mais n'entendit rien. Il n'y avait pas de cris d'oiseaux, pas d'animaux qui se déplaçaient dans les broussailles, rien. Pourquoi est-ce qu'aucune voix humaine ne lui parvenait ? Elle avait forcément été enlevée par quelqu'un. Alors, pourquoi était-elle seule ? Son ravisseur l'avait-il abandonnée dans les buissons avec l'intention de revenir la chercher plus tard ? Et s'il ne revenait jamais la chercher ? Que se passerait-il si Swede ou Hawk avaient tué ce connard, l'empêchant ainsi de revenir alors qu'il l'avait laissée au milieu de nulle part ?

Cet horrible scénario ondulait dans son esprit telle une vague sans fin. L'une de ces possibilités était-elle meilleure que les autres ? Elle n'en avait aucune idée. Elle étudia les liens qui entravaient ses membres. Il devait bien y avoir un moyen de les défaire, non ? Peut-être pas ceux autour de ces poignets, mais peut-être pouvait-elle essayer de libérer ses pieds ? Sachant qu'il lui faudrait fournir beaucoup d'efforts pour se relever une nouvelle fois compte tenu de son état, mais espérant pouvoir le faire sans avoir les pieds attachés, elle se rassit sur ses fesses pour observer les nœuds. Elle réussit facilement à desserrer la corde autour de sa cheville droite. Il fallut détendre la corde pendant encore dix minutes pour que les nœuds se défassent. Ses pieds étaient enfin libres, ce qui était déjà une belle victoire. Elle jeta ensuite un nouveau coup d'œil à la corde qui entourait ses poignets et se mit au travail. En utilisant ses dents, elle put desserrer ces nœuds-là également. Cinq minutes plus tard, ses mains étaient libres. *Dieu merci.*

Elle sortit son téléphone et regarda la couverture réseau. Seule une barre était affichée. Elle envoya rapidement un message à son frère et à Swede.

Une fois son téléphone rangé, elle regarda autour d'elle.

Maintenant, elle devait retrouver son chemin jusqu'à l'hacienda. Lorsqu'elle se trouvait encore dans le salon, elle se souvenait avoir entendu tout le monde se dire au revoir alors que la camionnette arrivée à l'aube était sur le point de partir.

Après le sprint qu'elle avait réalisé pour retourner à l'intérieur de la maison et éviter de croiser les autres, ou plutôt pour éviter de croiser Swede, elle ne pouvait pas leur en vouloir de lui laisser de l'espace.

Mais autant d'espace… c'était un peu ridicule.

Un soupir lui échappa.

Puis elle ouvrit la bouche et, tel un écho d'autrefois, elle appela à l'aide en utilisant le vieux cri de rapace qu'elle et son frère avaient perfectionné en grandissant.

Elle tendit l'oreille. Aucune réponse ne lui parvint.

Faisant quelques pas en avant, elle jeta un coup d'œil à travers les buissons qui l'entouraient. Elle ne vit personne. Elle était seule, ce qui était tant mieux pour elle. En fait, ça lui convenait même parfaitement. Mais elle préférait ne pas être là quand son kidnappeur reviendrait.

Elle avait besoin d'une nouvelle cachette. Elle se pencha et ramassa les cordes. Peut-être qu'elle pourrait embrouiller ses ravisseurs en les faisant douter de l'endroit où ils l'avaient laissée. Elle observa les arbres autour d'elle pour voir s'ils avaient laissé des marques pour se repérer, mais n'en remarqua aucune qui aurait pu être faite de la main de l'Homme. Pourtant, il aurait été logique qu'ils en laissent au moins une afin de pouvoir la retrouver. Mais après tout, elle était nulle pour s'orienter.

Elle effectua une vérification rapide de tout ce qui l'entourait, regarda où le soleil se situait au-dessus d'elle et réalisa qu'elle devait se déplacer dans la direction opposée pour rejoindre l'hacienda.

Enhardie par le fait d'avoir réussi à se libérer de ses liens, elle prit ses jambes à son cou et commença à courir à travers les bois. Elle laissait des traces de pas, mais c'était inévitable. Elle devait bouger et plus elle irait vite, mieux ce serait.

Maintenant, il fallait qu'elle trouve quelqu'un ou quelque chose qui soit en mesure de l'aider. Étant donné que le soleil était encore haut dans le ciel, elle n'avait pas disparu depuis très longtemps.

April avait dû remarquer qu'elle n'était plus là, puisqu'elles devaient partir bientôt. Mais… et si elle n'arrivait pas à temps, avant leur départ programmé ? Dans ce cas, que se passerait-il ? Les chevaux devaient partir. Ils devaient prendre l'avion. Réorganiser leur transport serait un véritable casse-tête. Sans compter qu'il serait encore plus difficile de sortir les cheveux de là une fois que les autorités seraient arrivées.

Putain. Pourquoi Isabella avait-elle été tuée ? Ils auraient vraiment eu besoin d'elle pour terminer le sauvetage de ces chevaux.

Frustrée, confuse et effrayée par l'idée que ceux qui en avaient après elle puissent la rattraper, elle continua à courir.

Swede, s'il te plaît, retrouve-moi. Vite.

SWEDE EFFECTUA LA fouille la plus rapide qu'il ait jamais faite de toute sa vie. Il inspecta l'intérieur de la maison et des dépendances, mais ne la trouva nulle part. Son cœur battait la chamade. Comment avait-elle pu disparaître ? Quand était-ce arrivé ? Elle avait sans aucun doute été enlevée. Il ne pouvait s'agir que de cela. Elle ne pouvait quand même pas être en colère contre lui au point de se volatiliser, si ? Et même si elle l'était, elle n'était pas idiote. D'autant plus que ces chevaux étaient tout pour elle. Les charger dans les remorques afin de les sortir d'ici lui tenait véritablement à cœur. Alors, où était-elle passée ? Elle était censée partir avec ce dernier chargement. Elle le savait.

April l'attrapa par le coude pour l'arrêter.

— Écoute, je ne veux pas l'abandonner derrière moi, mais je dois vraiment y aller, car ce vol est planifié depuis un moment. Il faut vraiment que je les emmène jusqu'à l'aéroport, même si je ne suis pas sûre d'arriver à temps. Si on rate l'avion, les chevaux…

— Vas-y, la coupa-t-il instantanément. Tu dois emmener les chevaux. De mon côté, je vais la retrouver, et je ne veux pas avoir à m'inquiéter pour toi d'ici à ce que je revienne. Je ne peux pas partir à sa recherche et, en même temps, assurer ta protection.

L'indécision plissa le visage de la jeune femme alors que son regard passait des chevaux à la remorque, au conducteur qui s'impatientait puis revenait à lui.

— Je ne veux pas la laisser ici, protesta-t-elle. J'ai l'impression de l'abandonner.

— Vas-y, insista-t-il. Je te tiendrai au courant.

Elle sortit son téléphone portable et lui donna son numéro.

— Appelle-moi dès que tu as du nouveau, le somma-t-elle. Et si ce sont de mauvaises nouvelles…

— Tu ne pourras rien y faire de toute façon.

Il l'observa. Elle était déchirée entre sa loyauté envers son amie, sa volonté de la retrouver, et son devoir envers les chevaux qu'elle s'était juré de sauver. Puis, faisant preuve de bon sens, elle finit par se diriger vers l'avant de la camionnette.

— N'oublie pas de me prévenir dès que tu découvriras quelque chose, lui rappela-t-elle.

Après un dernier regard en direction de l'hacienda, elle secoua la tête et sauta dans la camionnette. Cette dernière démarra et s'éloigna lentement.

— Aucun signe d'elle, annonça Dane derrière lui. Depuis combien de temps ne l'as-tu pas vue ?

— Peut-être trente minutes, répondit Swede en jurant. Je vais chercher comment elle a été emmenée hors d'ici.

— J'étais dans la grange en train d'envoyer les empreintes digitales des rebelles morts à la base, afin qu'on puisse savoir si l'un de ces hommes fait partie de ceux qu'on recherche, expliqua-t-il avant de secouer la tête. Elle n'est pas passée par là.

Swede hocha la tête.

— Ces hommes sont morts, et on doit s'assurer qu'Eva ne finisse pas de la même manière.

— Elle a dû être enlevée à cheval, supposa Dane. Je doute qu'on ait raté le passage d'un véhicule.

Swede acquiesça.

— Sauf qu'il n'y avait pas d'autres chevaux ici. Les quatre derniers viennent de partir, souligna-t-il.

Désormais vidé de ses occupants, l'endroit laissait une impression de désolation.

— Tout le monde est parti maintenant, reprit Dane. Au moins, il nous sera plus facile de nous concentrer sur sa recherche.

Swede se retourna pour le dévisager.

— Tout le monde n'est pas parti, le contredit-il. Lena, la servante, devrait être ici.

Dane secoua lentement la tête.

— Je ne l'ai vue nulle part.

Merde. Swede se précipita à l'intérieur de la maison.

— Soit elle a enlevé Eva, soit elle a été enlevée avec Eva.

— À quel point est-elle grande et forte ?

Swede secoua la tête.

— Elle est petite et légère. Elle n'aurait pas pu soulever Eva, et encore moins la hisser sur le dos d'un cheval.

— Dans ce cas, soit elle a fait une mauvaise rencontre et a été tuée, soit elle a été enlevée elle aussi, conclut Dane.

— Quoi qu'il en soit, on doit la retrouver.

Quelques minutes plus tard, le long de la barrière au fond d'un des pâturages, il trouva des traces de sabots fraîches. Un seul cheval était passé par là, et il ne faisait aucun doute sur le fait qu'il avait été plus léger à son arrivée qu'à son départ.

— Putain.

— Shadow est déjà en train de suivre les traces de ce cheval, l'informa Dane en arrivant derrière lui et en pointant les bois devant eux.

— Tu penses que le cavalier qui montait ce cheval a emporté à la fois Eva et Lena ?

— Aucune idée, mais comme le reste de la maison semble vide et qu'il n'y a qu'une seule série de traces, ça semble probable.

Soudain, son téléphone sonna. C'était un texto d'Eva.

Il l'ouvrit et le lut rapidement. *Putain.*

CHAPITRE 19

EVA SAVAIT QUE la chaleur allait bientôt l'assommer. Ça et le manque d'eau. Elle devrait pouvoir survivre pendant au moins deux jours sans eau, mais comme elle était sortie de sa cachette en pleine chaleur, elle avait épuisé son énergie presque immédiatement.

Elle devait trouver de l'ombre, rester au même endroit et laisser les hommes la retrouver.

Les bons hommes, pas ceux qui lui voulaient du mal.

Elle ne voyait rien à des kilomètres à la ronde. Mais quelqu'un devait sûrement être à sa recherche. Elle s'arrêta et s'appuya contre un arbre pour reprendre son souffle et essayer de rafraîchir son corps mis à mal par sa course. Elle poussa un cri de faucon encore une fois. Elle espérait que quelqu'un capable de reconnaître cet appel à l'aide la trouverait.

En plus de tout le reste, elle avait peur de commencer à entendre des choses. Elle regarda de l'autre côté de l'arbre. Quelqu'un venait-il dans sa direction ? Si jamais c'était le cas, sa cachette était vraiment merdique. Désormais affolée par la perspective d'être rattrapée par ses ravisseurs, elle pivota, à la recherche d'un meilleur endroit où se dissimuler. Mais elle ne repéra rien autour d'elle. *Merde. Merde.*

Elle se précipita vers un groupe de buissons situé une centaine de mètres plus loin. Consciente que sa vie était menacée et pouvait s'arrêter à tout moment si elle était repérée, elle fonça aussi vite qu'elle le put et plongea dedans. Elle atterrit violemment par terre et retint son souffle. Elle resta recroquevillée, secouée de tremblements et de frissons incontrôlables, persuadée que quelqu'un allait lui sauter dessus d'un instant à l'autre. Elle attendit, immobile, pétrifiée sur place, sans respirer.

Mais personne ne vint. Malgré le risque, elle se releva sur ses genoux, resta roulée en boule au sol et regarda à travers la verdure.

Personne ne paraissait se trouver dans les environs.

Mon Dieu. Elle baissa la tête en se sentant comme une idiote. Ça devait être à cause de la chaleur, ou de la peur.

Elle releva la tête. Son frère allait venir, s'il avait été mis au courant de sa disparition.

Et Swede allait venir, s'il le pouvait.

Les larmes lui montèrent aux yeux à la pensée qu'il puisse arriver quelque chose à ce gros balourd. Elle secoua la tête et ferma les paupières. Il fallait que son corps se repose un peu et que son esprit se calme. Elle devait rester forte. Elle devait rester en vie.

Et une fois qu'ils l'auraient sauvée et qu'elle serait en sécurité, elle leur ferait vivre un véritable enfer. Surtout à Swede.

LA CHASSE ÉTAIT ouverte. La maison et la propriété étaient désertes. Il n'y avait toujours aucun signe des autorités qui auraient déjà dû être là depuis des heures et les corps dans la grange commençaient à sentir de plus en plus mauvais.

Hawk et Mason cherchaient Eva du côté du camp des rebelles. Ils se rejoindraient au milieu du périmètre établi.

Shadow faisait ce qu'il savait faire de mieux : il remontait une piste. C'était lui qui avait découvert en premier les traces de sabots qui partaient de l'hacienda. Il se dirigeait toujours vers le camp des rebelles, mais il n'avait toujours vu aucun signe d'Eva ou de son ravisseur.

Shadow était le meilleur pisteur de leur équipe. Il allait la retrouver.

Les poings de Swede se serrèrent.

— Putain de merde, jura-t-il en relevant les yeux vers Dane. Où est-ce qu'elle est ?

— Du calme, mec. On va la trouver.

Dane désigna les camionnettes garées devant l'hacienda.

— On prend la tienne ou celle d'Isabella ?

— Celle d'Isabella, décida Swede en se mettant à courir dans sa direction. La mienne est une location et pourrait ne pas résister à ce qui va suivre.

— Tu as les clés ? demanda Dane en suivant Swede qui s'était élancé vers l'avant de la maison.

— Non, et je n'en ai pas besoin.

— Je te reconnais bien là.

Le temps que Dane atteigne la portière du côté passager, Swede avait déjà tiré les fils électriques sur le tableau de bord de la camionnette et avait fait démarrer le moteur.

— Le réservoir d'essence est rempli à moitié. On peut y aller.

— Je vais faire savoir aux autres qu'on est en route.

— D'accord, acquiesça Swede. Tiens les autres au courant pendant que je trouve Eva.

Il fit rouler la camionnette le long de la clôture qui faisait tout le tour de la propriété et rejoignit le portail à l'entrée.

— Est-ce qu'il y a quelque chose que tu souhaites nous dire, à propos d'Eva notamment ? questionna tranquillement

Dane.

— Il n'y a rien à dire.

— Et est-ce que tu comptes en parler avec Hawk ?

— Pas besoin, grogna Swede en lui lançant un regard dur. Il est déjà au courant.

Du moins, il le supposait.

— Même s'il n'en était pas sûr, peu de choses lui échappent. Donc s'il ne le savait pas jusqu'à présent, il le sait maintenant, remarqua Dane.

Swede hocha la tête, mais ne dit rien.

— Tu sais, ça pourrait se passer mieux que tu ne le penses. Hawk a maintenant une vision différente sur les relations amoureuses.

— Et toi aussi, répliqua Swede. Bon, est-ce qu'on en a fini avec cette discussion à cœur ouvert ?

Dane éclata de rire, et son rire se répandit dans les environs en s'échappant par les fenêtres ouvertes du véhicule.

— Quoi encore ? grogna Swede.

— Ta réaction quand on parle d'elle… franchement, ça n'a pas de prix, s'esclaffa-t-il.

Swede grogna une nouvelle fois, cette fois de façon menaçante.

— Laisse tomber, ce n'est pas ça qui va m'impressionner, ricana Dane. Bien sûr, c'est plus amusant de se trouver du côté des spectateurs, quand ça arrive à quelqu'un d'autre.

Swede secoua la tête.

— D'accord, mais quand est-ce que cette horrible sensation se calme ?

— Si tu as de la chance, jamais, répondit Dane en lui lançant un regard compatissant. Mais ça va aller en s'améliorant.

— Oui, mais quand ?

Ils s'approchèrent de la première série de traces. Swede arrêta la camionnette et ils en sortirent pour examiner les empreintes de plus près.

— C'est le même cheval.

Swede était d'accord avec l'observation de son frère d'armes. Ils remontèrent dans leur véhicule et continuèrent à avancer dans la même direction. La terre sèche et meuble rendait les traces visibles et faciles à suivre. Ils roulèrent encore quelques kilomètres en suivant les traces laissées par les sabots de l'animal.

— On ne doit plus être très loin du quartier général des rebelles, déclara Dane.

— Je me disais justement la même chose, en convint Swede avant de freiner brusquement.

— Qu'est-ce que tu…

Swede désigna des traces qui se dirigeaient vers un groupe de pins. De son point de vue, il s'agissait plus de broussailles que d'arbres. Le manque d'eau avait retardé leur croissance, mais ces résineux étaient assez grands pour cacher quelqu'un et montrait des signes de mauvais traitements. Plusieurs branches avaient été cassées, et les herbes sauvages éparses qui avaient réussi à pousser sur le sol sec étaient écrasées. Il se gara et sortit. Ils fouillèrent tous les deux la zone, cherchant à comprendre ce qui s'était passé ici.

Et ce n'était pas difficile à deviner. Dane traversa les broussailles pour revenir vers lui.

— J'ai trouvé des fibres de corde là-bas, annonça-t-il.

— Ce qui signifie qu'elle n'est plus ici…, déduisit Swede en se baissant pour examiner les empreintes de pas. Elle est partie en courant à partir de ce point précisément.

Il regarda au loin, en suivant les traces des yeux.

Ils remontèrent dans la camionnette. Swede conduisait

tandis que Dane informait leur équipe de ce qu'ils avaient trouvé. Swede roula en suivant les empreintes et en fouillant les environs du regard.

— Elle n'a pas pu aller bien loin, murmura-t-il.

— Elle se trouve dans les parages. On va la trouver.

Swede savait qu'ils allaient la trouver. Mais arriveraient-ils à temps ?

Il fit ralentir la camionnette jusqu'à l'arrêter totalement pour observer le changement de direction des empreintes.

Et il aperçut quelque chose au loin. Il tendit la main et attrapa le bras de Dane.

— Regarde…

— C'est Shadow.

Ils firent de nouveau avancer le véhicule et s'arrêtèrent à côté de lui.

Leur coéquipier leur fit signe de continuer.

— Elle ne doit plus être très loin, estima ce dernier. Ses pas sont de plus en plus lourds. Elle semble épuisée et prête à tomber de fatigue.

Ils inspectèrent le vaste paysage désertique de la campagne mexicaine. Devant eux se trouvaient plusieurs bosquets d'arbres.

— Allons-y.

Après que Shadow se fut installé sur la banquette arrière de la camionnette, ils réduisirent rapidement la distance.

Swede gara le véhicule et en sortit avant que Shadow n'ait eu le temps d'ouvrir sa portière.

Swede courut vers les arbres.

Et il la trouva.

CHAPITRE 20

EVA POUVAIT SENTIR son corps se balancer. Elle essaya de forcer ses bras à bouger pour frapper la personne qui la tenait, mais constata que tous ses membres étaient mous et refusaient de coopérer.

— Chut, doucement.

Cette voix… Elle ouvrit les yeux.

— Swede ? appela-t-elle.

— Oui, chérie, c'est moi.

Elle le fixa, hébétée.

— Vraiment ? Je pensais que tu ne me retrouverais jamais.

— Bien sûr que si. Tu sais bien que je ne me serais jamais arrêté de chercher tant que je ne t'avais pas retrouvée.

— Dieu merci, murmura-t-elle.

Une bouteille d'eau fut portée à sa bouche et de l'eau fraîche et rafraîchissante y coula. Elle but goulûment.

— Merci, chuchota-t-elle quand elle le put, d'une voix encore rauque.

— Prends-en un peu plus.

Elle but une deuxième fois et soupira de joie. Puis elle sourit à Swede.

— Tu en as mis du temps.

La tête de Shadow apparut derrière Swede.

— Oui, mais durant tout ce temps où il s'est retrouvé

sans toi, il s'est lamenté comme un chiot perdu.

— Espèce de cafteur, tu n'es qu'un faux frère…, grogna Swede d'un ton malgré tout bon enfant en se relevant.

Dane prit le relais.

— Ouais, il ne voulait pas qu'il t'arrive quoi que ce soit.

— C'est compréhensible, sourit-elle. Mon frère le tuerait si quoi que ce soit venait à m'arriver.

— En fait, ton frère risque de le tuer dans tous les cas, plaisanta Shadow avec un énorme sourire aux lèvres.

— Pourquoi ? l'interrogea Eva en relevant les yeux vers Swede, surprise.

Seul le silence lui répondit. Mais les énormes sourires plaqués sur le visage des deux autres hommes éveillèrent ses soupçons. Elle étudia le visage impassible qui lui faisait face.

— Swede ? insista-t-elle.

— Ce n'est rien.

Elle ne comprenait pas ce qui se passait, mais se doutait que c'était lié à l'attirance qu'il ressentait l'un envers l'autre. Elle secoua la tête.

— Tout va bien se passer, tenta-t-elle de le rassurer.

— Qu'est-ce qui va bien se passer ? voulut savoir Hawk qui venait de les rejoindre. Je suis content de voir que vous l'avez retrouvée.

La voix chaleureuse et attentionnée de son frère l'envahit tout entière alors qu'elle était transférée dans ses bras. Son frère la serra doucement contre lui.

— Ah, Eva, comme d'habitude, tu t'es fourrée dans les ennuis.

— Je n'ai pas fait exprès de me faire kidnapper, signala-t-elle en passant ses bras autour de son cou.

Maintenant que l'adrénaline était retombée, la fatigue commençait à la submerger. La chaleur, la panique et la peur l'avaient épuisée.

— J'aimerais tellement rentrer chez moi et vivre une vie calme et ennuyeuse…

— Malheureusement, je doute que cela arrive un jour, répondit-il en la serrant fort dans ses bras. On va te ramener.

— Me ramener où ?

Elle essaya de se pencher en arrière pour le regarder.

— J'imagine que les rebelles ont détruit l'hacienda et qu'il ne reste plus grand-chose là-bas…

— L'hacienda va bien. Tous les bâtiments sont encore debout, la rassura-t-il avant de jeter un coup d'œil à ses coéquipiers. Mais tous les autres volontaires sont partis.

Elle cligna des yeux plusieurs fois en essayant de comprendre ce qu'il voulait dire.

— Et April ?

— Elle est partie avec les chevaux, l'informa Swede en tendant la main pour lui presser l'épaule. On n'arrivait pas à te trouver et l'avion allait partir… alors je lui ai dit d'y aller seule. Elle ne voulait pas partir sans toi.

— Tu as bien fait de lui dire de partir sans moi, opina-t-elle en bâillant. Les chevaux devaient s'en aller. Il y a déjà eu suffisamment de morts et de destructions. Au moins, nous avons pu sauver qui nous pouvions.

— Je ne suis pas surpris de t'entendre dire « qui » pour parler des chevaux, releva Hawk. Mais on doit t'emmener voir un docteur et te ramener chez toi d'une manière ou d'une autre.

— Je vais bien. J'ai juste chaud et je suis fatiguée… et j'ai un peu faim, termina-t-elle avec un sourire.

— Ça ne m'étonne pas de toi.

Elle dut mobiliser toutes ses forces pour se tenir debout sur ses deux jambes. Elle comprenait le besoin de son frère de la tenir. Elle ressentait la même chose. Mais elle ne voulait pas être un fardeau pour ces hommes. Elle avait besoin d'eux maintenant. Elle n'avait aucun moyen de rentrer chez elle. L'avion grâce auquel elle avait prévu de rentrer aux États-Unis avait décollé sans elle, alors elle devait désormais prendre d'autres dispositions pour regagner son ranch d'une manière ou d'une autre. Et elle n'était vraiment pas ravie à l'idée de s'acheter un nouveau billet d'avion, car les vols n'étaient vraiment pas bon marché. En plus, comme il s'agissait d'une opération de sauvetage, les bénévoles n'avaient reçu aucune compensation financière. Tous étaient venus par leurs propres moyens, en sortant l'argent de leur propre poche. La compagnie aérienne pourrait lui trouver un siège dans un autre vol, mais d'ici à ce qu'elle puisse les contacter, elle ne pouvait pas savoir ce qu'on lui dirait.

— On n'a rien à manger avec nous ici, mais il reste largement de quoi te remplir l'estomac dans la cuisine de l'hacienda. On peut t'y ramener.

Elle fit une grimace.

— Je dois y retourner, car je présume que le reste de mes affaires est resté là-bas. Mais bon sang, ce n'est vraiment pas un endroit dans lequel j'ai envie de m'attarder plus que nécessaire.

Son regard passa d'un homme à l'autre avant qu'elle ne rouvre la bouche.

— S'il vous plaît, dites-moi que ces pauvres gens ont été ramassés et emmenés à la morgue.

— Les autorités n'étaient pas encore arrivées quand on est partis.

— C'est ce que je craignais, avoua-t-elle avec une grimace. Vous les avez appelées, non ?

— Bien sûr. Mais la ville la plus proche se situe à plusieurs heures de route et s'ils ont besoin de réunir une équipe avant de venir sur les lieux…

Hawk laissa sa phrase en suspens.

— Mais si les messages ou l'équipe envoyée sur les lieux ont été interceptés, alors personne ne viendra.

— Quelqu'un va forcément venir, objecta Mason. Maintenant, notre pays est impliqué dans cette affaire. L'hacienda sera probablement bondée de monde à notre retour.

Avec l'aide de son frère, elle rejoignit la camionnette.

— Où est-ce que tu as trouvé ça ? s'enquit-elle en luttant contre la faiblesse de son corps pour s'installer à l'intérieur.

Sa tête lui tourna et elle fut obligée de s'agripper à la portière.

Swede l'attrapa et la soutint le temps qu'elle prenne place sur la banquette avant.

— C'est la camionnette d'Isabella.

— Oh, souffla-t-elle d'une petite voix. Il y a eu tant de morts… et tout ça pour quoi ?

— Je ne suis pas encore certain qu'on le sache véritablement, répondit Hawk d'une voix dure.

Elle regarda autour d'elle et se rendit compte que les autres soldats étaient partis.

— Où sont-ils ? s'étonna-t-elle.

— Mason et Dane sont allés voir s'il y a eu des changements au camp des rebelles. Et Shadow est en train de faire le chemin en sens inverse jusqu'à l'hacienda pour s'assurer qu'on n'a pas été suivis en venant ici.

— Je suis désolée de vous avoir éloignés de votre mission initiale. Je peux rester avec Swede si tu veux retourner avec les autres, proposa-t-elle.

— Je vais rester dans le coin.

Hawk sauta sur le siège du conducteur et démarra le moteur du véhicule. Puis il tapota la jauge d'essence.

— Je pense qu'on en aura assez, commenta-t-il.

— Si on retourne directement à l'hacienda, oui, confirma Swede.

Le soldat prit place à côté de la portière du côté passager, et Eva se retrouva donc au milieu. Mais pour le moment, elle serait ravie de rester là, entre ces deux hommes. Elle était triste de ne pas pouvoir rentrer chez elle en compagnie des chevaux, mais étant donné l'endroit où elle se trouvait quelques heures plus tôt, elle était simplement heureuse d'être avec ces *SEAL*.

Elle soupira d'aise et se blottit instinctivement contre Swede en laissant tomber sa tête sur son épaule. Puis elle ferma les yeux.

Le sol inégal sur lequel ils roulaient l'empêchait de dormir. Mais savoir qu'elle était désormais en sécurité était un tel soulagement qu'elle voulait juste savourer ce sentiment. Un nid-de-poule particulièrement important fit basculer son corps vers l'avant. Swede tendit instinctivement le bras pour l'enrouler autour de ses épaules et la rapprocher de lui.

Ce n'était pas la première fois qu'il agissait ainsi avec elle. En fait, depuis qu'il l'avait rejointe à l'hacienda en prétendant être son petit ami, il avait eu ce genre de gestes envers elle.

— Merci, Hawk.

— Merci pour quoi ?

La voix de son frère avait été désinvolte, distraite. Probablement était-ce à cause de la chaussée accidentée. Il était concentré sur la route pour éviter que le véhicule ne soit pas trop secoué.

— D'avoir envoyé Swede pour me protéger, expliqua-t-elle.

Elle sentit l'épaule du concerné se raidir sous sa tête. Elle pouvait même sentir la tension vibrer dans tout son corps.

— Sauf que je n'ai pas vraiment réussi à te protéger, contesta-t-il.

— Si, tu as réussi. Plusieurs fois, même, le contredit-elle. Le fait qu'ils aient fini par me kidnapper n'a pas d'importance. En plus, tu m'as retrouvée.

— Tu parles ! La belle affaire…, grommela le grand homme d'une voix teintée d'ironie.

Elle rouvrit les yeux pour le regarder. Le visage tourné vers la fenêtre, il fixait le paysage qui défilait à l'extérieur. Un muscle de sa mâchoire se contractait avec toujours plus de violence.

— Hé, tu m'as retrouvée. C'est le plus important. Et c'est tout ce qui compte pour moi, alors merci.

Il baissa un regard dur vers elle et grogna. Après avoir prononcé un « de rien » du bout des lèvres, il se remit à regarder par la fenêtre.

Elle ne savait pas trop ce qui le contrariait ou le tracassait, mais n'insista pas. À la place, elle se tourna pour regarder son frère et remarqua l'amusement qui s'était peint sur les traits de son visage.

— Qu'est-ce qu'il y a de drôle ? lui lança-t-elle.

— Rien.

Elle soupira.

— OK.

— Hé, je suis passé par là moi aussi. Et je suis bien content de ne plus en être à ce stade.

Elle essaya de comprendre ce qu'il voulait dire, mais le sens de ses mots lui échappait. Elle ouvrit la bouche pour lui demander des explications quand Swede lui saisit l'épaule en guise d'avertissement.

Mécontente, elle se résigna à garder ses questions pour elle.

— D'accord, je me tais, capitula-t-elle à voix basse de sorte que seul Swede puisse l'entendre. Mais tu devras t'expliquer plus tard.

Les doigts du soldat serrèrent à nouveau son épaule puis la relâchèrent.

Elle prit cela pour un oui.

SWEDE N'ÉTAIT PAS sûr de savoir quoi dire à Hawk. Les rapports qu'il entretenait avec la sœur de son frère d'armes avaient changé sans qu'il ne s'y attende. Il ne savait pas exactement ce qui se passait entre lui et la jeune femme, ni où cela les mènerait. Elle ne semblait pas comprendre les problèmes qu'une relation amoureuse entre eux pouvait engendrer. Putain, cela commençait même déjà à créer des problèmes.

Mais il ne comptait pas faire machine arrière pour autant, ou en tout cas pas avant de savoir si tout cela était bien réel.

Eva avait toujours été présente en arrière-plan du paysage de sa vie. Il n'avait jamais ignoré ce fait. Elle avait envahi son esprit, comme pour lui rappeler avec insistance qu'elle n'attendait que lui.

— Alors, Swede, prêt pour tes jours de permission ? questionna Hawk, une pointe d'humour dans la voix.

— On n'en aura pas avant un moment, non ?

Même si cela n'aurait pas été de refus…

— Non, pas avant qu'on ait coincé les rebelles et fait toute la lumière sur cette affaire. Mais c'est toujours agréable de se projeter dans l'avenir et de planifier nos journées de repos, tu ne trouves pas ?

Où diable voulait-il en venir ? Et pourquoi lui parlait-il de cela ? Faisait-il référence à sa sœur ? Hawk allait forcément passer sa prochaine permission avec Mia. Il était impossible qu'il en soit autrement.

Alors, comment Swede allait-il réussir à obtenir la bénédiction de Hawk afin de pouvoir passer la sienne avec Eva ?

D'une manière ou d'une autre, ils allaient devoir discuter de tout cela en privé. C'était inévitable. Mais il n'avait pas hâte d'y être. Il n'était même pas sûr de savoir ce qu'il allait lui dire. Il n'avait pas encore toutes les réponses à ses propres questions.

Il n'avait pas eu le temps de creuser pour comprendre ce qui se passait entre eux. Et elle allait bientôt rentrer chez elle. Bien sûr, le ranch d'Eva n'était pas loin de sa maison, mais ils étaient quand même séparés par plusieurs heures de route. Hawk et Mia connaissaient la même problématique, même si celle-ci appartiendrait bientôt au passé étant donné qu'il était désormais question que Mia se rapproche de son bien-aimé. Ses tripes se tordaient à la seule pensée qu'Eva puisse se trouver loin de lui. Il ne pourrait pas vivre de cette façon. Les relations à distance étaient un véritable enfer. Pourtant, il pouvait difficilement la rapprocher de lui. Elle possédait des terres avec son frère, et des animaux qui avaient besoin d'elle. Elle vivait à la campagne, et lui à la base militaire. Autrement dit, ils étaient tout sauf compatibles. Il ne voulait pas quitter les *SEAL*, mais il ne pouvait pas non plus lui demander d'abandonner ses animaux. Ces deux choses étaient importantes pour eux.

Dans le cas de Tesla, la copine de Mason, le gouvernement la surveillait de près pour assurer sa protection et ne la lâchait pas d'une semelle. Elle pouvait travailler où elle voulait. La base était donc parfaite pour qu'elle puisse vivre tranquillement sa relation avec Mason. Hawk, quant à lui, essayait de convaincre Mia de venir vivre avec lui là-bas, et il semblait que cela allait bientôt se faire. Et Marielle, la compagne de Dane, logeait déjà à San Diego, donc c'était parfait. Il ne manquait plus que lui et Eva.

Il avait la tête dans les nuages à ses côtés. C'était à lui de faire des efforts pour rester dans la course et faire en sorte que leur relation évolue, pas à elle.

Il gémit et pencha la tête en arrière. Et encore une fois, le haut de son crâne racla le toit du véhicule. Il jura dans sa barbe.

— Tu t'es cogné la tête ? demanda Eva d'une voix endormie à côté de lui.

— Une fois de plus, oui. Mais ne t'inquiète pas, il en a l'habitude, déclara Hawk d'un ton taquin. Ce type n'est à sa place nulle part.

C'était tellement vrai. Il n'avait jamais eu autant l'impression de ne pas être à sa place qu'en ce moment-là. Et il détestait ça.

— Il est à sa place partout, répliqua vigoureusement Eva en se redressant en position assise. En plus, c'est un être exceptionnel, alors on doit être indulgent.

Hawk éclata de rire. Swede le fusilla du regard.

Mais cela ne fit qu'ajouter à l'hilarité de Hawk.

Swede s'enfonça autant qu'il le put dans son siège et regarda par la fenêtre.

— Tu devrais être plus gentil avec lui, Hawk, gronda Eva. C'est ton ami.

Son reproche eut pour seul effet de faire rire Hawk encore plus fort.

— Content que ça t'amuse, grommela Swede.

— Oh, oui, beaucoup. Je suis passé par là et je suis sacrément content d'être de l'autre côté maintenant.

— De l'autre côté de quoi ? voulut savoir Eva. Mais de quoi est-ce que tu parles ?

Swede regarda Eva se fâcher contre son frère. Tant mieux. Au moins, cela lui permettait d'avoir un moment de répit. Tant qu'elle s'énerverait contre Hawk, son attention serait détournée de lui. Il l'écouta avec amusement s'en prendre à son frère pour le défendre bec et ongles.

Sauf que cela avait l'effet inverse. Hawk était pris d'un fou rire incontrôlable à chaque nouvelle réprimande qu'elle lui faisait.

Il fallait que ça cesse.

— Tu perds ton temps, l'informa-t-il en la tirant sur ses genoux.

Mais elle était trop furieuse contre son frère pour l'entendre. Swede soupira et songea qu'il n'existait qu'un seul moyen de désamorcer la situation. Il attrapa son menton, scella sa bouche avec la sienne et l'embrassa longuement, profondément et passionnément.

Elle perdit toute combativité instantanément.

Et lui aussi.

Peu importe ce qui se passait entre eux. Pour lui, la bataille avait déjà été remportée.

Elle était à lui. Quoi qu'il arrive, ils allaient devoir faire en sorte que cela fonctionne entre eux. Parce qu'il n'allait pas la laisser partir.

Jamais.

Quand il releva la tête, elle s'effondra contre lui.

— Tu dois arrêter de faire ça, grogna-t-elle d'une voix où ne perçait aucune chaleur.

— Faire quoi ? s'enquit-il avec amusement.

— Me brouiller les méninges, marmonna-t-elle.

— Jamais.

Hawk ricana à ses côtés.

Swede arracha son regard de la femme effondrée dans ses bras pour le reporter sur son frère et meilleur ami, comme s'il s'attendait à recevoir son jugement, à affronter sa fureur, ou à entendre des mots qui témoigneraient de sa désapprobation.

Au lieu de cela, Hawk ne s'était pas départi de son sourire.

— Il était temps ! s'exclama-t-il.

Eva se redressa, ouvrit la bouche pour interroger son frère, mais Swede la ramena contre lui.

— Ça suffit, lui ordonna-t-il. Lâche l'affaire.

Elle le regarda en fronçant les sourcils.

— Depuis quand c'est toi le patron ?

Il sourit.

— Heureusement que j'aime les têtes chaudes, plaisanta-t-il d'une voix pleine d'humour.

CHAPITRE 21

ELLE SECOUA LA tête.

— Ce que tu dis n'a aucun sens.

Si elle devait être franche avec elle-même, ce qu'il disait avait bel et bien du sens. Mais elle ne le croyait pas vraiment. Et elle n'était pas sûre de vouloir de lui. En fait, si, elle le voulait, mais elle voulait tout ce qui allait avec, à savoir le mariage, une maison avec des murs blancs entourée d'une clôture, et des enfants. Elle se disait que si elle lui parlait de tout cela, il rentrerait à la base aussitôt et y resterait. Il avait peur de s'engager dans une relation amoureuse sérieuse, comme son frère.

Non, son frère avait été comme ça, mais ne l'était plus désormais. Et si Hawk avait changé, alors peut-être que Swede le pourrait aussi. Seulement, cette attirance qu'ils ressentaient l'un envers l'autre était déroutante.

Des coups violents ébranlèrent la camionnette.

Hawk appuya sur l'accélérateur, mais leur moyen de transport s'arrêta brusquement. Le moteur venait de rendre son dernier souffle. Elle serait tombée si Swede ne l'avait pas rattrapée. La seconde d'après, il était déjà à l'extérieur du véhicule, avec elle dans ses bras, et se mettait à courir vers les arbres.

Ce ne fut qu'à ce moment-là qu'elle réalisa que quelqu'un leur tirait dessus.

Elle jeta un coup d'œil par-dessus le dos de Swede. Son frère avait sorti son arme et ripostait en courant derrière eux.

Elle s'accrocha au cou de Swede, pétrifiée par la peur, tandis que son frère les suivait. Ils se précipitèrent dans la forêt, et elle fut plaquée contre un tronc. Swede se tenait au-dessus d'elle pour la protéger, un pistolet à la main. D'où l'avait-il sorti ? Elle frissonna lorsque de nouvelles balles fusèrent dans leur direction, puis Swede contre-attaqua en faisant feu à son tour.

— Hawk ? cria-t-elle. Où es-tu ?

— Je suis là, sœurette, ne t'inquiète pas, répondit-il à côté d'elle. Je vais bien.

— Oh, Dieu merci.

— Ne crie pas victoire trop vite, la prévint-il. Ils nous ont coincés en flinguant le moteur de notre camionnette.

— Peut-être pas, déclara Swede. J'en ai éliminé un, c'est sûr.

— Je sais que j'en ai aussi touché un, mais je ne pense pas que cela ait été suffisant pour le tuer.

— Ils vont probablement l'achever pour toi, avança Swede. Ils n'ont pas l'air d'être du genre à s'embêter à garder un homme qui n'est pas pleinement opérationnel.

— C'est vrai. Les soldats ne sont que des pions qui peuvent être sacrifiés. On les garde tant qu'ils peuvent se battre, mais s'ils ne le peuvent plus…

— À quelle distance sommes-nous de l'hacienda ? les coupa Eva. On ne doit plus en être très loin.

— Non, ce n'est pas très loin d'ici. Elle se trouve juste après la colline, mais le terrain est trop à découvert pour qu'on puisse espérer le traverser sans terminer criblés de balles.

— Nous ne savons pas combien ils sont. Sans compter

qu'ils peuvent faire appel à d'autres hommes au besoin, ajouta Hawk.

— Nous aussi. Nous avons Mason et Dane, rappela Eva. Et Shadow est là, quelque part.

Un unique coup de feu retentit dans l'air chaud de l'après-midi en produisant un bruit étrange.

— Qu'est-ce que c'était ? paniqua-t-elle.

— Eh bien, ça… c'était justement Shadow, lui apprit Swede avec beaucoup de satisfaction dans la voix.

Le visage d'Eva s'illumina de soulagement. Une deuxième détonation se fit entendre, suivie d'une rafale de coups de feu qui furent échangés à bonne distance de l'endroit où ils se trouvaient.

Puis le silence revint.

— Merde, il va bien ? s'inquiéta-t-elle.

— Connaissant Shadow, il était déjà loin au moment où les balles ont quitté le canon de l'arme.

— Peut-être, mais on ne peut pas rester caché ici éternellement. Il a eu beaucoup de chance jusqu'à présent.

— De la chance ? répéta Hawk d'une voix peinée, presque douloureuse. Dois-je encore te rappeler que nous sommes des *SEAL* ? La chance n'a rien à voir là-dedans.

Pour toute réponse, elle grogna.

Un cri d'oiseau résonna quelque part autour d'eux.

— Parfait. C'était Shadow.

— Alors, on n'est plus en danger ?

— Non. Il a éliminé les tireurs.

— Et s'il y en a d'autres dans le coin que vous n'avez pas repérés ? souleva-t-elle nerveusement.

Swede essaya de se reculer, mais elle attrapa sa main et le ramena contre elle.

— Non, ce n'est pas prudent.

Il lui tapota la main.

— Si Shadow dit que le danger est écarté, alors c'est que tout est sous contrôle, la rassura-t-il. On se fait confiance.

— Mais il en a peut-être manqué un. Tout le monde fait des erreurs.

Hawk et Swede la dévisagèrent avant de lever les yeux au ciel.

— Très bien. Dans ce cas, j'y vais la première, grogna-t-elle.

Et avant qu'ils ne puissent l'arrêter, elle sortit de leur cachette et s'avança à découvert.

Swede l'attrapa et la repoussa dans les buissons.

— Bah alors ? Je pensais que c'était sans danger, remarqua-t-elle sèchement.

Il lui lança un regard noir.

— C'est le cas. Mais il est hors de question que tu y ailles en premier.

Hawk rit.

— Ce n'est pas tout ça, mais il va falloir qu'on la mette en lieu sûr loin d'ici. Ensuite, on s'occupera de démanteler le camp des rebelles. Emmenons-la à l'hacienda. On la confiera aux autorités.

Eva était heureuse de sortir du couvert des arbres avec les hommes et avait même fait quelques pas en direction de l'hacienda lorsque les mots de son frère se frayèrent un chemin jusqu'à ses oreilles. Immédiatement, elle pivota pour lui faire face.

— Attends… quoi ?

Hawk grimaça.

— Eva…, l'avertit-il.

— Oh non, je ne crois pas, l'interrompit-elle en secouant la tête. Je ne vais pas te laisser me refiler toute cette merde et te barrer comme ça.

— Ce n'est pas ce que je voulais dire, s'agaça-t-il. Et tu le sais.

Elle le fusilla du regard.

— Dans ce cas, vers qui penses-tu que les autorités vont se tourner pour obtenir des réponses si tu n'es pas là ? Ils n'écouteront pas un traître mot de ce que je leur dirai. Ils me jetteront simplement en prison et me garderont enfermée jusqu'à ce que tout ce bordel soit réglé, cracha-t-elle alors que la tension montait en elle et teintait sa voix. Il est hors de question que vous me laissiez avec eux.

— S'il te plaît, Eva, sois raisonnable…, commença Swede.

Elle se retourna vers ce dernier et frappa sa poitrine de son index.

— Tais-toi. Ce n'est pas un bon plan. Putain, comment avez-vous pu ne serait-ce que penser que c'était une bonne idée ? Je suis toujours en danger et je ne peux pas me tourner vers les autorités parce que je ne sais pas ce qu'elles vont me faire. Je ne veux pas… que vous me laissiez seule avec ces gens…, gronda-t-elle en enfonçant à nouveau son doigt dans son torse.

Elle se mit sur la pointe des pieds pour le fusiller du regard.

— Et je ne veux pas avoir affaire à eux, termina-t-elle.

— Elle a raison. Ils vont essayer de la garder jusqu'à ce que le gouvernement américain tire toute cette affaire au clair.

— De toute façon, ça n'arrivera pas, asséna-t-elle en se retournant vers son frère. Est-ce que les autorités mexicaines savent que vous êtes ici ? Est-ce qu'elles sont au courant de ce que vous êtes venus faire ? Ou est-ce que c'est encore une mission spéciale top secret ?

— Bien sûr que c'est une mission spéciale trop secret, mais cela ne veut pas dire qu'on peut entrer dans un autre pays et faire ce qu'on veut sans prévenir les autorités du pays en question. Tous les pays discutent entre eux. On a des accords et on joint nos forces sur des opérations communes la plupart du temps.

— Mais cela ne signifie pas que la police locale est au courant de quoi que ce soit, n'est-ce pas ?

En voyant l'expression qu'il affichait, elle redressa les épaules et acheva de défendre son point de vue.

— Tu vois ? J'ai raison. Et je refuse d'être le pigeon qui essaiera de leur expliquer ce cauchemar.

LE REGARD DE Swede passa de Hawk à Eva, puis revint se poser sur Hawk.

— Elle a raison, déclara-t-il.

— Je me fiche qu'elle ait raison ou non, je ne vais pas impliquer ma sœur dans une opération aussi dangereuse.

— C'est déjà trop tard, grogna Eva.

Elle avait raison sur ce point.

— Allons à l'hacienda pour que je puisse rassembler mes affaires. Je dois au moins récupérer mon passeport afin de rentrer chez moi en toute sécurité.

Elle prit une grande inspiration avant de poursuivre.

— Ensuite, planquez-moi dans un endroit sûr et allez faire ce pour quoi vous êtes ici.

Il lui lança un regard noir.

— Ce n'est pas si facile.

Elle jeta un coup d'œil à la camionnette endommagée.

— Ça serait plus simple si j'avais un moyen de transport.

Comme ça, je pourrais conduire jusqu'à la ville la plus proche et prendre une chambre pour la nuit, proposa-t-elle avant de hausser les épaules et de prendre le chemin de l'hacienda d'un pas résolu. Quoi qu'il en soit, je dois récupérer mon portefeuille et mes papiers.

Ils pouvaient la faire rentrer aux États-Unis sans cela, mais son passeport leur simplifierait la tâche. Même si, compte tenu des circonstances, ils pouvaient s'en passer. Sa principale préoccupation était de la protéger. Le gouvernement mexicain pouvait être véreux, à n'importe quel niveau. Dieu seul savait si certaines personnes haut placées avaient été payées pour se livrer à des activités malhonnêtes et illégales ou simplement fermer les yeux. Les autorités n'étaient pas arrivées aussi vite qu'elles l'auraient dû à l'hacienda. Qui savait si ces policiers venus sur place n'allaient pas la tuer dès l'instant où ils la verraient ?

Et puis, sa remarque était pertinente. Comment allait-elle expliquer la présence des cadavres en passant la leur sous silence ? Si les policiers envoyés sur place n'étaient pas au courant de l'opération conjointe – ce qui était plus que probable – alors il était évident qu'ils se méfieraient d'elle et de tout ce qu'elle leur dirait.

Il la rattrapa et marcha à son niveau. Le mieux serait qu'ils prennent les affaires dont ils avaient besoin et qu'ils l'emmènent ensuite en ville jusqu'à ce qu'ils puissent revenir la chercher. S'ils ne revenaient pas, elle pourrait rentrer chez elle par ses propres moyens grâce à ses papiers.

Et s'ils revenaient, ils la ramèneraient avec eux, avec ou sans autorisation. Au point où il en était, il ne s'en souciait pas particulièrement.

Elle allait rentrer chez elle, et il allait s'assurer qu'elle y arrive saine et sauve.

CHAPITRE 22

ELLE FRANCHIT LA crête de la colline, plus épuisée et essoufflée qu'elle ne l'aurait cru possible. Elle forçait ses muscles à continuer de fonctionner malgré la fatigue et devait faire preuve d'une grande volonté pour avancer. Elle s'arrêta et regarda devant elle. Ils étaient de retour à l'hacienda. L'endroit avait l'air faussement inoffensif. Elle secoua la tête. Elle voulait rentrer à son ranch et ne plus jamais en repartir. Ce voyage s'était transformé en véritable cauchemar.

Le pâturage arrière n'avait pas changé. Il était identique par rapport à la dernière fois qu'elle l'avait vu. Suivie par les hommes qui marchaient tranquillement derrière elle, elle entra dans la première grange. La fraîcheur qui régnait à l'intérieur lui fit beaucoup de bien. Elle rattrapa ensuite Swede, qui l'avait légèrement devancée, et pénétra dans la deuxième grange.

— Où est-ce que vous les avez mis ?

— Là-dedans, répondit Swede en désignant une stalle devant eux.

Il se pencha par-dessus la porte du box pour regarder et se figea.

— Qu'est-ce qu'il y a ? s'inquiéta-t-elle.

Il se retourna et regarda autour de lui comme s'il essayait de retrouver ses repères.

— Ils ne sont plus là.

— Quoi ? Tu plaisantes, j'espère ? s'exclama Hawk.

Il inspecta une deuxième stalle et secoua la tête avant de courir rapidement d'un côté à l'autre de la grange en vérifiant chacun des box à chevaux.

— Il ne reste plus aucun signe d'eux ici, constata-t-il.

— Les autorités ont dû venir et repartir, avança Eva.

Les hommes la regardèrent, puis s'entre-regardèrent avant de se précipiter vers la maison principale. Elle s'élança à leur suite. Dans la cuisine, ils s'arrêtèrent et tendirent l'oreille, à l'affût du moindre bruit suspect.

Leur prudence agaça Eva. Sa patience s'étiolait. Elle avait envie de courir jusqu'à sa chambre, de prendre ses affaires et de s'enfuir loin d'ici. Elle avait vraiment hâte de rentrer chez elle.

Elle était fatiguée, avait mal partout et avait désespérément besoin de dormir. Sans compter que ses pieds la faisaient souffrir. Elle baissa les yeux sur les chaussures qu'elle portait. Celles-ci n'avaient pas été conçues pour une marche intensive dans la brousse. Sa course dans les bois les avait détruites. Et elle avait des ampoules sur les talons. Mais heureusement, elle était en vie et en sécurité. Ce n'était quand même pas quelques ampoules qui allaient la tuer.

PUTAIN ! OÙ étaient passés les corps ?

— Ils doivent bien être quelque part, déclara-t-il. À moins que, comme Eva l'a dit, ils aient été transportés ailleurs.

— C'est ce que j'espère, acquiesça Hawk.

Son coéquipier ouvrit la voie pour passer de la cuisine au salon, Swede sur ses talons. Ils ne virent personne. La maison semblait déserte. Swede se dirigea ensuite vers la porte d'entrée et jeta un coup d'œil par la fenêtre.

— Je ne vois aucun véhicule.

— Le fait qu'il n'y ait aucun véhicule dans la cour actuellement ne signifie pas qu'il n'y en a pas eu à un moment donné. Est-ce qu'ils auraient pu venir jusqu'ici puis repartir après avoir fait ce qu'ils avaient à faire pendant notre absence ?

Swede baissa les yeux sur sa montre.

— Si on avait été chez nous, aux États-Unis, je t'aurais répondu que c'était peu probable. Cet endroit aurait été bouclé et de nombreux représentants des forces de l'ordre auraient été déployés sur place compte tenu de l'importance de cette affaire.

— Mais on n'est pas chez nous et on ne sait même pas si les autorités sont passées ou si elles ne sont pas encore arrivées, souligna Hawk en regardant autour de lui. Où étaient étendues les victimes ?

Swede désigna les taches de sang sur le sol… ou du moins essaya-t-il. C'était un plancher en bois et à première vue, quelqu'un avait essayé de nettoyer le sang avec une sorte de vaporisateur. Les finitions en bois avaient encore l'air imprégnées d'humidité.

— Visiblement, quelqu'un essaie de faire croire qu'il ne s'est rien passé ici, nota-t-il.

— Comment ? Il y avait des corps ici et là, rétorqua Eva en tournant sur elle-même et en désignant plusieurs autres endroits. Mais tout a été nettoyé.

Swede retourna dans la cuisine.

— Le sang qui se trouvait là a aussi disparu, annonça-t-il.

Ils se regardèrent avec confusion.

— Je dois retrouver mon sac, s'écria soudain Eva. S'ils ont fait le ménage, ils ont peut-être touché à mes affaires. Peut-être même qu'ils les ont emportées avec eux !

Elle se précipita vers l'étage, les hommes sur ses talons. Tout en la suivant, ceux-ci continuèrent de parler de la disparition des cadavres.

— Plus aucun sang n'était visible dans la stalle non plus, signala Hawk à Swede.

— Il leur a sûrement été assez facile de mettre de la paille fraîche à la place de l'ancienne et de faire disparaître l'ancienne en l'emportant avec eux. Encore quelques semaines, et la poussière de la région aura recouvert les dernières traces de sang et les aura rendues totalement invisibles de toute façon.

— La paille est utilisée spécifiquement pour absorber ce genre de choses, donc si une petite quantité de sang est passée au travers, il y a peu de chances qu'elle ait atteint le sol de la stalle.

— En plus, c'était un sol en terre battue, et non des planches en bois.

— Donc, il ne devait pas y avoir grand-chose à nettoyer.

Swede s'arrêta devant la porte ouverte de la chambre où avait dormi Eva et la laissa passer devant lui. La jeune femme se précipita à l'intérieur.

— Il faut qu'on prenne des nouvelles des femmes qui sont parties, glissa-t-il à Hawk à voix basse.

— Je m'en occupe, opina Hawk en s'éloignant de plusieurs pas pour passer quelques appels.

Swede reporta son attention sur Eva.

— Ton sac est là ? l'interrogea-t-il.

— Mon pull n'est plus là. Et mon passeport…

Elle souleva le matelas et plongea la main dans la poche

inférieure du drap.

— C'est bon, il est encore là ! s'exclama-t-elle en sortant son portefeuille qui possédait une poche latérale assez grande pour contenir son passeport.

— Ils ne l'ont pas trouvé. Bien joué, la félicita-t-il d'un ton admiratif.

— Mais le reste de mes vêtements et mon sac de voyage ont disparu, soupira-t-elle en regardant autour d'elle.

— Tu avais caché ton sac à main ? Pourquoi ?

Elle sourit.

— Hawk m'a appris à ne jamais accorder ma confiance trop rapidement. Comme nous avions des journées de folie, je ne voulais pas que quelqu'un prenne ma carte d'identité pendant que j'étais occupée ailleurs et s'enfuie avec.

— Tu as bien fait, approuva-t-il en hochant la tête. Mais tu es sûre que tes vêtements et ton sac…

— Ils ne sont pas là, le coupa-t-elle.

Elle claqua la porte puis retourna vers le placard qu'elle avait déjà vérifié. Elle se retourna, regarda le lit simple et se laissa tomber par terre.

— Quelqu'un a essayé d'effacer le fait que j'étais ici.

— Et le fait que quelque chose de grave était arrivé, ajouta-t-il.

Elle se frotta le front.

— Qu'est-ce qui se passe, bon sang ?

— Je ne sais pas. Mais on va le découvrir, lui promit-il avant de lui faire signe de sortir. En attendant, pendant que Hawk termine de passer ses appels, on devrait aller inspecter les autres pièces pour s'assurer qu'on n'a pas simplement déplacé tes affaires dans une autre chambre.

Ensemble, ils fouillèrent chacune des autres chambres une par une.

— Elles sont toutes vides.

— Allons inspecter la chambre d'Isabella, proposa Eva en se retournant pour regarder Swede. Et celle de Lena également. Ce qu'on y trouvera nous permettra sûrement d'obtenir des réponses à certaines de nos questions.

Après avoir rejoint Hawk et l'avoir informé de leurs intentions, ils redescendirent tous les trois au rez-de-chaussée. Swede avait envoyé un message aux autres pour les prévenir de ce qu'ils avaient trouvé. Quelqu'un devait sûrement détenir les réponses à leurs questions.

Une fois dans la chambre d'Isabella, ils réalisèrent qu'ils ne trouveraient aucune réponse ici.

La pièce avait été vidée et nettoyée. Même la literie avait été retirée.

Alors qu'une horrible pensée était en train de prendre forme dans son esprit, Swede entreprit de fouiller la chambre. Mais ceux qui les avaient précédés n'avaient rien laissé derrière eux.

— Pourquoi n'y a-t-il plus rien ? questionna Eva.

— Parce qu'ils ne voulaient pas que la présence des corps de ces hommes soulève des questions, notamment sur leur provenance, répondit-il doucement.

Elle secoua la tête, visiblement confuse.

Il ne pouvait pas lui en vouloir, et la comprenait d'ailleurs. Toute cette affaire était vraiment très étrange.

Hawk entra dans la pièce.

— Apparemment, vous avez beaucoup communiqué à propos de ce sauvetage ? lança-t-il en haussant un sourcil en direction d'Eva.

Elle hocha la tête.

— Un peu, c'est sûr. On n'en a pas fait des tonnes, car Isabella n'était pas trop d'accord avec ça. Alors, on a essayé de ne pas en faire trop, expliqua-t-elle en souriant à ce souvenir. Isabella était assez contrariée quand elle a appris que Janice avait organisé une conférence de presse avec les médias. Il me semble qu'elle avait prévu de la faire juste après avoir atterri sur le sol américain.

— En tout cas, les chevaux sont arrivés sains et saufs.

— Oh, génial ! s'enthousiasma Eva dont les lèvres s'étirèrent d'un grand sourire.

— Mais les femmes qui étaient ici avec toi…, continua son frère avant de prendre une profonde inspiration. Elles sont à l'hôpital.

Elle écarquilla les yeux et posa une main sur sa poitrine, horrifiée.

— Mais elles auraient dû être en sécurité, balbutia-t-elle. Elles étaient rentrées aux États-Unis.

— La mère et la fille ont eu un accident de voiture.

Eva le fixa, sous le choc.

— Ce n'était pas un accident, chuchota-t-elle. Quelqu'un a essayé de les tuer.

— Peut-être, acquiesça Swede.

Il n'était pas surpris par cette nouvelle. Il avait justement craint que l'hacienda soit nettoyée de fond en comble pendant leur absence. Ceux qui avaient effacé les preuves avaient sûrement voulu faire disparaître les témoins également.

— Et April ? Tu as des nouvelles d'elle ? s'enquit Swede à l'attention de Hawk.

— Elle ne m'a pas encore répondu. Mais j'ai mis quelqu'un sur le coup. Il essaie actuellement de la retrouver.

Eva s'effondra sur le lit. De grosses larmes coulaient sur ses joues.

— Qui sont ces gens ? Que font-ils ici ? demanda-t-elle

en agitant la main pour désigner la pièce vide. Rien de tout ça n'a de sens.

— Ça en a si cet endroit était un bastion rebelle et qu'Isabella a dépassé les limites de l'accord qu'ils avaient conclu. Ou peut-être qu'ils ont simplement décidé d'établir leur nouveau quartier général ici même.

Le téléphone de Hawk sonna. Il le sortit et lut le message qu'il venait de recevoir.

— Mason dit que la propriété n'est pas au nom d'Isabella. En fait, personne ne sait vraiment qui était cette femme.

CHAPITRE 23

C'EN ÉTAIT TROP pour Eva qui essayait de comprendre ce qu'on lui disait.

— L'hacienda n'était donc pas à elle ? Les ouvriers ne travaillaient pas pour elle ? questionna-t-elle.

— Je pense qu'elle appartient à quelqu'un de haut placé dans la hiérarchie du clan des rebelles. Isabella avait probablement de la famille parmi eux et faisait partie de la façade qu'ils avaient élaborée pour passer sous silence ce qui se passe en arrière-plan.

Hawk grogna.

— Peut-être qu'elle n'avait rien à voir avec eux. Cela pourrait tout aussi bien être une simple attaque terroriste qu'ils ont lancée contre elle lorsqu'ils ont réalisé qu'elle leur posait problème.

— Isabella ne voulait pas de publicité. Mais en accueillant tous ces étrangers sur sa propriété, il y a des chances qu'elle ait signé son propre arrêt de mort sans s'en rendre compte, réfléchit Hawk avant de baisser les yeux sur son téléphone portable. On n'a que peu d'éléments sur son passé, mais il se pourrait que la bonne âme en elle ait pensé que le jeu en valait la chandelle. Elle s'est dit qu'elle pourrait peut-être sauver ces chevaux sans que personne ne le remarque. Ou bien, elle a pensé que cela n'aurait pas d'importance aux yeux des rebelles. Ou alors, elle s'en fichait. Compte tenu de ses problèmes de santé, c'était peut-être sa façon de faire un pied de nez aux rebelles.

— April avait un avis encore différent sur la question, ajouta Swede en mettant Eva au courant de la conversation qu'il avait eue avec son amie.

— Et Lena ? Est-ce que quelqu'un l'a retrouvée ? voulut savoir Eva avant de secouer la tête. Je n'ose imaginer ce que cette pauvre Isabella a dû traverser.

— C'est un tout autre problème, souligna Swede en lui tendant la main. Allons jeter un coup d'œil aux autres pièces pour nous assurer qu'elles sont dans le même état que la chambre d'Isabella. Puis je suggère qu'on prenne ma camionnette et qu'on se rende dans la ville la plus proche.

— Lena a appelé la police, ou du moins elle était censée le faire, se corrigea Eva. Je me souviens de son état ce matin, quand elle nous a apporté le café après que les cadavres avaient été déplacés vers la stalle. Elle avait l'air épuisée, mais toujours aussi paniquée.

— C'est logique. Elle est impliquée dans toute cette affaire, que ce soit volontairement ou involontairement. Quoi qu'il en soit, elle a fait en sorte de toutes vous garder ici, dans le calme, probablement jusqu'à ce qu'on lui donne d'autres ordres.

— Mais pourquoi ?

— Pour le moment, on ne peut que faire des suppositions, mais tu restes une femme célibataire, autrement dit une proie facile. Tu étais aussi la seule personne qui aurait pu leur permettre d'obtenir des informations sur les trois autres femmes qui sont parties ce matin avec les chevaux restants. Le fait qu'ils aient déjà pu retrouver et attaquer Janice et sa fille signifie qu'ils ont trouvé des informations sur ton lieu de résidence dans les papiers d'Isabella.

Arrivés devant la chambre de Lena, ils ouvrirent la porte et tombèrent sur un décor totalement différent du reste de la maison. La pièce était entièrement meublée et habitée. Les vêtements rangés dans l'armoire et les touches personnelles qui l'habillaient en témoignaient.

— Donc elle est toujours là, constata Eva. Comment ça se fait ?

— Je suppose qu'elle est de mèche avec les rebelles et qu'elle pourra loger ici tant qu'ils auront besoin d'elle. Et elle les aidera à perpétuer cette mascarade une fois qu'ils auront remplacé Isabella.

— C'est beaucoup trop tiré par les cheveux ! s'exclama Eva. Ce n'est pas possible.

— On n'a pas encore toutes les réponses, mais on ne peut pas rester ici, au cas où ils reviendraient.

Il jeta un coup d'œil autour de lui. Rien ne semblait échapper à son regard aiguisé.

— Je serais plus qu'heureuse quand je verrai cet endroit s'éloigner dans le rétroviseur, opina-t-elle.

La vue de tous ces cadavres l'avait ébranlée, mais savoir qu'ils avaient été enlevés et que l'hacienda avait été nettoyée pendant leur absence était plus que flippant.

Elle ne voulait plus rien avoir à faire avec cet endroit.

Mais elle voulait connaître la vérité au sujet d'Isabella. Elle voulait savoir ce qui avait vraiment conduit les rebelles à la tuer.

— Vous pensez qu'ils l'ont enterrée ici ? s'enquit-elle.

Swede haussa les épaules.

— Ils l'ont probablement enterrée au milieu de nulle part pour qu'on ne retrouve pas les cadavres facilement.

— Donc ils l'auraient enterrée, et pas juste jetée en pâture aux animaux en espérant qu'ils se chargent de faire disparaître son cadavre ? questionna-t-elle d'une toute petite voix.

— Il n'y a aucun moyen de le savoir à ce stade. Ils n'avaient pas beaucoup de temps et pas beaucoup matériel à leur disposition, rappela Hawk. Donc leurs options étaient limitées.

Elle déglutit.

— Est-ce qu'on peut partir maintenant ? demanda-t-elle en enroulant ses bras autour de sa poitrine et en essayant de se réchauffer du froid glacial qui commençait à envahir ses entrailles. S'il vous plaît.

— Oui, il est temps d'y aller.

— Quelqu'un approche.

— Je vais aller voir, se proposa Swede en hochant la tête.

— Bien, approuva Hawk avant de tendre la main à Eva. Allez, viens. On va t'emmener loin d'ici.

Elle était tout à fait d'accord avec cette idée. Et le plus tôt serait le mieux. Plus vite ils seraient partis, plus vite elle se sentirait mieux. Elle voulait quitter cet endroit, maintenant.

Sauf qu'ils ne s'en allaient pas assez rapidement à son goût. Apparemment, cela n'était pas aussi facile qu'elle le pensait. Ils ne pouvaient pas partir sur les chapeaux de roues, en désertant les lieux sans précautions préalables. Alors, elle prenait son mal en patience et attendait au centre de l'hacienda en compagnie de son frère pendant que Swede était parti voir qui était le nouvel arrivant.

— C'est sûrement Mason, la rassura-t-il. Ne t'inquiète pas.

Elle hocha la tête.

— D'accord. Alors, qu'est-ce qui prend autant de temps ? Pourquoi est-ce qu'on est encore là ?

Au même moment, des voix se firent entendre près du

portail de la propriété. Elle reconnut la voix de Swede, ainsi que celle de Shadow, suivie de celle de Mason.

— Dane n'est pas là ? remarqua-t-elle.

— Il est de garde. Nous faisons toujours en sorte que l'un d'entre nous surveille les environs en permanence. Toujours.

Tant mieux. Le fait que l'un de ces soldats surentraînés était actuellement en train d'assurer leurs arrières et de veiller sur eux lui permettait de se sentir un peu plus en sécurité. Jusqu'à ce que toute cette merde soit terminée, elle était plus sereine en sachant que quelqu'un surveillait les environs. Swede apparut au coin de la maison, la vit et lui sourit d'un air rassurant.

Après l'avoir rejointe, il passa un bras autour de ses épaules et la serra contre lui.

— Allons-y, sourit-il.

— J'aimerais tant avoir mes vêtements avec moi, soupira-t-elle en serrant son portefeuille dans sa main.

— On t'en trouvera d'autres une fois qu'on sera en ville.

Elle acquiesça et le laissa l'emmener à l'extérieur de l'hacienda.

— Est-ce qu'on pourra en profiter pour manger quelque chose ?

— Pourquoi pas juste après avoir fait les magasins ? proposa-t-il.

— Ça me convient comme programme.

Après être sorti de la propriété, il l'accompagna jusqu'au côté passager de la grande camionnette qu'il avait conduite pour venir à l'hacienda et l'aida à monter à l'avant du véhicule. Il resta debout à côté d'elle quelques secondes supplémentaires, le temps qu'elle attache sa ceinture. Ce ne fut qu'après qu'elle fut correctement installée qu'il ferma la portière, l'enfermant ainsi à l'intérieur.

Elle s'enfonça dans la banquette et attendit que les autres montent. Mason était déjà assis derrière le volant, alors que Swede était encore dehors.

— Il ne vient pas avec nous ? s'étonna-t-elle soudainement en réalisant que Swede ne rentrait toujours pas dans le véhicule et était même en train de s'éloigner.

— Si, il va venir avec nous. Mais d'abord, il fait une dernière fois le tour de l'hacienda.

Soulagée, elle expira lentement le souffle qu'elle avait retenu. *Dieu merci.* Elle ne voulait pas le laisser derrière elle. Elle se détendit sur son siège.

— J'espère qu'il ne sera pas long, marmonna-t-elle. Je commence vraiment à penser qu'on ferait mieux d'aller manger avant de faire les magasins.

— Tu as faim ?

— Oui, je meurs de faim, rit-elle. Je suis aussi fatiguée. Et j'ai désespérément besoin d'une douche.

— Ne t'en fais pas, tu pourras à la fois manger, dormir et te laver.

— Parfait, chuchota-t-elle en fermant les yeux. Dans ce cas, réveille-moi quand on y sera.

Il éclata de rire.

— Compte sur moi !

SWEDE FINIT SON tour de l'hacienda et récupéra en chemin Dane et Shadow. Ils retournèrent à la camionnette dans laquelle les autres les attendaient. Après un signe de tête de sa part, ils s'approchèrent et ouvrirent les portières. Swede regarda le siège avant et trouva Eva endormie. Il tourna la tête vers Mason.

— Depuis combien de temps est-ce qu'elle dort ?

— Presque depuis que tu es parti. Elle était contrariée lorsque tu es retourné à l'intérieur du bâtiment, lui confia-t-il en souriant. On dirait bien qu'un autre *SEAL* est tombé !

Swede l'ignora. Dane rit.

— Du moins, on dirait bien qu'*elle* est tombée. Mais n'en suis pas aussi sûr pour le bonhomme ici présent, commenta-t-il.

Sans prêter attention à leurs commentaires, Swede se pencha, détacha la ceinture de sécurité d'Eva et la souleva pour la faire glisser sur le siège. Il prit place à côté d'elle.

— Swede, murmura-t-elle.

— Chut. Rendors-toi.

Elle se blottit contre ses épaules sans avoir l'air de se réveiller. Il termina de s'installer. Le regard rivé droit devant lui, il attendait que Mason démarre la camionnette.

Mais en entendant le ricanement à côté de lui, il tourna la tête pour regarder Mason.

— Quoi ? aboya-t-il.

Eva s'agita contre lui et murmura quelque chose d'inintelligible, probablement tirée de sa quiétude par son ton tranchant.

— Ce n'est rien, chuchota-t-il en lui caressant la joue. Dors.

Elle poussa un gros soupir, puis les traits de son visage se détendirent.

Swede remarqua le large sourire qui étirait les lèvres de Mason. Il lui jeta un regard noir.

— C'est quoi ton problème ?

— Rien. Je n'ai aucun problème, répondit son camarade avant de ricaner et de tourner la clé du contact.

Avec Eva en plus dans la camionnette, l'habitacle était

rempli. En fait, ils étaient trop serrés. Il se sentait à l'étroit et peinait à respirer. Il ouvrit la vitre et prit plusieurs grandes inspirations. Eva dormit pendant toute la durée du voyage. Les kilomètres défilaient dans une suite ininterrompue de paysages désolés.

Il savait qu'il serait de retour à l'hacienda dans quelques heures. Cela allait être difficile de laisser Eva dans une chambre d'hôtel. Mais ils devaient s'occuper de leur mission. Elle devrait être en sécurité dans le motel qu'ils avaient choisi, le temps qu'ils reviennent la chercher. Personne ne la connaissait. Personne ne saurait où elle se trouvait. Il n'avait aucune raison de suspecter un acte criminel visant Eva pendant leur absence. Et l'autre bonne nouvelle, c'était qu'April avait été retrouvée et qu'elle allait bien. Elle n'avait pas rencontré de problème sur le chemin du retour. Bien sûr, elle avait été ravie et soulagée d'apprendre qu'Eva avait été retrouvée vivante et en bonne santé.

Maintenant, si seulement il pouvait faire en sorte qu'elle le reste.

CHAPITRE 24

E VA REGARDA SWEDE vérifier rapidement les alentours, déverrouiller la chambre du motel et y pénétrer. Il inspecta rapidement la pièce, puis lui fit signe d'entrer. Elle ne put s'empêcher de jeter un long coup d'œil au grand parking et aux haies qui bordaient les deux côtés du motel avant de le suivre à l'intérieur.

— Tu seras bien ici jusqu'à notre retour, lui affirma-t-il.

Bien sûr qu'elle le serait. Mais ce n'était pas son choix. Elle aurait préféré prendre sa famille de *SEAL* et rentrer chez elle. Sauf que rester cachée ici n'était pas une option.

— Oui, je serai bien ici, opina-t-elle en jetant son portefeuille sur la petite commode.

Un étrange silence suivit. Elle lui jeta un regard oblique. Il l'étudiait avec un regard doux. Elle soupira. Que ce grand homme puisse la faire fondre si facilement, juste en étant lui-même, la sidérait toujours autant. Et cela en disait long sur la profondeur de ses propres sentiments. Des sentiments qu'elle n'avait jamais reconnus auparavant…

— Je serai bien ici, répéta-t-elle d'une voix plus ferme. Ça va aller.

Plus vite il partirait s'occuper de ce qu'il avait à faire, plus vite il pourrait revenir la chercher afin qu'ils puissent tous rentrer chez eux.

Elle se déplaça, s'assit sur le lit et lui désigna la porte.

— Vas-y, insista-t-elle.

Cependant, sa voix trembla. *Merde.* Elle était plus forte que ça. Mais elle ne voulait pas qu'il parte. Elle ne voulait pas rester seule, encore moins en compagnie de ses souvenirs, de ses peurs et de ses émotions instables. Elle voulait retrouver les bases solides sur lesquelles reposait son existence avant ce foutu voyage au Mexique. Elle désirait un point d'ancrage qui lui permettrait de savoir qui elle était et où elle en était dans la vie. Ce n'était peut-être pas la vie qu'elle avait espérée, mais c'était tout ce qu'elle connaissait et avait. Si elle avait aspiré à plus… eh bien, certains des rêves qu'elle nourrissait par le passé lui semblaient un peu stupides maintenant. Il n'y avait rien de tel que d'affronter la possibilité immédiate de sa propre mort pour se remettre les idées en place et envisager sa vie autrement, en se questionnant sur la façon dont on a vécu jusqu'à présent et ce qu'on a laissé passer.

Un de ces souhaits qu'elle avait désiré voir exaucé et qu'elle avait fini par abandonner se trouvait devant elle. Elle observa le lit sur lequel elle était assise. Ils n'étaient que tous les deux, ici et maintenant. Il lui avait montré l'intérêt qu'il ressentait pour elle. Il était impossible de se tromper là-dessus tant l'attirance du soldat pour elle était évidente. Mais ce n'était pas le bon moment pour franchir une étape aussi importante dans leur relation. D'ailleurs, était-elle prête à aller plus loin avec lui ? Elle avait encore des doutes, et de nombreuses questions restaient sans réponses.

Le téléphone de Swede sonna pour indiquer un appel entrant. Il répondit. Elle écouta la conversation d'une oreille distraite. D'après ce qu'elle comprenait, quelque chose d'inattendu s'était produit. Après avoir raccroché et rangé son téléphone, il se dirigea vers elle.

— Les gars ont reçu un tuyau sur un possible informateur, annonça-t-il. Ils sont partis vérifier. Ils reviendront me chercher après.

— Tout ce qui peut aider à résoudre ce cauchemar est le bienvenu.

Puis elle réalisa que l'occasion était parfaite pour régler leurs propres différends.

— Ces filles… la dernière fois que tu es rentré avec Hawk…

— C'étaient de bonnes amies à moi, la coupa-t-il sans chercher à faire semblant de ne pas avoir compris de quoi elle parlait. Elles avaient une relation ensemble, mais n'étaient pas à l'aise avec les étrangers.

Des lesbiennes ? Eva enregistra cette information et la compara à ses souvenirs de ce jour-là en se concentrant notamment sur les deux femmes qu'elle avait vues au bras de Swede. Non, au bras de Swede, mais aussi au bras l'une de l'autre. Elles n'avaient pas exposé ouvertement leurs sentiments. Et comme le *SEAL* avait été au milieu de leurs interactions, il avait été facile pour Eva de se méprendre.

— Je suis désolée qu'elles aient ressenti le besoin de cacher leur relation.

— Elles ne te connaissaient pas, c'est tout, répliqua-t-il avec bonhomie. En fait, c'est peu de temps après que j'ai moi-même effectué quelques changements de mon côté.

Il s'assit sur le lit à côté d'elle et se laissa tomber en arrière. Il croisa ses bras sur sa poitrine et ferma les yeux comme s'il s'apprêtait à faire une sieste.

— Tu ne vas quand même pas t'endormir juste après m'avoir dit un truc pareil ! s'exclama-t-elle. Quels sont ces changements dont tu parles ?

Un petit sourire se dessina sur les lèvres du soldat puis

disparut lorsqu'il rouvrit les yeux pour l'observer.

— J'ai arrêté de fréquenter des femmes, lâcha-t-il.

Le silence s'abattit sur eux. Elle se pencha plus près de lui et le fixa.

— Tu as arrêté ?

Il hocha la tête.

— Tu veux dire… complètement ? demanda-t-elle, incrédule. Depuis quoi… un an ?

— Dix-huit mois, en fait.

— Et tu n'as pas eu…

Elle se tut et rougit en songeant qu'elle avait failli lui demander s'il avait eu des relations sexuelles depuis lors. Ce n'était pas ses affaires. Mais à l'intérieur d'elle-même, c'était une tout autre histoire. Des picotements avaient assailli ses orteils et son cœur se gonflait de joie.

— Attends… Pourquoi ? reprit-elle.

— Parce que je ne trouvais pas ce que je voulais.

Les mots étaient assez anodins. Un million d'autres questions se bousculaient dans son esprit, mais ce fut la lueur sérieuse qui brillait dans son regard qui fit battre son cœur plus fort. Elle ouvrit la bouche, puis la referma. Elle savait que ce moment était important, et même plus. Il était capital. Bien que son esprit soit toujours bloqué sur sa déclaration précédente, elle força les mots à sortir de sa bouche.

— Qu'est-ce que tu voulais ? souffla-t-elle.

Il tendit la main et saisit doucement son menton entre ses doigts.

— Toi.

Les yeux écarquillés par le choc et l'espoir qui venaient de l'envahir, elle dévisagea cet homme costaud qui pouvait avoir tout ce qu'il voulait dans le monde, y compris n'importe qui… et qui, apparemment, la voulait, *elle*.

Mon Dieu. Elle espérait qu'il pensait sincèrement ce qu'il disait.

Il la tira sur lui, puis roula sur le matelas de manière à se retrouver au-dessus d'elle.

Ils se regardèrent dans les yeux pendant un long moment avant qu'il ne baisse lentement, très lentement la tête vers la sienne.

Et il l'embrassa.

IL NE DEVRAIT pas céder à ce que son cœur lui criait. Pas maintenant. Il n'avait pas le temps de faire ça correctement. Les choses n'étaient pas encore totalement réglées entre eux. Mais il avait besoin d'elle. Il la désirait depuis si longtemps. Et s'il ne saisissait pas sa chance dès maintenant, il ne savait pas quand une autre occasion se présenterait.

Elle l'avait toujours repoussé… jusqu'à maintenant. Et désormais, elle lui répondait avec cette même passion qui l'avait lui-même déjà mis à genoux.

Il ne pourrait jamais en avoir assez.

Brusquement, il réalisa que sa main était passée sous la chemise de la jeune femme et que sa bouche se déplaçait le long de la courbe intérieure de son cou. La prise de conscience fut trop rapide, trop soudaine. Il essaya de se reculer malgré les protestations de son érection.

Elle se redressa et passa ses bras autour de son cou pour le retenir.

— Non, l'arrêta-t-elle.

Il ferma les yeux et laissa sa tête reposer sur la poitrine d'Eva.

— Désolé, chuchota-t-il d'une voix tremblante alors

qu'il essayait de calmer les ardeurs de son corps. Je ne voulais pas perdre le contrôle.

Il respirait par à-coups.

— Non, ce n'est pas ça. Je ne voulais pas que tu arrêtes, le détrompa-t-elle en le tirant vers elle. Ne t'éloigne pas… S'il te plaît, ne me rejette pas.

— Seigneur. Jamais je ne te rejetterai.

Il lui offrit le baiser le plus doux et le plus attentionné de sa vie. Quand il releva la tête, il constata que les yeux d'Eva étaient brillants, humides. S'agissait-il de larmes ? Il la regarda d'un air inquiet.

— Tu es sûre de toi ? voulut-il s'assurer en s'appuyant sur ses coudes pour la regarder.

Son cœur battait la chamade. Il priait pour qu'elle soit vraiment sûre d'elle.

— Oui, je suis sûre, confirma-t-elle dans un murmure en lui offrant un sourire à couper le souffle.

Le cœur en surchauffe, il l'embrassa légèrement, avec envie, en incitant ses lèvres à s'ouvrir pour le laisser entrer. Il l'embrassa profondément et longuement, déversant ses sentiments dans ce baiser. Ses hanches se balançaient doucement contre le bassin de la jeune femme. Le va-et-vient de ses hanches à elle le rendait fou.

— Tu es tellement réceptive, grogna-t-il. Dieu que j'aime ça.

Les lèvres de Swede parcoururent ses joues, ses paupières et ses tempes. Puis elles passèrent sur son oreille avant de descendre plus bas. Il essaya de se calmer, de ralentir et de savourer le moment, mais ça faisait longtemps, trop longtemps.

— Fais-moi l'amour, Swede. Fais-moi l'amour maintenant. S'il te plaît.

Et il fit de son mieux pour la satisfaire.

Il essaya d'y aller en douceur. Sauf qu'elle ne semblait pas du même avis que lui. Il essaya d'enlever les vêtements d'Eva un par un pour savourer l'expérience, mais elle ne le laissa pas faire, sauta du lit et se déshabilla jusqu'à ce que sa peau magnifique, qu'il voulait désespérément toucher et goûter, soit visible. Il essaya d'attiser lentement la flamme qui brûlait en elle, mais elle était déjà en feu et n'attendait plus que lui. Il tenta d'attraper ses mains afin de pouvoir garder le contrôle et découvrit qu'en réalité, il ne l'avait jamais eu. C'était elle qui menait la danse depuis le début.

Il grogna quand les mains d'Eva se refermèrent autour de son érection et cria quand sa bouche se posa sur sa peau. Et il gémit de joie quand elle le fit rouler sur le dos et monta sur lui. *Mon Dieu.* Comment avait-il pu vivre sans elle jusqu'à présent ?

Quand elle s'abaissa sur son membre tendu et le laissa s'enfoncer entre ses cuisses, il crut mourir et monter au ciel.

Du moins, jusqu'à ce qu'elle bouge. Il était allongé sous elle, nageant dans la béatitude, tandis qu'elle imposait un rythme qui le rendait fou. Il devait mobiliser toute sa volonté pour lui laisser le contrôle, pour se maintenir sur la crête du plaisir sans basculer de l'autre côté trop rapidement. Chaque chose était censée arriver en son temps. Et il se délectait de l'instant présent.

Mon Dieu. C'était tellement dur de résister. Son orgasme criait pour être libéré, mais il voulait que cela ne se termine jamais, que ce moment dure pour l'éternité. Il était pris dans les limbes du plaisir.

Elle passa ses mains sur sa poitrine, en glissant doucement ses ongles sur sa peau. Il glissa ses propres mains sur ses côtes, les balada sur son ventre, descendit jusqu'à ses hanches et les agrippa pour accompagner ses mouvements. Elle enfonça ses ongles dans sa peau, ajoutant de la douleur au plaisir et le rendant d'une certaine manière encore plus corsé.

Elle se pencha en avant et embrassa sa clavicule, ses tétons, mordilla sa peau de ses dents pointues, le faisant frissonner de plaisir.

Puis elle se rassit sur son bassin, le souffle court, et continua à le chevaucher avec expertise. Ses mouvements gracieux étaient ceux d'une personne née pour se tenir sur une selle. Ils se firent plus en plus rapides, de plus en plus forts. Ses doigts tenaient fermement les hanches de la jeune femme, et les mains de cette dernière étaient appuyées contre sa poitrine.

Avec un halètement rauque, elle arqua le dos, et un long cri envahit la pièce, témoignant de sa libération.

Il se redressa, la serra contre lui et la retourna sur le dos. Il s'enfonça jusqu'à la garde en elle, encore et encore. La libération l'attendait également. Elle était juste là… si proche… Il y était presque…

Un son guttural rauque s'échappa de sa gorge et il s'effondra à côté d'elle.

Mais il ne voulait pas la laisser partir. Il ne pouvait pas. Il l'attira près de son cœur et la serra dans ses bras. Ensuite, et seulement ensuite, il ferma les yeux. Mais pas pour dormir.

Il ne voulait pas manquer une seule seconde de ce moment passé avec elle. Ils avaient besoin de parler. Et le plus tôt serait le mieux. Mais il ne voulait pas que quoi que ce soit vienne gâcher cet instant.

Et puis, son téléphone sonna. Et il sut que c'était trop tard… L'interlude était terminé.

CHAPITRE 25

EVA ERRAIT SANS but dans la chambre du motel. Elle était seule. Swede avait reçu un appel. Il s'était levé, lui avait dit de fermer la porte à clé et de rester à l'intérieur. Il lui avait promis qu'il reviendrait dès qu'il le pourrait.

Génial.

Comme si elle n'avait jamais entendu ce genre de promesse par le passé…

Mais le baiser chaud qu'il avait déposé sur ses lèvres avant de partir, tout comme ce qui s'était passé entre eux juste avant, allait tenir son esprit occupé pendant un moment.

Combien de temps seraient-ils partis ? Seraient-ils absents assez longtemps pour qu'elle puisse prendre une douche sans être interrompue ? La chambre du motel était propre et fonctionnelle, mais classique et sans fioritures. Elle ne pouvait donc espérer qu'il bénéficie d'un service d'étage. Elle regarda par la fenêtre. Ils étaient assez loin de la ville, ce qui impliquait qu'elle ne pouvait sûrement pas se faire livrer de la nourriture non plus.

Son estomac gronda pour lui rappeler qu'elle n'avait rien avalé de la journée.

Elle se jeta sur le lit et gémit.

Tant pis si elle avait faim. Au moins, ici, elle était en sécurité. Elle n'était plus dans cette horrible hacienda. C'était tout ce qui comptait, comme s'ils n'avaient jamais été là-bas en premier lieu. Elle ne se trouvait plus face à un sol jonché de cadavres, et face à leur énigmatique disparition après que quelqu'un était venu les déplacer. Toute cette histoire était vraiment horrible ! Et Isabella ? Ne méritait-elle pas un enterrement digne de ce nom ? Elle avait tant fait pour les chevaux que peu importe ce qu'elle avait pu faire et son rôle dans cette affaire, Eva préférait garder d'elle le souvenir d'une vieille femme bienveillante et compatissante.

Elle n'arrivait déjà pas à oublier la rangée de corps étendus dans la stalle et ne cessait de penser à ces pauvres gens…

Elle voulait juste rentrer chez elle.

Son estomac gargouilla à nouveau. Elle se frotta le visage et réfléchit à ses différentes options. Ils allaient revenir. Elle le savait. Mais elle se demandait quand cela arriverait. Elle avait besoin de prendre une douche et de manger. Elle allait d'abord s'occuper de l'un de ces besoins, puis elle envisagerait de résoudre l'autre. Peut-être qu'un distributeur automatique était installé à proximité.

Elle se traîna jusqu'à la salle de bains, verrouilla la porte derrière elle et se mit sous le filet d'eau chaude. Dommage que Swede ne soit pas là avec elle. Elle détestait l'idée de se débarrasser de son odeur qui était restée collée à sa peau, mais ne pouvait s'empêcher de considérer cette douche comme une véritable bénédiction après tout ce qui s'était passé…

Oh, Seigneur, ça faisait tellement de bien ! Elle lava ses cheveux à deux reprises, puis passa le gant de toilette sur le reste de son corps. Les caresses de Swede avaient rendu son corps sensible. Durant sa course folle dans les bois, la poussière semblait avoir adhéré à sa peau.

Elle continua de frotter jusqu'à ce que sa peau devienne

rose et que l'eau à ses pieds soit claire. Elle ferma alors le robinet, se sécha et enroula la serviette autour d'elle. Puis elle ouvrit légèrement la porte de la salle de bain et jeta un coup d'œil de l'autre côté.

— Est-ce qu'il y a quelqu'un ? appela-t-elle.

Aucune réponse ne lui parvint.

Plus confiante, elle poussa la porte et retourna vers son lit. La chambre était vide et il ne repéra aucun signe lui indiquant que quelqu'un était entré ici pendant son absence. Elle grimaça à cette pensée et, après avoir vigoureusement secoué son jean et son haut dans la baignoire, se rhabilla.

Ses cheveux n'allaient pas coopérer sans une brosse. Elle passa ses doigts à travers ses mèches, puis les tordit impitoyablement pour former un nœud à l'arrière de son cou et les attacha.

Sa peau rayonnait de propreté après sa douche, mais ses paupières commençaient à se fermer à cause de la fatigue. Il ne semblait pas y avoir quoi que ce soit de comestible dans les parages, et elle ne trouva pas non plus de touche pour appeler le room service sur le téléphone. Alors, gardant en tête l'ordre que Swede lui avait donné avant de partir, elle resta sagement à l'intérieur de la chambre. Elle s'allongea, ferma les yeux et s'endormit.

Elle se réveilla plusieurs heures plus tard, désorientée. Dehors, l'obscurité avait tout envahi. Où était-elle ?

En se retournant, elle trouva son téléphone. Il était plus de deux heures du matin. *Merde.* Elle détestait se réveiller au milieu de la nuit.

Elle entendit alors le bruit de véhicules qui se garaient et des voix qui s'élevaient à l'extérieur. C'était sûrement cela qui l'avait tirée du sommeil. Elle se précipita vers la fenêtre et jeta un coup d'œil derrière les rideaux.

Des soldats venaient d'arriver devant le motel.

Mais peut-être que l'appellation « soldats rebelles » leur conviendrait mieux. Ces hommes n'avaient pas la discipline qui caractérisait habituellement l'attitude des militaires. Ils se disputaient, mais l'un d'entre eux écarta les bras en désignant le motel dans lequel elle se trouvait.

Son cœur se mit à battre la chamade dans sa poitrine. Étaient-ils à sa recherche ? Ou cherchaient-ils simplement une chambre pour la nuit ? Peut-être ne savaient-ils rien d'elle. Après tout, pourquoi sauraient-ils quoi que ce soit à son sujet ? Elle attrapa son téléphone et envoya un texto à Hawk et Swede : « Des soldats viennent d'arriver sur le parking. »

Elle regarda deux autres véhicules de l'armée qui approchaient. Leurs occupants discutèrent avec les hommes déjà présents au milieu du parking, puis repartirent. Tant mieux. Alors qu'ils s'éloignaient, le conducteur leva les yeux et regarda spécifiquement en direction du quatrième étage, là où se trouvait la chambre d'Eva.

Merde. Elle recula d'un bond, terrifiée à l'idée qu'il l'ait vue. Non, c'était impossible. Il ne pouvait pas l'avoir vue. Mais… et si c'était le cas ? Devait-elle partir ?

Prenant son courage à deux mains, elle se dirigea vers l'autre fenêtre et regarda discrètement dehors. Il ne restait que les deux véhicules qui étaient arrivés en premier et les hommes qui les occupaient.

Le parking était désert. Où étaient-ils donc tous passés ?

À ce moment-là, le gérant du motel sortit du hall d'entrée en agitant les bras pour désigner les étages du bâtiment. Sa voix était indignée, mais elle ne comprenait pas ce qu'il disait aux hommes qui étaient sortis à sa suite. Étaient-ils là pour le questionner ? Ou pour réserver des chambres ? Le soldat tendit le bras, attrapa les clés de la main du gérant et se dirigea vers les étages inférieurs à celui d'Eva. *Putain.* Si elle devait partir, c'était maintenant ou jamais. Mais où pouvait-elle aller ? Elle passait difficilement inaperçue. Elle n'avait ni foulard ni maquillage pour atténuer la blancheur de sa peau. En plus, elle ne parlait pas espagnol et était toute seule.

Autrement dit, elle n'était pas du tout suspecte… Elle prit son portefeuille, arrangea la literie et effectua une rapide vérification de la salle de bain. Elle prit le temps de nettoyer la saleté qui maculait le fond de la baignoire après qu'elle avait secoué ses vêtements pleins de poussière au-dessus, fourra les serviettes qu'elle avait utilisées dans la corbeille à linge et récupéra les clés. La chambre d'hôtel avait été louée pour elle. Si tout cela n'était qu'une fausse alerte, elle pourrait revenir. Mais si elle était véritablement en danger, elle voulait s'assurer de la laisser dans le même état qu'elle l'avait trouvée, comme si elle n'avait jamais été là.

Cela lui rappela désagréablement l'hacienda, où toute trace de son séjour avait été effacée par ceux qui en avaient après elle.

Elle consulta l'écran de son téléphone portable pour la dixième fois en se demandant pourquoi les soldats ne l'appelaient pas pour lui donner des instructions.

Puis elle réalisa qu'ils ne pouvaient probablement pas lui répondre. Ils étaient en mission. Il n'était pas prudent de laisser son téléphone portable allumé pendant un raid.

Elle devait se débrouiller seule.

Et son instinct lui criait de se barrer. Maintenant.

S*WEDE* J*URA* B*RUYAMMENT*. Il s'était penché vers la gauche.

Son mouvement aurait dû être assez rapide, mais l'arme qui le suivait avait anticipé son déplacement et une balle lui avait entaillé les côtes.

Et sa blessure lui faisait un mal de chien.

— Arrête de t'agiter comme ça. Ce n'est qu'une égratignure.

Swede lâcha quelques jurons supplémentaires.

— En plus, les filles adorent les cicatrices, ajouta Mason avec un sourire.

Swede ne s'embêta pas à répondre. D'ailleurs, il ne voulait qu'une seule femme dans sa vie et elle risquait de ne pas être contente quand elle apprendrait qu'il avait été blessé.

— Parle-moi plutôt du bilan de l'opération. Combien en avons-nous attrapé ? demanda-t-il à Mason.

— Je dirais que la cueillette n'est pas trop mal. On en a arrêté quatorze, quatre sont morts et six autres sont blessés. On a aussi capturé l'un des supérieurs. Il chante joliment, mais d'après lui, son chef est dans les parages également.

Swede se leva d'un bond, mais Mason tendit une main pour l'arrêter.

— Hawk et Shadow sont déjà sur le coup, l'informa-t-il. Autrement dit, le chef en question n'irait pas bien loin.

— Et Dane, où est-il ?

— Il garde un œil sur les prisonniers.

— Ce n'est pas malin de le laisser seul, grogna Swede.

Mason rit.

— Ils sont juste à l'extérieur. Je devais d'abord m'assurer que tu allais bien.

Swede se sentit insulté par son inquiétude. Il sortit à grands pas vers l'endroit où se tenait Dane et adressa un signe de tête rassurant à son ami.

— Je vais bien. Je suis juste une cible trop grande pour

être ratée, je suppose.

Dane rit.

— C'est vrai que c'est un inconvénient, mais tu ne peux rien y faire…

Swede regarda les prisonniers capturés. Mason se déplaçait entre les blessés. Les morts avaient été mis à l'écart. Il étudia les visages, à la recherche de l'un des hommes qu'il avait vus chez Isabella. Peut-être le dernier y était-il…

Il s'en approcha et se plaça en face de l'homme âgé. Dans un espagnol sommaire, il lui demanda s'il avait été chez Isabella. L'homme hocha la tête.

— J'ai été emmené de l'hacienda jusqu'ici pour travailler.

— C'était il y a combien de temps ?

— Cela remonte à plusieurs mois. Après avoir suivi un entraînement, j'ai de nouveau été placé à l'hacienda, expliqua-t-il en haussant les épaules. Ce n'est pas une vie. Mais on n'a pas le choix.

Il avait l'air sincère… Mais l'était-il réellement ? Peut-être pouvait-il le croire. Après tout, il ne ressemblait pas vraiment au reste des jeunes voyous qu'ils avaient pris dans leur filet.

Swede pouvait entendre des véhicules au loin. Il espérait que c'était le groupe d'intervention mexicain.

Il aimerait bien botter le cul de certains de leurs prisonniers. Ils avaient des airs de voyous arrogants, comme s'ils savaient quelque chose que lui ignorait, mais il allait tout faire pour leur soutirer les informations qu'ils possédaient. Alors, qu'ils continuent à jouer les gros durs. Il était prêt à leur faire regretter leur attitude de caïd. Bientôt, ils appelleraient leur mère en pleurant.

— Comment va ta chica ? l'interpella un voyou dans un

mauvais anglais derrière son dos.

Swede pivota sur ses talons, attrapa la veste du gamin et le souleva de ses pieds.

— Quelle chica ?

Les hommes de part et d'autre du voyou s'agitèrent, l'air inquiet. Swede étudia leur réaction. Était-ce dû à son geste menaçant envers le voyou ou aux mots que celui-ci avait prononcés ?

Il secoua le gamin et le lâcha. Le gamin s'étala sur le sol puis sauta sur ses pieds en crachant comme une vipère.

Swede le toisa quelques secondes puis lui tourna délibérément le dos. Il savait que le gamin se sentirait insulté et ne laisserait pas passer un tel affront.

Et effectivement, il entendit un mouvement dans son dos. Il attendit la dernière seconde pour faire volte-face, son propre poing levé et déjà prêt à frapper.

Le coup atteignit les côtes du gamin et, sans un bruit, il tomba au sol, inconscient.

— Ils n'apprennent jamais de leurs erreurs. Pas vrai, Swede ? s'amusa Mason.

— Apparemment, non. Je me demande s'ils sont tous aussi stupides, enchérit Swede en secouant la tête.

Il jeta un autre coup d'œil aux hommes debout et en choisit un qui avait l'air terrifié.

— Que sais-tu de cette chica ? l'interrogea-t-il en le soulevant comme il l'avait fait avec le premier gamin.

Les mots jaillirent de la bouche de sa victime.

— Ils savent où elle est.

— Et alors ? l'invita-t-il à poursuivre en tentant de juguler sa propre panique.

Ces types possédaient des informations dont ils avaient besoin et la situation risquait de changer une fois que les autorités mexicaines seraient arrivées pour s'occuper des prisonniers. Il avait besoin de savoir ce que ces hommes savaient maintenant. Il secoua le gamin.

— Ils sont partis à sa recherche, s'affola le jeune rebelle en essayant de parler le plus rapidement possible. Personne ne doit savoir pour le camp. Il ne doit pas y avoir de témoins. Ils tuent tout le monde.

— Tout le monde ? releva Mason. Combien ont été tués ?

Un ancien employé de l'hacienda prit la parole.

— Il y en avait deux à l'hacienda qui ne voulaient pas accepter les conditions, alors ils ont été abattus et enterrés à titre d'exemple.

— Et les autres ?

Swede se tourna vers le gamin qu'il tenait toujours. Il n'avait même pas encore l'âge de se raser. Sûrement devait-il avoir quinze ans tout au plus. Et il était maigre, comme s'il n'avait pas mangé à sa faim depuis longtemps.

— Si tu ne veux pas te battre, ils te tuent, continua l'homme debout à côté de lui en haussant les épaules. Si tu échoues dans une tâche qu'on t'a confiée, ils te tuent. Si tu ne veux pas être ici… alors ta vie devient un enfer. Mais si tu es l'un des meilleurs et que tu aimes la guerre, alors cet endroit est fait pour toi.

Swede laissa tomber le gamin et étudia l'homme.

— Et vous, vous aimez ça ? le questionna-t-il.

— J'aime être en vie. J'en ai déjà vu trop mourir.

— Et Isabella ?

L'homme haussa les épaules.

— Nos ordres étaient de nous assurer que personne ne survivrait.

— Et pourtant, Lena n'a pas été abattue.

Du moins, c'est ce qu'il pensait.

— Elle fait partie de la famille du commandant. Elle brouille les pistes et espionnait Isabella, dévoila-t-il en haussant les épaules une nouvelle fois. Et elle a bien rempli sa mission.

Cette révélation le fit grincer des dents.

— Donc, c'est elle qui a causé des ennuis à Isabella ? poursuivit Swede.

— Elle avait des ennuis depuis longtemps. Ça allait mal finir de toute façon.

Swede l'avait bien compris, et les propos de l'ancien employé de l'hacienda ne firent que confirmer ses soupçons.

— Est-ce qu'au moins, vous savez que vous lui avez fait une faveur en lui tirant dessus ? Elle allait bientôt mourir de toute façon.

Un léger sourire flotta sur les lèvres de l'homme âgé.

— Elle a sûrement préféré partir de cette façon, étant donné qu'elle a tenu aussi longtemps qu'elle le pouvait, opina-t-il. Elle ne voulait rien avoir à faire avec eux, mais ils ont tué un de ses fils et forcé l'autre à s'engager dans l'armée.

Les rebelles l'avaient donc contrainte à collaborer avec eux en menaçant la vie de son fils. Cette information poussa Swede à réviser son jugement vis-à-vis de la vieille dame. Il l'aimait déjà un peu plus. Il n'y avait pas grand-chose qu'une mère ne ferait pas pour protéger sa famille.

— Est-ce qu'il est encore vivant ? voulut savoir Mason, ce qui rappela à Swede que de nombreux jeunes hommes venaient de mourir ici aujourd'hui.

L'homme âgé secoua la tête.

— Je ne sais pas. Il était ici…

Donc il s'était échappé.

— Combien d'autres manquent à l'appel ? s'enquit Mason d'une voix qui s'était durcie. On va devoir les retrouver.

— Laissez-les partir, implora l'ancien employé de l'hacienda. S'ils ont réussi à s'échapper, ils ne vont pas rester dans le coin. Ils rentreront chez eux beaucoup plus sages et plus raisonnables que lorsqu'ils en sont partis.

— Beaucoup sont venus ici de leur plein gré pour être recrutés ?

L'homme hocha la tête.

— Ils étaient jeunes et innocents quand ils sont arrivés. Mais ils ne le sont plus autant maintenant.

— Tais-toi, vieil homme, cracha une version plus maigre et plus méchante du gamin qui gisait encore inconscient sur le sol. Certains d'entre nous étaient heureux de faire partie de quelque chose en quoi on pouvait croire.

Sa voix contenait la même désillusion que celle de tant de jeunes gens face au monde dans lequel ils vivaient aujourd'hui.

Swede acquiesça.

— L'idéologie et tout ça mis à part, quel était le plan ici ? Pourquoi vous entraîniez-vous ?

Le combattant haussa les épaules.

— Je ne sais pas. Je n'étais pas dans la confidence. Mais Paolo, le fils d'Isabella… lui, il l'est. Il était souvent fourré avec le commandant.

— Il s'est peut-être échappé avec le commandant, réfléchit Mason. Ça ne fait pas de lui un innocent qui veut rentrer chez lui pour retrouver sa famille.

L'homme âgé soupira.

— Non, mais vous ne pouvez pas comprendre. Paolo est tout à fait susceptible d'essayer de tuer le commandant, puisque c'est lui qui a ordonné qu'on abatte son petit frère et sa mère. Ils étaient proches.

N'importe qui trouverait cette situation difficile à vivre. Alors pour ce gamin, elle l'était sans aucun doute. Si Swede avait été à sa place, il ferait tout son possible pour se venger également.

— Et les femmes qui étaient là ? embraya-t-il.

Le combattant éclata de rire.

— Les femmes ont une utilité, une seule.

— Et pourtant, quelqu'un a essayé de tuer deux des femmes volontaires qui s'occupaient des chevaux lorsqu'elles étaient sur la route pour rentrer chez elles.

— Ce n'était pas nous. On aurait bien aimé les garder avec nous si on avait pu, ricana le combattant.

Du moins, jusqu'à ce que ses dents se brisent et que le poing de Swede les remplace.

Il s'effondra au sol, inconscient.

— Ils tombent comme des mouches, commenta Mason. À qui le tour maintenant ?

Les hommes s'agitèrent, les traits tirés par l'inquiétude. Le jeune garçon qu'il avait interrogé auparavant craqua et se mit à pleurer.

— On ne sait rien ! Le commandant ne nous a pas parlé de ses plans. On sait juste que toutes les femmes qu'on arrivait à capturer devaient être ramenées au camp, mais surtout que personne ne devait savoir qu'elles s'étaient trouvées à l'hacienda à un moment donné.

— Ça fait bien trop de gens à réduire au silence, remarqua Mason.

Le gamin hocha la tête.

— Oui, ça faisait trop. C'est pour ça qu'ils étaient si en colère contre Isabella. Elle a amené tous ces étrangers alors qu'elle avait juré de garder le secret. Le commandant et les autres qui étaient là se méfiaient de votre présence après que

Lena lui a dit que vous aviez une allure d'un militaire, déclara-t-il avec un haussement d'épaules. Ils ne voulaient prendre aucun risque, alors ils ont attaqué la nuit dernière.

Ça se tenait, et c'était même logique.

Soudain, des fourgons apparurent à l'entrée de la propriété. Des hommes en sortirent et se précipitèrent vers eux, leurs armes à la main. Mason se dirigea vers leur chef pour lui parler. Swede, pour sa part, passa le mot à ses coéquipiers. Ils en avaient fini avec les prisonniers et pouvaient partir d'ici.

Il sortit son téléphone, dans l'intention d'envoyer un message à Eva, mais vit qu'elle lui en avait déjà envoyé un. Il le lut rapidement.

Le gamin se pencha en avant.

— Vous devez la sauver, le pressa-t-il. Ils savent que vous l'avez emmenée en ville.

Merde.

Il courut vers leur camionnette tout en appelant ses coéquipiers.

CHAPITRE 26

EVA SE PRÉCIPITA vers la sortie au fond du couloir. Dans sa panique, elle monta tout d'abord dans les étages supérieurs, avant de réaliser qu'elle risquait de se retrouver coincée. Elle était alors redescendue lentement, en regardant par les fenêtres à chaque étage. Maintenant, elle était au rez-de-chaussée, mais la sortie la plus proche était encombrée par des gens qui s'affairaient juste devant. Elle ne voulait pas attirer l'attention, mais voulait à tout prix foutre le camp d'ici.

La porte à côté d'elle s'ouvrit. Elle fit un bond en arrière, mais n'avait nulle part où aller. Heureusement, le couple ne sembla pas la remarquer. L'homme ferma la porte derrière eux, puis ils s'éloignèrent en marchant. Leurs bras et leurs lèvres se déplaçaient sur le corps l'un de l'autre avec tant de passion qu'elle se demanda pourquoi ils sortaient de la pièce. À moins qu'ils ne soient justement en train de rejoindre leur chambre. Dans ce cas, quelle était cette pièce qu'ils venaient de quitter ? Elle regarda la porte. La pièce était située à l'arrière du rez-de-chaussée. Le motel possédait-il une terrasse ? Cette porte donnait-elle sur l'extérieur ? Elle traversa le couloir et ouvrit la porte en question. Ce n'était pas une suite, mais plutôt un salon.

— Nous sommes fermés pour la nuit, cria quelqu'un.

Il s'agissait sûrement d'un salon privé, et donc d'un endroit un peu louche et scabreux, mais peu importe. Puis elle aperçut les tables de poker et ses yeux finirent par se poser sur la sortie.

— Pas de problème, j'ai laissé quelque chose près des portes vitrées, prétexta-t-elle.

Elle traversa la pièce en courant et déverrouilla les portes. Elle en poussa une, sourit à l'homme debout avec des chiffons de nettoyage à la main qui se demandait ce qu'elle faisait, et sortit.

Parfait.

La lune était levée et brillait dans le ciel en éclairant la pelouse derrière l'hôtel. Ça allait être une belle journée. Du moins, elle le serait plus tard. Pour l'instant, elle devait se cacher là où les hommes qu'elle avait vus plus tôt ne pourraient pas la trouver, dans un endroit sûr où elle pourrait attendre l'arrivée de ses *SEAL*.

Elle devait croire que Hawk et Swede avaient reçu son message et qu'ils seraient là dès qu'ils le pourraient. Elle se glissa jusqu'à la haie et regarda la cour avant à travers les feuilles. Plusieurs nouveaux véhicules étaient garés dans le parking. Qu'est-ce qui ne tournait pas rond chez ces gens arrivés au motel si tard ? C'était le milieu de la nuit. Ils devraient être en train de dormir. Et elle aussi, d'ailleurs.

Elle resta immobile un long moment à se demander si elle s'inquiétait pour rien. Avait-elle été stupide de quitter sa chambre ? Quelqu'un aurait-il vraiment défoncé la porte pour l'atteindre ? Peut-être pas.

Mais elle ne pouvait pas en être sûre. Et bon sang, elle préférerait de loin être certaine qu'elle avait bien fait de fuir, parce que le prix à payer était souvent élevé quand on se trompait.

Elle voulait s'asseoir et se reposer, fermer les yeux pour

sombrer dans le sommeil et oublier toute cette merde. Elle regarda autour d'elle, considéra sa cachette et envisagea de rester là. Dans l'ombre, dissimulée par la grande haie, elle pouvait voir à travers les branches basses dénudées. Peut-être était-elle en sécurité ici. Ce n'était sûrement pas le premier endroit où on la chercherait, si ? Elle jeta un coup d'œil derrière elle, mais elle s'était suffisamment éloignée de la pièce par laquelle elle s'était échappée pour que, même si quelqu'un vendait la mèche et disait qu'elle était sortie par là, il soit difficile de la trouver. Le hasard faisait qu'elle semblait avoir atterri dans ce qui ressemblait à la cachette idéale.

Elle s'accroupit et réfléchit. Le soleil ne se lèverait pas avant quelques heures. Elle pourrait patienter ici. Si d'ici là, rien de fâcheux ne se produisait et que rien ne lui prouvait que des gens étaient véritablement à sa recherche, elle pourrait toujours essayer de retourner dans sa chambre. Si celle-ci était dans le même état qu'elle l'avait laissée, alors elle était sauve et pourrait même faire une sieste jusqu'au retour des *SEAL*. Elle ne voulait pas payer une deuxième nuit dans ce motel, mais aurait peut-être à le faire s'ils ne revenaient pas avant la fin de la première location. Elle ne pouvait pas partir sans les prévenir.

Ils péteraient les plombs s'ils devaient à nouveau essayer de la retrouver.

Il était donc préférable qu'elle reste ici jusqu'à ce qu'ils se montrent.

Elle se roula en boule, s'appuya contre le mur du motel et ferma les yeux.

— CE N'EST pas parce qu'elle a vu des soldats qu'ils en ont forcément après elle, souligna Mason.

Ils étaient tous dans la camionnette et rentraient au motel. La fatigue et la frustration se bataillaient en eux, mais Swede et Hawk avaient imposé leur rythme. Ils avaient donc quitté l'hacienda en un rien de temps.

Depuis leur départ, ils n'avaient croisé personne d'autre. Les vastes kilomètres de campagne semblaient tout aussi déserts que la première fois qu'ils avaient emprunté cette route.

Avec un peu de chance, cela resterait ainsi jusqu'à ce qu'ils soient aux côtés d'Eva. Elle était un peu un électron libre. Swede voulait y être le plus vite possible. C'était la seule façon pour lui de s'assurer qu'elle allait bien et était en sécurité.

— Dommage qu'il soit trop tôt et que tous les magasins soient fermés. J'aurais bien mangé quelque chose, grommela Dane depuis la banquette arrière.

— On a tous besoin d'un vrai repas.

— Oui, mais d'abord, on doit rejoindre Eva, rappela Swede.

Mason conduisait et Hawk semblait somnoler à l'arrière, mais Swede n'était pas dupe. Ils avaient tous la capacité de s'assoupir et de se réveiller en un clin d'œil, prêts au combat.

Il n'écoutait pas la conversation de ses camarades, mais savait qu'il ne manquait de toute façon rien d'important.

— Bon, alors, tu la gardes ou pas ? demanda Mason avec un sourire narquois.

Swede grogna et regarda par la fenêtre.

Shadow ricana sur la banquette arrière.

Swede savait que s'il s'engageait maintenant dans une telle discussion, elle n'irait pas dans le sens qu'il voulait. Alors, il s'enfonça dans son siège et ferma les yeux.

— Prévenez-moi quand on y sera, exigea-t-il.

Et là-dessus, il essaya de dormir.

Mais le sommeil le fuyait. Son esprit était en ébullition et refusait tout simplement de se mettre en veille. L'inquiétude le rongeait de l'intérieur. *Merde.* Après avoir vainement essayé de dormir pendant dix minutes, il se redressa et ouvrit la fenêtre de la camionnette pour respirer un peu d'air frais. En temps normal, il était soit endormi, soit éveillé, mais il détestait tout ce qui se trouvait entre ces deux états. Quand il était actif, il était actif. Et quand il se reposait… Eh bien, il était rare qu'il dorme profondément, à moins qu'il ne soit en permission. Autrement, il avait toujours une conscience élevée de son environnement, qu'il lui était difficile de désactiver.

Et dans des moments comme celui-ci, cela ne risquait pas d'arriver.

— Je parie qu'elle ne sera plus dans la chambre quand on arrivera, lança Hawk derrière lui.

— Je ne prends pas ce pari. Je doute qu'elle y soit aussi, opina Dane.

— Dans ce cas, où est-ce qu'elle aurait pu aller ? questionna Mason avec curiosité. Je suis d'accord avec vous. Elle a dû voir les militaires et se cacher.

— Intéressant comme réaction, commenta Shadow en souriant. Mais c'est ce que j'aurais fait aussi.

— Elle est intelligente. Si elle sent que quelque chose ne va pas, elle va se cacher.

— Et qu'est-ce que cela signifie précisément ? voulut savoir Swede. Est-ce que tu sais où elle aurait pu aller ?

— Elle sera à l'extérieur, cachée quelque part où elle pourra voir ce qui se passe, mais pas là où quelqu'un pourrait facilement la repérer.

Les hommes réfléchirent à ses paroles pendant quelques

instants.

— Encore une fois, c'est ce qu'on ferait tous aussi dans la même situation, non ?

— Exactement, confirma Dane. Il vaut mieux ne pas rester à l'intérieur pour éviter de se retrouver coincé, et sortir si on le peut. Mais elle a besoin de nous, alors elle n'a pas dû aller bien loin.

— On dirait que tu lui as appris pas mal de choses, Hawk, sourit Swede.

— Je n'en ai pas eu besoin. Notre père avait commencé à nous enseigner quelques trucs il y a longtemps et depuis sa mort, on continue de s'exercer. On pratique régulièrement quelques exercices spécifiques ensemble. C'est une femme et elle vit seule. Alors, il n'était pas prudent qu'on la laisse sans aucun moyen pour se protéger.

Eva semblait avoir assimilé les bases facilement. Swede avait déjà pu constater qu'elle ne paniquait pas et qu'elle pouvait se défendre, y compris dans les pires situations. Elle avait su garder la tête froide malgré le cauchemar dans lequel elle s'était retrouvée et n'avait pas perdu de vue ses priorités. Elle s'était d'abord occupée des chevaux puis, après s'être assurée que tous allaient bien, était allée vérifier qu'il en était de même pour les gens auxquels elle tenait.

Et il savait déjà qu'il en faisait partie. Elle avait été très claire à ce sujet.

Maintenant, il restait à définir ce que cela signifiait réellement.

CHAPITRE 27

E VA SE RÉVEILLA brusquement et se figea. Son dos lui faisait mal, et ses bras douloureux la tiraillaient. Le ciel était encore sombre au-dessus de sa tête, mais la lumière du jour apparaissait lentement à l'horizon en baignant le monde d'une étrange lueur. Des couleurs douces et agréables rampaient peu à peu sur les terres alentour et la faisaient se sentir mieux… sauf qu'elle était seule.

Les soldats étaient-ils revenus ? Étaient-ils en chemin ? Ou étaient-ils encore occupés par leur mission ? Avaient-ils vu son message ?

Avec un léger gémissement, elle essaya de se lever et faillit crier de douleur.

Des frissons secouèrent son corps. Elle se frotta les bras pour chasser la chair de poule qui y avait élu domicile. Accroupie, elle scruta le parking à travers les broussailles. Étaient-ils venus ? Si c'était le cas, elle ne pouvait imaginer qu'ils n'avaient pas retourné l'endroit pour la retrouver. Donc s'ils ne l'avaient pas fait, c'était qu'ils n'étaient pas là.

Ils étaient partis depuis de nombreuses heures maintenant. Elle jeta un coup d'œil autour d'elle. Les environs semblaient paisibles. Elle avait probablement paniqué pour rien.

Elle prit une décision rapide. Elle allait retourner dans sa chambre et s'allonger sur son lit douillet. D'ailleurs, elle avait besoin de reprendre une douche. Et puis, au moins, elle serait là où ils l'avaient laissée. Ils n'auraient donc pas besoin de la chercher. En utilisant sa clé, elle entra par la porte arrière et emprunta l'escalier pour se rendre à son étage. Le silence qui régnait dans ces lieux était à la fois inquiétant et réconfortant. Elle ne croisa personne sur son chemin. Une fois devant sa chambre, elle regarda autour d'elle dans le couloir pour s'assurer que personne ne l'observait avant de poser la main sur la poignée de la porte.

Et elle réalisa qu'elle n'était pas verrouillée.

Elle en avala presque sa salive de travers. *Merde.* L'avait-elle laissée ouverte en partant ? Peut-être que les *SEAL* étaient revenus et l'attendaient à l'intérieur… Non, ils n'auraient pas laissé la porte comme ça. Elle respira silencieusement en essayant de calmer sa respiration qui s'était emballée. Doucement, prête à bondir en arrière et à prendre ses jambes à son cou s'il le fallait, elle poussa la porte pour l'ouvrir en grand.

Elle entra et alluma la lumière.

Son souffle resta coincé dans sa gorge et son cœur manqua un battement. La chambre avait été retournée. La literie avait été arrachée et jetée sur le sol, et les tiroirs de la commode et de la table de nuit avaient été retirés et renversés par terre, au-dessus de la literie.

Oh, mon Dieu. Elle avait envie de vomir. Que pouvaient bien chercher les intrus ? Avant de s'enfuir, elle avait pris ses affaires et laissé la chambre d'hôtel propre. Ils avaient bien dû se rendre compte en entrant dans la pièce qu'elle était vide et que personne ne s'y trouvait.

Alors pourquoi l'avaient-ils mise à sac ? Cela n'avait aucun sens. Mais cela rendit sa décision plus facile. Il était hors de question qu'elle reste ici une seconde de plus.

Après avoir refermé la porte, elle repartit par le même chemin qu'elle était venue. Son estomac s'était noué. Elle n'arrivait pas à s'ôter de la tête ce qu'elle avait vu. Que serait-il arrivé si elle avait été dans la pièce quand les intrus y étaient entrés ? Seraient-ils quand même entrés ? Ou avait-elle simplement oublié de verrouiller la porte, ce qui avait poussé quelqu'un, qui l'avait remarqué, à entrer pour voir s'il n'y avait pas quelque chose de valeur à voler ? Mais alors, pourquoi saccager la chambre ? Il n'était pas difficile de fouiller une pièce vide sans tout mettre sens dessus dessous.

Elle ne pouvait s'empêcher de trembler. De retour à l'extérieur, elle avala de grandes bouffées d'air frais. Elle n'en pouvait plus de toutes ces morts et de toutes ces destructions qui avaient envahi son monde. Elle voulait juste que toute cette histoire se termine.

Le parking était calme. Elle erra autour des voitures, en attendant que le jour se lève. Elle rêvait de boire un café. Seigneur, elle avait même vraiment besoin d'une dose de caféine. Était-ce trop demander ?

Un banc avait été placé devant la porte du hall principal. Avec un gémissement, elle s'installa dessus. La nuit avait été rude. Elle resterait assise ici jusqu'à ce que les soldats arrivent. Elle sortit son téléphone portable et leur envoya un énième texto : « Je suis assise devant l'hôtel. Vous arrivez bientôt ? » Et elle attendit.

Alors que le soleil se levait lentement, elle finit par s'allonger sur le banc, les yeux tournés vers le ciel.

Des voix rauques la tirèrent de ses rêveries. Elle se figea en se rendant compte qu'elles se rapprochaient. C'étaient des voix d'hommes rocailleuses, et plusieurs semblaient se disputer. Une fois de plus, elle regretta de ne pas comprendre l'espagnol. Mais elle n'en avait pas besoin pour savoir que la discussion qui animait ces hommes n'avait rien d'agréable. Et elle était une femme, seule. *Putain.* Elle resta silencieuse, priant pour qu'ils ne la voient pas.

Mais à la place, le ton monta et elle put entendre des grognements ainsi que des bruits de coups, comme si une bagarre venait d'éclater. Cela ne fit que l'inquiéter davantage. Pouvait-elle s'éclipser sans être vue ? Elle se déplaça jusqu'à l'extrémité du banc et, tout en restant courbée, se glissa de l'autre côté de la file de véhicules qui se trouvait juste en face de l'entrée du motel pour chercher une nouvelle cachette.

Brusquement, elle fut saisie par-derrière par un bras musclé et épais qui s'enroula autour de sa gorge.

— Eh bien, qu'avons-nous là ? demanda une voix sombre et froide contre son oreille. Bonjour, toi.

— PUTAIN, OÙ est-elle ?

Swede se tenait dans l'embrasure de la porte ouverte et jurait silencieusement. La pièce avait été ravagée et il ne voyait aucun signe d'Eva nulle part. Rien n'indiquait qu'elle s'était trouvée ici. Il n'y avait aucun vêtement ni objet personnel. Elle n'avait pas grand-chose avec elle quand ils l'avaient installée dans ce motel, mais il se souvenait qu'elle avait apporté quelques affaires, notamment son sac à main.

— Ah, j'ai gagné ! s'exclama Hawk à son intention en riant. Je vous avais bien dit qu'elle serait dehors.

Swede jeta un dernier regard à la pièce vide.

— Dans son dernier texto, elle disait qu'elle serait devant l'hôtel. Pourtant, elle n'y était pas, marmonna-t-il.

Il ferma la porte. Personne ne savait où elle était. Donc tout allait bien.

Mais ils devaient la retrouver, et vite.

Hawk était déjà en train d'ouvrir la voie vers les niveaux inférieurs. Swede le suivit. Il savait que Shadow et Mason inspectaient l'extérieur, et que Dane était allé parler au directeur du motel. Si l'homme était encore en train de dormir à leur arrivée… eh bien, tant pis pour lui. Maintenant, il était sans aucun doute réveillé.

Une fois dehors, ils restèrent un long moment dans l'air frais. Les yeux de Swede fouillaient activement les environs, à la recherche d'un endroit où Eva aurait pu se cacher.

Seuls les sons de la nature leur parvenaient. Aucun véhicule ne circulait sur la route, et personne ne se promenait dans les parages. Les oiseaux chantaient doucement dans le petit matin. Le ciel était suffisamment clair pour qu'il puisse voir chaque recoin des environs devant lui.

Et il ne la voyait nulle part.

Dane sortit en courant.

— Le gérant m'a dit qu'un de ses serveurs a vu une femme se faufiler par les portes-fenêtres du patio à l'arrière du bâtiment il y a quelques heures. Elle n'était pas blessée. Ils étaient en train de tout nettoyer après une fête privée quand elle est entrée et sortie sans s'arrêter. Elle a prétendu avoir oublié quelque chose dehors, mais le serveur ne se souvenait pas l'avoir vue à la fête.

— Bien. Au moins, maintenant, on sait qu'elle est sortie d'elle-même, commenta Swede en réfléchissant aux options qu'avait eues la jeune femme à ce moment-là. D'ailleurs, c'est assez intéressant. Elle aurait pu rester avec le personnel du motel ou leur demander de l'aide.

— Mais elle ne savait peut-être pas qu'elle avait des ennuis. Elle a peut-être pensé qu'elle faisait toute une histoire pour rien. Ou alors, elle savait que des gens étaient à sa recherche et ne voulait pas mettre quelqu'un d'autre en danger.

Swede hocha la tête. Ça lui ressemblait bien d'agir ainsi.

— Séparons-nous et trouvons-la, ordonna Hawk.

Swede s'occupa d'examiner l'extérieur et les abords du bâtiment. Il en fit rapidement le tour en inspectant les haies et les arbres. Mais il ne trouva aucun signe d'elle. Il rejoignit les autres sur le parking.

— On n'a rien trouvé, déclara Hawk.

Le cœur de Swede battait fort dans sa poitrine. Il détestait les pensées qui se bousculaient dans sa tête. Il connaissait toutes les mauvaises choses qui pouvaient arriver aux gens bien. Et compte tenu de la situation actuelle, de trop nombreux scénarios étaient à envisager.

— On n'a aucun moyen de savoir si elle a été enlevée si on ne trouve pas un témoin qui aurait pu voir quelque chose.

— Alors, on va devoir cuisiner tout le personnel et les clients du motel.

Ils étaient conscients qu'ils perdaient un temps précieux, mais n'avaient pas vraiment le choix. Alors, ils commencèrent rapidement à toquer aux portes et à parler aux clients mécontents.

Le motel était loin d'être complet, ce qui leur facilitait la tâche.

Swede frappa à une porte et entendit de violents jurons s'élever de l'autre côté. Il croisa les bras et attendit.

— Putain, qu'est-ce que tu…

Un homme débraillé, vêtu uniquement d'un boxer, venait de lui ouvrir et le fixa, surpris, avant de reculer d'un pas.

— Pourquoi diable me réveillez-vous à cette heure-ci ? reprit-il d'une voix beaucoup plus polie.

— Une fille a disparu, expliqua brièvement Swede en lui donnant une brève description. L'avez-vous vue à un moment donné hier soir ?

— Je ne sais pas, donnez-moi une minute.

L'homme passa plusieurs fois ses mains sur son visage, comme pour essayer de se réveiller. Il était plus probable qu'il soit en train d'essayer de repousser sa gueule de bois, mais peu importait. Swede s'en fichait.

— Oui, peut-être. Mais ce n'était pas hier soir. C'était tôt ce matin, se souvint le gars. Mon pote et moi avons beaucoup bu hier soir et nous nous sommes disputés.

— Qui est votre pote, et où est-il ?

L'homme pointa un doigt vers la gauche.

— Il est juste à côté, indiqua-t-il.

— Qu'est-ce que vous avez vu exactement ?

— Je ne suis pas vraiment sûr. Je crois qu'elle était allongée sur ce banc devant le hall d'accueil, en face du parking, comme si elle attendait quelqu'un. Puis un homme est arrivé, et elle est partie avec lui.

— Qui était cet homme ? À quoi ressemblait-il ? Quel genre de véhicule conduisait-il ?

Le comportement de l'homme avait changé maintenant qu'il avait compris ce qui se passait. Swede le remercia puis passa à la chambre d'à côté pour réveiller son ami. Le premier homme l'accompagna et frappa à la porte.

— Hé, Chester ! Réveille-toi, bordel, appela-t-il. Les flics sont là et ils sont à la recherche d'une fille qui a disparu.

Chester, un grand rouquin maigre avec plus de barbe qu'il n'en avait vu depuis longtemps, ouvrit la porte. Les deux hommes parlèrent, mais il ne tira pas grand-chose de plus de cet autre témoin. Celui-ci n'avait pas vraiment vu Eva. Il croyait se rappeler que le mec était venu avec une camionnette, mais n'était pas sûr de lui. Il pensait également avoir vu un gros fourgon militaire garé sur le parking, mais n'en était pas sûr non plus. Et selon lui, la fille n'était peut-être pas partie de son plein gré… mais bien sûr, encore une fois, il n'en était pas sûr.

— De quoi êtes-vous sûr ? finit par le couper Swede, frustré.

— J'étais tellement en colère contre Drake qu'honnêtement, je n'ai pas vraiment fait attention à quoi que ce soit, avoua le rouquin.

Réalisant qu'il avait obtenu tout ce qu'il pouvait de ces deux hommes, Swede se retourna et partit rapidement rejoindre Hawk qui attendait sur le parking. Il le mit au courant des témoignages qu'il avait recueillis. Les autres avaient obtenu des informations sur le fourgon de l'armée, mais pas sur la femme qu'ils cherchaient. Dane venait aussi de revenir, après avoir interrogé le gérant une nouvelle fois.

— L'armée ne loue pas de chambres ici, leur rapporta-t-il. Les rebelles non plus. Le gérant m'a dit qu'il a vu les rebelles dans le coin, mais qu'il sait qu'il ne faut pas poser de questions. Il m'a aussi dit qu'ils n'étaient pas venus pour s'approvisionner sur place et qu'ils ne se sont pas non plus arrêtés en ville. Donc oui, ils sont passés par ici, mais ce n'était pas pour y passer la nuit. Ils sont venus un peu plus tôt pour poser des questions sur Eva. Ils ne l'ont pas appelée par son nom, mais lui en ont fait une description. Le gérant ne leur a rien dit. Par contre, ils lui ont pris ses clés. Il ne l'a jamais vue avec eux.

— Donc on ne peut pas être sûr qu'elle est avec eux, mais les autres options s'amenuisent rapidement.

— Le plus gros problème qu'on a pour le moment, c'est qu'on ne sait pas grand-chose sur ses ravisseurs. Elle aurait pu aller avec n'importe qui n'importe où. On peut se concentrer sur le camp des rebelles, mais rien ne nous garantit qu'elle y sera. Quelqu'un d'autre aurait pu l'enlever.

Les autres acquiescèrent.

Swede était d'accord avec ce raisonnement.

— Elle était ici, énonça-t-il en désignant le banc devant la porte du hall du motel. Et elle a marché jusqu'ici.

Il désigna la bordure d'une place de parking.

— Elle marchait sur ses deux pieds. Il y a des traces de pas, continua-t-il en désignant les empreintes dans le sol poussiéreux. Mais elle n'avançait pas à un rythme naturel.

— Tu penses qu'elle était attachée ? gronda Hawk.

— Non, je pense que quelqu'un se trouvait derrière elle et l'a forcée à monter dans le fourgon.

— Donc ses agresseurs auraient été plusieurs ?

— Elle a été poussée à l'intérieur du véhicule, puis il est monté avec elle. Les traces de pas ne vont pas jusqu'au côté conducteur.

— Donc il y avait deux hommes.

— Et ils avaient un gros fourgon, avec des doubles roues à l'arrière, compléta Shadow en montrant les traces laissées par les pneus du véhicule.

— Donc, c'était probablement un véhicule de l'armée, conclut Swede avant de jeter un coup d'œil à Shadow. À moins que tu ne penses qu'il s'agissait plutôt d'un gros véhicule comme un pick-up d'une tonne.

— Non. Je dirais qu'il était plus long que ça. L'empattement est plus grand, nota-t-il en longeant les traces pour montrer de quoi il parlait. Tu vois, c'est plus long qu'un pick-up.

— C'est vrai.

— Dans quelle direction sont-ils partis ? siffla Hawk, à cran.

Shadow courut jusqu'à la route principale. Swede était

sur ses talons. Le seul moyen de savoir par où ils étaient partis était de déterminer s'ils avaient pris un virage serré ou plus large pour aller de l'autre côté de la ligne blanche qui coupait la route en deux. La chaussée était propre, mais les accotements étaient en terre et gardaient magnifiquement bien les traces de pneus lorsqu'on roulait dessus.

— Regarde, là, lança-t-il à Shadow qui était en train d'examiner l'autre côté de la route. Il a élargi son virage à gauche et a roulé sur le bas-côté avec son pneu avant.

Un examen plus approfondi leur révéla que ce n'était pas vraiment de la terre provenant de l'accotement qui se trouvait à cet endroit sur la route, mais plus de la poussière. Quoi qu'il en soit, celle-ci avait gardé les traces de pneus du véhicule. C'était une bonne chose, car cela leur indiquait la voie à suivre. Les traces montraient clairement qu'un véhicule lourd était revenu sur la route principale après être sorti du parking et était reparti par où il était venu.

— Allons-y, décida Hawk. Ils ont plusieurs heures d'avance sur nous.

CHAPITRE 28

EVA N'ARRIVAIT PAS à y croire. Son frère et ses coéquipiers étaient à la poursuite des mêmes hommes qui l'avaient capturée, et qui la ramenaient actuellement au même camp qu'ils essayaient de démanteler. Pour le rejoindre, ils allaient devoir rouler pendant plusieurs heures. Son esprit s'activait pour trouver une solution qui lui permettrait de se sortir de cette situation, mais n'en trouvait aucune. Les hommes qui l'entouraient étaient armés. Ils étaient en bonne santé et donc en pleine possession de leurs moyens. Et en plus, ils n'avaient pas du tout l'air commodes. Elle ne savait pas si celui qui était assis sur le siège passager à l'avant était leur chef ou non, mais il était resté à l'intérieur lorsque l'homme qui l'avait attrapée sur le parking du motel l'avait forcée à monter à l'arrière du fourgon, tout comme le conducteur. Elle était seule contre trois hommes. Génial…

Merde, qu'avait-elle fait pour mériter d'être kidnappée ? Elle avait vraiment la poisse. Elle s'affaissa contre le dossier de la banquette arrière. Elle pourrait ouvrir la portière et se jeter sur la route. Elle risquait de se casser quelque chose au passage, mais tant que ce n'était pas sa tête qui était blessée, cela lui convenait. Si une jambe cassée était le prix à payer pour s'échapper, alors elle était prête à tenter le coup. Mais si elle se cassait effectivement une jambe en essayant de fuir et qu'ils la rattrapaient, ils ne prendraient sûrement pas la peine de la soigner, ce qui la laisserait blessée et à leur merci… Et alors, elle préférait ne pas imaginer ce qu'ils lui feraient subir.

Elle devait garder la tête froide et attendre l'occasion parfaite pour s'échapper. S'ils retournaient à l'hacienda, elle connaissait quelques cachettes dans lesquelles elle pourrait se glisser, mais s'ils l'emmenaient au camp des rebelles… alors ce serait une tout autre histoire, car cela n'avait pas l'air d'être un endroit duquel elle pourrait s'enfuir facilement.

Putain. Où étaient Swede et son frère ? Ils savaient que la menace d'un kidnapping planait au-dessus de sa tête après ce qui s'était passé la veille et étaient censés s'assurer que rien ne lui arrive.

La circulation était faible sur la route. Elle se creusa la tête pour essayer de se rappeler si dans le coin se trouvaient des endroits où elle pourrait fuir et trouver de l'aide. Elle avait toujours son téléphone portable sur elle. Elle s'étonnait d'ailleurs qu'ils ne l'aient pas fouillée et ne le lui aient pas confisqué. Mais elle ne savait pas si elle avait du réseau ici. Et puis, comment pourrait-elle l'utiliser afin d'obtenir de l'aide sans qu'aucun de ses ravisseurs ne s'en aperçoive ?

— Qu'est-ce qu'elle fait ? demanda d'une voix grave le grand homme assis sur le siège avant.

— Elle cherche un moyen de s'échapper.

Un silence s'ensuivit avant que celui qu'elle considérait comme leur chef reprenne la parole.

— Si tu vois qu'elle s'apprête à s'enfuir, tire-lui une balle dans le genou, commanda-t-il.

La terreur la gagna et elle commença à haleter. *Oh, mon Dieu.* Qui étaient ces gens pour vouloir lui faire une chose pareille ?

Son estomac s'était retourné et soulevé en entendant la menace, et elle réalisa avec horreur qu'elle allait vomir.

Elle se pencha en avant, la tête entre les jambes, et gémit en sentant la bile monter de plus en plus haut dans son œsophage.

— Elle va vomir, prévint le type à côté d'elle avant de prononcer rapidement quelques mots dans un espagnol fluide.

Le fourgon s'immobilisa brutalement sur le bas-côté. Le conducteur sortit et ouvrit la portière à côté d'elle. Il l'attrapa par le bras et la tira dehors. Elle trébucha jusqu'au fossé peu profond au bord de la route, s'attendant à moitié à être abattue sur place.

Ses nerfs cédèrent après avoir tant résisté. Elle se pencha et déversa le contenu de son estomac. Elle vomit, encore et encore.

Elle n'avait pas avalé grand-chose dernièrement et n'avait donc pas beaucoup de nourriture à expulser de son estomac, mais son corps, sous l'effet de la peur, ou elle ne savait quoi d'autre, tentait de se vider entièrement, à tel point qu'elle crut que ses organes allaient aussi lui sortir par la bouche.

Épuisée, elle finit par s'agenouiller sur le bord de la route pour essayer de reprendre le contrôle de sa respiration. Peu importe ce qu'elle faisait, elle avait l'impression que tout déclenchait de nouveaux vomissements.

Elle savait à quoi était dû son état. Elle était terrifiée. Ces hommes allaient la tuer. Selon le temps qu'ils avaient devant eux, ils lui feraient d'abord ce qu'ils voulaient, puis la tueraient. Elle devait rester en vie assez longtemps pour que Swede la retrouve. Son frère serait dévasté s'il la perdait. Mais elle se sentait tellement mal en cet instant que ses idées s'embrouillaient et l'empêchaient de réfléchir correctement.

Elle devait se reprendre et faire tout ce qu'elle pouvait pour rester en vie assez longtemps afin que les soldats puissent la sauver.

L'homme à côté d'elle l'attrapa par les cheveux et tira sa tête en arrière. Elle gémit et sa bouche se remplit à nouveau. Il la lâcha et recula précipitamment pour échapper aux projections liquides.

C'était elle qui l'avait fait reculer. Elle était si dangereuse qu'elle vomissait sur ses agresseurs. Dommage qu'elle n'y avait pas pensé plus tôt. Elle faillit sourire à cette pensée. Un véhicule approcha et le conducteur ralentit en l'apercevant à genoux. Il pensait probablement qu'elle était sur le point d'être exécutée. Et c'était le cas, même si la mort se faisait lente.

Quand les rebelles lui firent signe de passer son chemin, le conducteur accéléra et s'éloigna. Elle regarda les feux arrière du véhicule disparaître au loin. Avait-elle laissé filer sa seule chance de s'échapper ou venait-elle de sauver la vie de cet homme en ne le mêlant pas à toute cette affaire ? Le soldat s'adressa à elle en espagnol. Elle secoua la tête. Elle avait appris quelques mots au fil des ans, mais ne reconnaissait aucun de ceux qui sortaient de sa bouche.

Puis elle entendit la portière du fourgon se rouvrir. *Merde.* La prochaine étape consistait sûrement à lui mettre une balle dans la tête. Elle regarda le sol autour d'elle. Peu d'arbres les entouraient, et ils étaient tous à plus de six mètres de sa position. Elle n'arriverait jamais à les atteindre avant de se faire tirer dessus.

Mais bon, au moins, elle aurait tenté quelque chose pour leur échapper.

Sauf que ce n'était pas ce que Swede et Hawk voudraient qu'elle fasse. Il était important qu'elle reste en vie. Cela devait même être sa priorité. Une balle ne la tuerait peut-être pas, mais il y avait de fortes chances qu'ils en tirent plusieurs avant qu'elle ne trouve refuge derrière un arbre. Et puis, qui lui disait que les résineux la protégeraient ? Ces hommes pouvaient lui courir après. Et s'ils la rattrapaient après sa tentative de fuite, elle aurait juste réussi à les énerver.

— Retourne dans le fourgon, lui ordonna l'homme qui était assis à côté d'elle.

Elle le regarda, lessivée par ses vomissements, et hocha la tête.

Elle devait rester en vie. C'était tout ce qui comptait. Il se leva et fit demi-tour pour retourner vers le fourgon.

Elle en profita pour se précipiter vers les arbres.

À QUEL POINT avaient-ils de l'avance sur eux ? Swede s'impatientait. Ils n'allaient pas assez vite à son goût. Hawk roulait déjà à deux cent vingt-cinq kilomètres-heure sur la route dont la vitesse réglementaire était de cent trente kilomètres-heure, mais il était sûr que cette camionnette pouvait monter jusqu'à deux cent soixante kilomètres-heure.

— Swede, je ne peux pas aller plus vite, siffla Hawk. Alors, arrête de te comporter comme si je faisais de la merde.

— On doit la sauver, grogna Swede en s'enfonçant dans son siège.

— Et c'est ce qu'on va faire. On va la retrouver.

Un silence s'ensuivit, puis Hawk finit par le briser.

— Je sais que c'est ma sœur et tout, mais est-ce que tu vas enfin mettre fin à ses tourments ?

Les yeux de Swede s'agrandirent.

— Pardon ?

— Elle est totalement accro à toi, et ce depuis des années.

— Tu parles ! Elle m'a vu sous mon plus mauvais jour,

rétorqua Swede avec bonhomie.

— Et elle est quand même tombée amoureuse de toi. Le truc, c'est que…

Il hésita et Swede se crispa.

La discussion qu'il redoutait tant allait avoir lieu. Et le moment était vraiment mal choisi pour aborder un tel sujet.

— Si tu ne ressens pas la même chose, alors laisse-la partir, lâcha Hawk.

— Je ne la laisserai pas partir. Elle est déjà à moi.

Sa réponse avait été courte, claire et succincte. Il préférait ne pas tourner autour du pot.

— Si elle ne l'a toujours pas compris, alors elle a intérêt à saisir le message rapidement, ajouta-t-il.

— Alors, ça veut dire que tu la gardes ? questionna Hawk d'une voix teintée d'amusement. Je t'aime déjà comme un frère, mais je refuse de t'aider à faire quelque chose qu'elle ne veut pas que tu fasses.

— Tu viens de dire qu'elle m'aime.

Hawk rit.

— Ça ne veut pas dire pour autant qu'elle a accepté ses sentiments pour toi.

— Elle n'a jamais l'air contente de me voir, remarqua Swede. C'est le chaud et le froid tout le temps entre nous.

— Je suis passé par là, moi aussi, intervint Dane depuis le siège arrière. Et je dois admettre que ce n'était vraiment pas une étape agréable de ma relation avec Marielle. C'est donc à toi de la convaincre qu'elle ne sera jamais mieux ailleurs qu'avec toi.

— Mouais, murmura Swede.

Ils avaient toujours évité d'avoir ce genre de conversation sérieuse entre eux, mais à ce moment-là, il était rassuré d'apprendre que ses camarades s'étaient déjà retrouvés dans une position similaire.

— Le truc, c'est que je ne suis pas sûr de pouvoir la laisser partir, quoi qu'elle dise, avoua-t-il.

— Je te reconnais bien là ! Elle est à ta portée, mais elle a probablement peur que tu finisses par retrouver tes anciennes habitudes de célibataire volage.

— J'ai abandonné ces habitudes depuis longtemps. Tout ça, c'est derrière moi maintenant.

— Toi et moi savons que c'est du passé. Nous le savons tous. Mais *elle*, elle ne le sait pas.

— Ça ne va pas être facile de la convaincre…

— Dis-lui la vérité, l'encouragea Mason. Elle est déjà amoureuse de toi. Elle te respecte. Alors, fais en sorte qu'elle t'admire aussi.

— Je l'ai ignorée par respect pour toi.

— Idiot, se moqua affectueusement Hawk. Ça fait longtemps que je vois ce qui se passe entre vous.

Swede hocha la tête.

— Oui, mais tu ne l'as accepté qu'après avoir trouvé Mia, nuança-t-il.

Le silence s'installa dans l'habitacle de la camionnette tandis que Hawk réfléchissait aux paroles de Swede.

— J'ai réfléchi, depuis… Cela fait longtemps qu'Eva est seule. Je déteste devoir la laisser toute seule chaque fois qu'on repart en mission. Mais je ne peux pas rester plus longtemps que nous le permettent nos permissions. Je dois vivre mon rêve, expliqua-t-il en soupirant. Elle voulait être vétérinaire, tu sais. Mais elle ne voulait pas continuer ses études loin de chez nous. Elle avait de bonnes notes, mais s'est dit qu'elle devait rester au ranch pour que je puisse vivre mon rêve. Ce n'est que récemment que j'ai compris qu'elle ressentait une sorte d'attachement bizarre pour notre maison. Je pense qu'elle considère que ce serait mal de partir. Elle craint de déshonorer la mémoire de notre père en bafouant ses dernières volontés, si jamais elle s'en va. Elle s'accroche aux souvenirs qu'elle a de lui. Elle n'arrive pas à s'en défaire. Ce n'est pas vrai, mais c'est quelque chose dont elle et moi allons devoir discuter.

— Elle voulait devenir vétérinaire ? releva Swede en réfléchissant à ce qu'il savait d'Eva. Il n'est pas trop tard pour elle. Elle est jeune et adore les animaux.

— C'est vrai, mais je ne sais pas si elle en rêve encore.

Swede repensa à la façon dont elle avait observé les vétérinaires chez Isabella, lorsqu'ils examinaient les chevaux. Il n'avait pas manqué de remarquer la lueur mélancolique qui brillait au fond de ses yeux.

— Je pense que ce rêve est encore d'actualité, mais qu'elle l'a relégué au fond de son cœur. Elle doit sûrement considérer qu'il est devenu inatteignable, que ce soit à cause de ses animaux ou du manque d'argent… ou parce qu'elle pense qu'elle a laissé passer sa chance, avança-t-il.

— Aucune de ces raisons n'est valable, réfuta Hawk. Mais elle a toujours pris les bonnes décisions et surtout, elle a toujours fait passer tout le reste avant ses propres besoins. J'ai été absent suffisamment de temps pour ne plus savoir ce que sont ses réels besoins en dehors de ceux de base. La propriété nous appartient à tous les deux, mais si elle veut la vendre, je suis ouvert à la discussion. Mia n'aime pas non plus l'idée de devoir la laisser derrière elle, au ranch, pour venir vivre avec moi à la base. J'adorerais les avoir toutes les deux près de moi, mais je sais qu'Eva n'abandonnera jamais ses animaux.

— Elle n'aura peut-être pas à le faire. Je ne sais pas si l'un de vous deux serait prêt à vendre, mais vous possédez beaucoup de terres. Je ne sais pas non plus ce que vaudrait, en comparaison, une propriété plus proche de la base…

Hawk rigola.

— On passerait d'une propriété de la taille d'un quartier tout entier à un terrain de la taille d'un timbre.

— Pas si vous êtes à quarante minutes de la ville, souligna Swede.

Hawk resta silencieux. Swede se pencha en arrière. Peut-être qu'il en espérait trop. Il ne savait pas si une telle chose était possible, mais ne s'était-il pas posé la même question en envisageant toutes les solutions à ce problème ? Il savait qu'une école vétérinaire renommée se situait près de chez lui. Du moins, elle était suffisamment proche pour qu'Eva puisse s'y rendre le matin et revenir après chaque journée de cours. Mais c'était prématuré. Elle devait postuler et obtenir des références, entre autres choses obligatoires, avant de pouvoir espérer avoir la chance de faire partie de la liste des nouveaux inscrits. D'autant plus qu'il fallait qu'elle ait de bonnes notes. Et même dans ce cas, il existait peu de chances qu'elle soit acceptée, car la concurrence était rude entre les candidats.

Il aimait ce qui n'était pas gagné d'avance.

Mais était-ce aussi son cas ?

— Regardez !

Un vieux modèle de fourgon militaire était arrêté sur le bord de la route. Il semblait abandonné. Le capot n'était pas ouvert et il ne semblait pas non plus avoir de pneu à plat. Swede se pencha en avant sur son siège tandis que Hawk faisait avancer leur camionnette lentement. Le véhicule était vide. Hawk se gara devant et les soldats en sortirent. Personne ne paraissait se trouver dans les parages. Shadow se mit au travail et disparut rapidement hors de vue. Swede partit à la recherche d'indices qui leur permettrait de comprendre ce qui s'était passé ici. Le fourgon était-il tombé en panne ? Ses occupants avaient-ils été récupérés par un second véhicule ? Il fronça les sourcils. Peut-être, mais il ne voyait aucune raison qui pourrait expliquer que le véhicule soit là. Il ouvrit la portière du côté conducteur et grimpa à l'intérieur. Aucune clé ne se trouvait sur le contact. Mais cela ne l'avait jamais arrêté auparavant. Il se pencha sous le tableau de bord et fit démarrer le moteur en quelques secondes. Il passa la marche arrière et fit reculer le véhicule sur plusieurs mètres. Il semblait être en bon état de marche. Alors, quel était le problème ? Il prit le temps d'étudier l'habitacle. Il ne trouva pas d'effets personnels, mais découvrit plusieurs bouteilles d'eau vides et un sac à dos. C'était un sac en toile classique qui avait été laissé dans l'espace devant le siège passager avant. Il coupa le moteur, se retourna pour regarder derrière lui et se figea. Une des clé d'hôtel avait été abandonnée sur la banquette arrière. C'était celle d'Eva.

Il la prit, attrapa le sac à dos et rejoignit Hawk pour lui montrer ses trouvailles.

Les deux hommes échangèrent un regard sinistre et fixèrent la végétation sauvage qui les entourait.

Soudain, le téléphone de Hawk sonna. Shadow avait envoyé plusieurs textos.

— Il a trouvé un homme mort et a suivi une série de traces plus légères qui s'enfoncent dans les bois, lut Hawk.

— Elle est en train de courir, comprit Swede qui se précipita dans la direction où Shadow était parti.

Il ne savait pas dans quel état elle était, mais une opportunité de fausser compagnie à ses ravisseurs s'était présentée et elle l'avait saisie. Maintenant, elle devait continuer à fuir. Des hommes étaient à sa poursuite. Il était probable que celui que Shadow avait retrouvé mort soit celui qui l'avait laissée s'échapper. Visiblement, tous les membres du groupe des rebelles étaient logés à la même enseigne. L'échec ne leur était pas permis.

Swede n'était pas habillé pour courir, mais il n'avait jamais eu de problème pour parcourir vingt kilomètres à bonne allure et pouvait doubler cette distance en cas de besoin. Mais en ce moment, il avait non seulement besoin d'être rapide, mais aussi d'être agile. Le sol était inégal et ses pieds énormes. Il était difficile d'être silencieux en plus d'être rapide dans de telles circonstances, mais il était doué pour s'adapter à n'importe quel environnement. Il rattrapa Shadow, ralentit pour lui parler, mais son camarade lui désigna simplement les traces de pas. Celles-ci étaient en ligne droite.

— Vas-y, l'exhorta Shadow. On sera juste derrière toi.

Swede réalisa alors que quelqu'un conduisait le fourgon militaire parallèlement à la limite des arbres. C'était une bonne idée. Ils pourraient en avoir besoin.

Il reprit de la vitesse, le regard rivé sur les empreintes. Jusqu'où avait-elle pu aller ? L'idée qu'elle ait pu faire demi-tour pour revenir sur ses pas, en se dirigeant droit vers les hommes qui la pourchassaient, le hantait. Les battements de son cœur accélérèrent, tout comme ses jambes.

Il entendit un faible cri devant lui.

Il bifurqua en direction de sa provenance et se força à aller encore plus vite.

— Tire sur cette salope, entendit-il quelqu'un hurler devant lui.

Putain. Ses yeux cherchèrent leur position tandis que son cerveau réfléchissait à un moyen d'approcher sans qu'ils ne le repèrent.

La forêt se faisait plus clairsemée devant lui, mais il était hors de question qu'il ralentisse. Il sortit son arme et se tint prêt à faire feu.

CHAPITRE 29

*M*ERDE. *MERDE. MERDE.*

Pourquoi diable avait-elle fui ? Elle avait vu une opportunité de leur fausser compagnie et l'avait saisie. Plus rapide, plus légère et plus motivée que ses poursuivants, elle avait pris une bonne avance sur eux dès le départ. Elle avait atteint la ligne des arbres sans se faire tirer dessus et s'était immédiatement dirigée vers la partie la plus profonde de la forêt. Elle avait couru jusqu'à ne plus en être capable. Maintenant, elle essayait juste de se cacher.

Puis une balle l'avait frôlée, manquant de peu sa tête. Un cri de surprise lui avait échappé et elle s'était remise à courir après ça.

L'effet de surprise s'était estompé et maintenant, ils la traquaient. En s'enfuyant, elle avait laissé trois hommes derrière elle dans le véhicule, mais n'en avait entendu que deux d'entre eux jusqu'à présent. Le fait que l'un d'eux puisse être le fameux commandant que les *SEAL* cherchaient à débusquer lui glaçait le sang. Il n'hésiterait pas à lui tirer une balle entre les deux yeux. Il le ferait même sans ciller. Elle frissonna. Où diable était son frère ?

Et où était Swede ?

Elle avait vraiment besoin de ce gros balourd, maintenant.

Des pas se précipitèrent dans sa direction. Elle était enfoncée profondément dans un buisson entouré par plusieurs autres. Elle priait pour qu'ils passent devant elle et continuent leur chemin sans la voir.

Les pas se rapprochaient de plus en plus. *Oh, mon Dieu.* Elle frissonna et se recroquevilla sur elle-même.

— Putain, mais où est-elle passée ? jura l'un de ses agresseurs.

Ils parlent donc anglais ? songea-t-elle.

— Elle doit être ici quelque part.

— Mais où, bon sang ? On n'a pas le temps pour ça.

— On n'a pas le temps pour ça, non. Mais il faut quand même qu'on la retrouve, rétorqua l'autre voix en se faisant plus menaçante. L'échec n'est pas permis.

Elle était assez proche du premier homme pour l'entendre jurer à voix basse.

— Putain, murmura-t-il. Je ne veux pas rentrer chez moi avec une balle dans la tête comme Léon.

Elle fronça les sourcils. Léon était probablement le troisième homme qui se trouvait avec elle dans le véhicule. Lui avaient-ils tiré dessus ? Cela ne la surprendrait pas. Après tout, comme l'avait dit leur chef, l'échec n'était pas permis.

Mais peut-être se trompait-elle, car elle entendit les bruits de pas d'un autre homme qui semblait s'approcher d'eux. C'était quelqu'un de grand et de lourd. Pouvait-il s'agir de Swede ? Ou de son frère ? Ce n'était pas impossible. Pour autant qu'elle sache, ils s'étaient sûrement croisés sur la route un peu plus tôt, alors que les soldats retournaient la chercher à l'hôtel. Elle n'avait pas pu voir grand-chose.

— Carlos ? appela un homme.

— Oui, je suis là. Mais on n'est pas seuls.

Des coups de feu éclatèrent là où le dernier homme avait parlé. Les tirs ne visaient pas Carlos, puisque c'était lui qui semblait tirer sur quelque chose plus loin. L'homme avait ouvert le feu. *Putain.* Elle devait être en train de perdre la tête, mais elle crut aussi entendre un moteur. Était-elle à proximité d'une autre route ? Elle s'était suffisamment éloignée de celle sur laquelle ils roulaient précédemment pour que ce soit possible.

Peut-être qu'elle pourrait se faufiler jusque-là et obtenir de l'aide. Mais Carlos et ses hommes pouvaient patrouiller sur cette autre route. Dans ce cas, elle préférait ne pas tenter le coup et rester cachée.

Carlos s'éloigna légèrement. Elle pouvait voir son dos tandis qu'il inspectait les buissons à côté d'elle. Combien de temps avait-elle avant qu'il ne la trouve ? Puis il fit quelque chose qui glaça encore plus son sang dans ses veines. Il tira au centre des buissons. Encore et encore.

Elle paniqua et sa respiration s'emballa en produisant de courts râles. *Oh, mon Dieu.* Elle devait faire un choix : courir ou rester. Si elle courait, elle se ferait forcément tirer dessus. Si elle restait, elle risquait de se faire tirer dessus également.

Aucune de ces options ne lui plaisait.

Carlos recommença à tirer, mais plus rapidement.

Elle se redressa lentement pour pouvoir voir sur quoi il tirait cette fois-ci, et une balle siffla à côté de sa tête.

Elle se baissa à nouveau et réalisa que la personne sur laquelle Carlos tirait était en train de riposter.

Elle se recroquevilla, son poing dans la bouche pour s'empêcher de crier alors que les balles pleuvaient autour d'elle. Puis brusquement, le silence s'installa.

Étonnée, elle regarda à travers les branches du buisson. Carlos était au sol. Du sang s'écoulait d'un trou qu'avait creusé une balle dans sa tête. Il devait être mort. *Dieu merci.* Mais elle ignorait qui était le mystérieux tireur. Était-ce le commandant qui faisait le ménage parmi ses subalternes ?

Elle attendit, n'entendit rien, et saisit sa chance en s'élançant dans la direction opposée.

Instantanément, les balles se mirent à pleuvoir sur elle. Elle plongea derrière les arbres.

— Eva ?

C'était la voix de Swede.

Oh, Dieu merci. Les larmes commencèrent à couler sur ses joues lorsqu'elle réalisa qu'ils étaient là pour la sauver. Elle avait réussi. Elle était restée en vie et était maintenant en sécurité.

Enfin, pas tout à fait encore.

Elle entendit Swede courir dans sa direction sans cesser de tirer sur quelqu'un. Peut-être qu'il ne savait pas que Carlos était mort.

Ou peut-être qu'il n'était pas au courant de la présence du commandant. *Merde.* Elle le regarda courir vers elle. Puis elle se leva, un énorme sourire aux lèvres.

— Oh, Dieu merci, s'écria-t-elle.

Un mouvement derrière Swede attira son attention.

Le commandant se leva d'un bond et pointa son arme sur Swede.

— Attention ! cria-t-elle.

Utilisant un mouvement que Hawk lui avait appris il y a longtemps, elle plongea en avant et attrapa Swede au niveau des genoux pour le déséquilibrer. Il passa par-dessus sa tête pour s'affaler dans la terre derrière elle. Le coup de feu déchira la veste du soldat avant de s'enfoncer dans l'écorce de l'arbre derrière lui. Elle se jeta sur lui.

— Tu vas bien ? Oh, mon Dieu, est-ce que tu as été touché ? s'inquiéta-t-elle.

Il la souleva et la projeta derrière lui avant de pivoter et de tirer. Le commandant reçut une balle entre les deux yeux.

Seigneur.

Elle s'effondra sur le sol, le corps secoué de sanglots incontrôlables.

— Y avait-il d'autres hommes ? l'interrogea Swede en la secouant légèrement. On en a eu trois.

— Ils sont morts, chuchota-t-elle. Oh, Dieu merci, ils sont tous morts.

Il roula sur le dos et l'attira contre sa poitrine.

— Où as-tu appris ce truc ? s'enquit-il tout en glissant ses grandes mains de haut en bas le long de son dos dans un mouvement apaisant.

Elle s'allongea sur son énorme corps en essayant de se calmer.

Quand elle y parvint, elle leva la tête et le fixa.

— Hawk, bien sûr. Il s'était dit que je pourrais en avoir besoin pour me défendre.

— Je vois. C'est la première fois que je me laisse surprendre par ce mouvement, avoua Swede. Qui aurait cru qu'une si petite créature telle que toi pouvait faire ça ? En plus, tu n'essayais pas de t'enfuir, tu essayais de sauver mon cul, certes très volumineux, mais très compétent.

— Peu importe, ça a marché, répliqua-t-elle. En plus, selon toi, ce qu'on vit tous les deux en ce moment, c'est plus qu'une aventure passagère, alors je me suis dit que je devais protéger mon investissement.

— Ton investissement ? releva-t-il avec méfiance.

— Ton cul est très beau. Et personne ne va le botter à part moi, répondit-elle en le fixant avec un sourire large d'un kilomètre. Pas vrai ?

— Il y a de satanés moustiques dans le coin…

Mais il pouvait à peine parler tant il riait fort.

Elle se redressa et se mit à cheval sur lui.

— Tu crois ? sourit-elle.

Elle ne savait pas d'où lui venait cette bravade, mais elle en avait marre de courir, de se cacher, de se faire kidnapper et de se faire tirer dessus. Elle en avait assez de ne vivre qu'une demi-vie. Elle désirait cet homme depuis toujours et maintenant, il était là, devant elle.

— Au fait, j'ai surpris votre conversation à propos de Mia et de Hawk, celle où vous demandiez à mon frère s'il allait la garder pour lui ou non. C'est une blague courante entre vous, les *SEAL*. Je sais que mon frère n'aime pas du tout l'idée que je puisse avoir une relation avec un membre de son équipe, alors j'interviens et je vous remets tous à votre place.

Les gloussements de Swede agitaient tellement son torse qu'elle peinait à rester assise dessus. Mon Dieu, cet homme était vraiment énorme.

— Et comment comptes-tu t'y prendre ?

— Tu ne peux pas me garder, lâcha-t-elle. Je ne te laisserai pas faire.

Cela stoppa net son hilarité. En fait, une lueur sévère apparut dans son regard.

Elle leva la main pour l'arrêter avant qu'il ne dise quoi que ce soit.

— Juste pour qu'on soit d'accord. Tu ne franchis aucune limite, tu ne déplaces aucune ligne et tu ne mets pas mon frère en colère. C'est mon choix, ma décision.

Il la dévisagea, et elle put voir quelque chose qu'elle n'aurait jamais pensé voir au fond des yeux de cet homme si fort et si sûr de lui : de l'insécurité.

— Et comment est-ce que tu le conçois, dans ce cas ? demanda-t-il avec une attitude désinvolte et je-m'en-foutiste qui ne la trompa pas une seule seconde.

— C'est facile, déclara-t-elle sèchement. Parce que je te garde.

Les traits du visage de Swede se détendirent alors que le doute et la douleur disparaissant de ses yeux. Un sourire comme elle n'en avait jamais vu s'empara de son cœur et le secoua de toutes parts avant de se glisser à l'intérieur pour ne plus le lâcher.

— Je t'aime, gros balourd. Je t'ai toujours aimé.

Et elle prit soudainement conscience qu'ils n'étaient pas seuls. Le reste des *SEAL* les entourait. D'énormes sourires étiraient leurs lèvres et leurs bras étaient croisés tandis qu'ils fixaient Swede allongé par terre, et elle, victorieuse, assise sur son ventre.

Ce fut Hawk qui rompit le silence.

— Bon, Swede, est-ce que ma sœur obtient ce qu'elle veut, ou…

Les autres rirent.

Swede gémit.

— Vous ne me lâcherez jamais avec ça, pas vrai ?

— Oh que non, confirma son camarade. Pour reprendre les mots de Mia, tu es un homme entretenu maintenant.

Tous se mirent à rire.

Mais Eva s'en fichait parce que Swede avait sauté sur ses pieds, l'avait serrée contre son cœur et l'embrassait désormais comme s'il avait enfin trouvé ce qu'il avait toujours voulu.

— Espèce d'idiote, chuchota-t-il contre son oreille quand il finit par rompre leur baiser. Je t'ai toujours aimée aussi. Mais je ne pouvais rien faire par respect pour ton frère.

Elle secoua la tête.

— Non, tu aurais pu, mais tu n'étais pas prêt non plus, le détrompa-t-elle. Maintenant, tu sais ce que tu veux et tu es prêt à te battre pour l'obtenir.

Il la fixa et elle put voir ses mots se frayer un chemin jusque dans l'esprit du *SEAL*.

— Je n'étais peut-être pas prêt à cent pour cent, mais je n'en étais pas loin, rétorqua-t-il. Et toi non plus.

— C'est vrai. Il a juste fallu que je me fasse kidnapper pour me rendre compte de mes véritables priorités.

— Et maintenant ? voulut-il savoir en laissant tomber son front contre le sien. Tu es sûre de toi ?

Elle plongea son regard dans les yeux bleus les plus magnifiques du monde, mais y vit encore un soupçon de doute.

— Je n'ai jamais été aussi sûre de quoi que ce soit dans ma vie, affirma-t-elle.

Et cette fois, ce fut elle qui l'embrassa.

C'est la fin du tome 4 de *Légion d'honneur : Swede*.
Découvrez le premier chapitre de *Shadow : Légion d'honneur, tome 5*

Légion d'honneur : Shadow (tome 5)
Chapitre 1

JAMES MORROW, SHADOW pour ses amis, observait le lac qui était en train de se dessiner progressivement sous ses pieds. Il se pencha en avant pour regarder à travers la vitre du cockpit du petit avion de brousse dans lequel il se trouvait depuis une demi-heure. Ce n'était pas comme ça qu'il s'attendait à voyager. Aucun membre de son équipe ne s'y attendait. Un problème mécanique avait contraint leur hélicoptère militaire à un atterrissage d'urgence. Le timing était vraiment mauvais. Ils étaient en mission. Ils devaient sauver un sénateur américain et sa famille retenus en otage dans un chalet canadien isolé.

Au lieu de cela, c'était eux qui avaient besoin d'aide. Comme le temps était compté, ils n'avaient pas pu faire venir un deuxième avion militaire et avaient donc fini dans l'un de ces petits avions de brousse à peine capables de supporter le poids de ses quatre passagers entièrement équipés. Dane et Swede voyageaient avec l'unité canadienne dans un autre avion avec Markus et Evan, deux autres *SEAL* qui faisaient partie de cette mission. Tous deux étaient des hommes bien. Shadow avait déjà eu l'occasion de travailler avec eux. En fait, à ce jour, il avait eu la chance de travailler avec plusieurs dizaines de *SEAL*. C'est juste qu'au fil du temps, certains étaient plus mémorables que d'autres. Markus avait perdu sa femme lors de sa première année à Coronado. Cette perte l'avait profondément affecté. Ils avaient sympathisé facilement. Le soldat avait gardé la tête baissée, s'était concentré sur son travail et avait gagné le respect de tous.

Evan, pour sa part, était un peu un électron libre. Divorcé, il s'était spécialisé dans les explosifs. Peut-être avait-il espéré mourir au cours de sa formation. Shadow était plutôt bon dans ce domaine, mais Cooper et Evan le surpassaient. Ces virtuoses des explosifs avaient bouleversé ce monde par leurs talents hors du commun.

Mais cela ne signifiait pas pour autant qu'il abandonnait son poste au sein de son équipe. Pour une fois, Shadow était installé sur le siège passager, d'où il pouvait voir à des kilomètres. Les autres étaient dans la soute. Ce changement d'habitude était étonnant. Mais en tant que *SEAL*, il était habitué au changement. Son entraînement l'avait préparé à faire face à n'importe quoi et à s'adapter à n'importe quelle situation. Il le fallait.

Il espérait que la famille du sénateur tenait le coup malgré la menace qui planait sur leur vie en ce moment même. La prise d'otage n'avait pas été revendiquée jusqu'à présent. Mais après l'arrivée de leurs agresseurs au chalet, la fille adulte du sénateur avait réussi à transmettre une photo floue d'un des hommes à l'assistant du sénateur qui se trouvait actuellement à Washington, et cela avait suffi pour que les deux pays passent à l'action. L'homme était un terroriste connu. En fait, il était en tête de la liste des dix personnes les plus recherchées au monde.

Mais Shadow ne se souciait pas de cette liste.

Shadow se souciait uniquement de la mission qu'on lui avait confiée. Seul comptait son travail. C'était toute sa vie. Il était du genre à vivre dans une cabane isolée dans les bois. Il suffisait d'enlever la ville de son monde pour qu'il se sente en paix. Vivre sur la base était une nécessité, mais il la quittait chaque fois qu'il en avait l'occasion. Son ami et frère d'armes, Hawk, possédait un ranch avec sa sœur à quelques heures de Coronado. Shadow se verrait bien vivre là-bas, dans un cadre aussi calme. Cependant, il savait que Hawk et sa sœur étaient en train de discuter sérieusement de leurs options, car ils avaient tous les deux des relations à long terme à faire fonctionner et devaient donc repenser leur mode de vie. Hawk était en couple avec la meilleure amie de sa sœur. Et le meilleur ami de Shadow, Swede, était tombé amoureux de la sœur de Hawk. Cela pouvait être déroutant, mais aucun d'eux n'y voyait d'inconvénient.

Shadow avait vu cette dernière relation arriver de loin. Il aurait été difficile de ne rien remarquer. Mais ce pauvre Swede, lui… Cette grosse montagne pleine de muscles n'avait rien vu venir.

C'est ce qu'on appelle être aveugle.

La façon dont Swede avait regardé Eva pendant toutes ces années tout en sachant qu'il ne pouvait pas exprimer ses sentiments à voix haute, par respect pour Hawk, ne lui avait pas échappé. Cela avait dû être douloureux et difficile pour lui. Mais ils avaient fini par y arriver, même s'il avait fallu un camp d'entraînement terroriste et un sauvetage de chevaux chaotique pour les réunir. Shadow sourit. Il avait bien fallu cela à ce grand gaillard pour se lancer. Mais il était tellement heureux maintenant que le jeu du chat et de la souris auquel ils s'étaient livrés avant que leurs pas finissent par aller dans le même sens en était presque ridicule. Cette pensée assombrit son humeur instantanément. Presque tous ses amis s'étaient trouvé une compagne et étaient heureux. C'en était presque écœurant.

Le petit avion fut secoué par de violentes rafales. Des éclairs crépitèrent à l'extérieur du hublot. Il fronça les sourcils en étudiant les nuages orageux qui les entouraient. Ils ne devaient plus être très loin de leur destination. L'avion de brousse était équipé de flotteurs. Leur plan consistait à se poser sur le lac le plus proche de l'endroit où la famille du sénateur était retenue. Bob, le pilote, les larguerait aussi près de la rive qu'il le pouvait, puis ils passeraient à l'action. Cette tempête était une véritable bénédiction pour eux. Elle leur permettrait de débarquer sans être repérés. Le bruit produit par le moteur de l'avion se perdait dans les détonations des éclairs et du tonnerre. Et ce mauvais temps avait sans aucun doute poussé les gens du coin à rester cloîtrés chez eux.

Ils avaient aussi choisi d'atterrir suffisamment loin du chalet dans lequel séjournait la famille du sénateur. Ils ne pouvaient pas prendre le risque d'alerter les ravisseurs de leur arrivée.

Shadow regarda son équipe de *SEAL* derrière lui. Tous arboraient cette même expression qui témoignait non seulement de leur concentration intense, mais aussi de leur impatience à l'idée de passer à l'action. Néanmoins, ils restaient patients et avant tout conscients de la raison de leur présence ici. Tous savaient que quelque chose pouvait mal tourner lors de cette opération. Il était même probable que ça se passe mal. Mais ils étaient prêts à tout affronter, que ce soit Mère Nature qui se déchaînait sur leur petite boîte en fer blanc dans le ciel ou les terroristes qui retenaient la famille du sénateur dans l'obscurité du plancher des vaches. Ils avaient une mission à accomplir. Tous adoraient leur travail.

Lui y compris.

Être un *SEAL* lui avait donné un but dans la vie. Et ce but, il en avait vraiment eu besoin. Il détestait l'admettre, mais s'installer dans une grande ville pour rejoindre la marine et vivre dans une base militaire, alors que lui venait d'un petit village, avait été difficile. Mais il s'était endurci et avait survécu. En fait, il s'était même épanoui là-bas.

Mais à l'intérieur, il se sentait divisé et tiraillé entre deux univers. Ce sentiment ne l'avait jamais quitté. Et le seul moyen qu'il avait trouvé pour s'en sortir sans sombrer avait été de s'en détacher. Il avait enfermé cette partie de lui-même dans un endroit inviolable de son cœur. C'était insensé, il le savait. D'autant plus qu'il avait vu ses amis traverser de grands bouleversements dans leur propre vie. Ils avaient tous laissé entrer quelqu'un de spécial dans leur cœur. Lui ne pensait pas pouvoir le faire. Les murs qu'il avait érigés tout autour étaient trop solides, trop hauts et trop vieux.

L'avion continuait d'être sauvagement secoué par le vent.

Le pilote descendit lentement en essayant d'amener l'avion sous l'épaisse couverture nuageuse, car la visibilité était inexistante. Et l'avion n'était pas équipé du matériel de pilotage le plus récent ni du meilleur qui existe aujourd'hui. Shadow soupçonnait presque le vieux bonhomme installé derrière les commandes à côté de lui de pouvoir faire voler cet avion les yeux bandés. Il avait un don spécial avec cet appareil, ou plutôt une connexion rare avec sa « chérie », comme il le surnommait.

Shadow comprenait.

Il avait vu beaucoup de vieux briscards s'attacher à un bateau ou une voiture, ou dans ce cas à un avion, parfois au point d'avoir ce qui ressemblait à une relation surréaliste avec l'engin en question. Shadow regarda Bob amadouer le petit avion pour qu'il descende en douceur. Shadow ne pouvait pas voir tous les cadrans du tableau de bord, mais celui qu'il pouvait voir, l'altimètre, s'agitait comme un fou. Les instruments de pilotage avaient donc eux aussi été affectés par la tempête. Il ne se sentait pas nerveux. Il s'était souvent retrouvé dans des situations où la vie et la mort se côtoyaient, et où l'on pouvait passer de l'un à l'autre en un claquement de doigts. Mais il n'avait encore jamais été confronté à la menace de trépas qui accompagnait la colère de Mère Nature.

Les nuages finirent par s'éclaircir suffisamment pour laisser apparaître le bleu profond d'un lac en contrebas qui dansait dans leur champ de vision, en apparaissant et disparaissant au fur et à mesure de leur descente. Parfait. C'était le bon lac. Ils allaient bientôt atterrir. Et il espérait que l'eau était plus calme qu'elle n'en avait l'air.

Malheureusement, elle était loin de l'être. Alors qu'ils arrivaient presque au niveau de l'étendue aqueuse, il pouvait voir des moutons blancs se dresser en dessous d'eux.

— Ça va être serré, annonça le pilote avec un énorme sourire qui dévoilait ses dents tachées de tabac. Mais vous aimez danser le collé-serré avec le danger, pas vrai ?

Son sourire s'élargit, mais son regard ne quitta pas un seul instant les remous du lac tandis qu'il amenait avec précaution sa vieille copine près de l'eau pour un atterrissage sur flotteurs aussi doux que possible compte tenu des circonstances.

Shadow éprouvait un profond respect pour l'habileté désinvolte avec laquelle Bob avait posé l'avion sur la houle des vagues. Cet homme avait passé de nombreuses années dans ce type de région sauvage, par tous les temps, et avait fini par devenir un expert dans son domaine. Sans jetée ni quai auquel s'amarrer, l'avion commença à dériver et Bob coupa les moteurs. Le petit avion se balançait doucement. Shadow regarda le rivage et réalisa qu'ils n'étaient qu'à une dizaine de mètres. Il n'aurait pu espérer mieux.

Il tourna la tête vers l'arrière de l'avion à temps pour voir un petit radeau gonflable être mis à l'eau et le premier membre de son équipe descendre de l'appareil pour monter dedans. Le radeau était tout juste assez grand pour accueillir les quatre *SEAL*.

Arrivés sur le rivage, ils débarquèrent et se retournèrent pour regarder le treuil de Bob rembobiner la corde encore attachée au pneumatique, puis l'homme peina à recharger le bateau dans la soute. Une fois cela fait, il s'empressa de retourner dans le cockpit et de rallumer les moteurs.

L'avion décolla et disparut dans les nuages d'orage.

Bien. Ils étaient seuls. Ils se délectaient toujours de ces moments de calme qui précédaient leur passage à l'action. Ils formaient une équipe du tonnerre et n'avaient besoin de personne d'autre pour mener à bien leurs missions.

Et leur mission, cette fois-ci, était de sauver le sénateur.

Le tome 5 est disponible dès aujourd'hui !

Pour en savoir plus, visitez le site web de Dale Mayer.

https://geni.us/DMFRMShadowUni

Note de l'auteure

Merci d'avoir lu *Swede, Légion d'honneur, tome 4* ! Si vous avez apprécié le livre, merci de prendre un moment pour laisser votre avis.

Chers lecteurs,

J'aime avoir de vos nouvelles, alors n'hésitez pas à me contacter sur mon site web : www.dalemayer.com ou sur ma page d'auteure Facebook. Pour être informés des nouvelles parutions et des offres spéciales, inscrivez-vous à ma newsletter ou suivez-moi sur BookBub. Si vous souhaitez rejoindre mon groupe de lecteurs, voici la page d'inscription sur Facebook.
http://geni.us/DaleMayerFBGroup

À bientôt,
Dale Mayer

À propos de l'auteure

Dale Mayer est une auteure de best-sellers au classement de *USA Today*, connue pour ses romances militaires sur les forces spéciales, sa série *Psychic Visions* et sa série *Jolis Jardins Maudits*, dans le genre cozy mystery. Ses romances contemporaines sont vibrantes d'émotion et de passion (série *Broken But… Mending, Hathaway House*). Ses thrillers vous laisseront à bout de souffle (séries *By Death* et *Kate Morgan*) et ses comédies romantiques vous feront rire aux éclats (*It's a Dog's Life*, une novella hors-série, et la série *Broken Protocols* avec Charming Marvin, le chat).

Elle laisse libre cours aux séries qui lui viennent… dont certaines sont carrément folles, enfreignant toutes les règles et croisant différents genres !

En plus de ses romans de fiction, elle écrit également des textes documentaires dans de nombreux domaines, dont la rédaction de CV, le jardinage de loisir et le système de crédit immobilier américain. Elle a récemment publié la série professionnelle *Career Essentials*. Tous ses livres sont disponibles aux formats papier et ebook.

Contactez Dale Mayer en ligne

Site web de Dale – www.dalemayer.com
Twitter – @DaleMayer
Facebook Page – geni.us/DaleMayerFBFanPage
Facebook Group – geni.us/DaleMayerFBGroup
BookBub – geni.us/DaleMayerBookbub
Instagram – geni.us/DaleMayerInstagram
Goodreads – geni.us/DaleMayerGoodreads
Newsletter – geni.us/DaleNews